各務原・名古屋・国立

kojima nobuo
小島信夫

講談社文芸文庫

目次

各務原《かかみがはら》・名古屋《なごや》・国立《くにたち》

各務原《かかみがはら》

1

私が只今紹介いただきました小島信夫でございます。実は昨年十月でしたか、岐阜市の北一色に住んでいました詩人の平光善久さんの家にあった、私に関する本などを、こちらの図書館にお預りいただくことになりまして、そのさい市長さんにもお会いいたしました。平光さんはしばらく前から病気になられまして、愛知県の息子さんの家に移られ、現在入院していらっしゃいます。そういうわけで残念ながらこうした事情はご本人は御存知ないと思います。

各務原は、私のふるさとではないといいませんが、厳密にいいますと、私の父親の出身地で、母親はとなりの川島町の出であります。どちらも小島姓で、記憶するのにはまことに好都合ですが、子供のときから、いくらか簡単すぎて淋しい気がせぬでもございませんでした。

この両親から私たち七、八人の子供がうまれ育ったわけですが、これら同腹のもののほかに、二人、姉と兄がおりました。戸籍謄本を見たときに、父の先妻の姪が、私のおふくろであることを発見して妙な気持になったことをおぼえていますが、いつしか忘れてしまいましたし、母親にきいてみたことも一度もございません。私は将来小説家になるような子供でしたのに、しらべてみる気が全くなく、そのまま大きくなりました。

さきほど名前をあげました平光善久さんが、私の年譜を作成しようとして各務原でしらべたりされましたし、土地の人である小島俊明さんやその兄さん方、それから最近は弟さんの逸平さんがしらべて下さって、昨年十月には父の本家も分ったというので、逸平さんに連れて行ってもらいましたがご主人は留守でお会いできなくて、立派な門構えのお宅の前にかわいらしい小犬がいて吠えられました。近くに小島三郎さんという、医学博士で基礎医学のえらい方の二階屋の裏側が見え、慶応の頃の建物という話でした。たぶん小島三郎さんも親戚だろうというのでおどろきました。私はいくらか父親を尊敬しないところがあり、あらためて見なおしたというか、すまなく思うようになりました。

私の父の方の家系もようやく分りかけているようですが、もともと私は父の作ったか、作らせたか、とにかく系図というものがありまして、セトモノを入れたタンスの中に、草紙類にまぎれているのを見かけたことがあります。もちろん先祖はご多分にもれず清和天皇から始っていましたが、近い方のことは全くおぼえていないし、父親自身が興味をもっていなかったようでした。

父の名は捨次郎といいました。「ウソツキ捨《すて》」とよばれているということでした。私は父が私や誰かにウソをついているところを見たこともないし、誰か他人がそういっているのか、あるいは父本人がそういっていたのか、知らずじまいになっています。

ウソツキと申しますと、この各務原に、各務《かがみ》支考という人がおりました。この人は姉さんが当地の方であるそうですし、それに姓が各務ですから、ここの出身といってもいい、と少くとも私は信じておりました。支考は芭蕉門下の十人の中に名をつらねていますし、芭蕉に愛されていたようです。芭蕉が死ぬとき、辞世の句を、「これでいいか」と相談したそうです。そのこまかいやりとりは、たぶん重大なことのようにいわれているはずですが、私は忘れました。蕉門の弟子たちは、たいていは先輩で彼をバカにしていたようです。

わが郷土のこの俳人は、平明な作風をうたった「美濃派」をおこし、それには二派があり現在も三十何代めかの宗匠があとをついでいらっしゃるようであります。彼は神道にも仏教にも儒学にも通じており、日本各地に赴き、俳句は平明をモットーとしていましたが、なかなかの論者で一面、曲者でもあったといいます。彼は何か企みのあるときだったと思いますが、死んだという噂を流し、そのうち新しい俳号で生き返るということをくりかえしたといいます。こうした死んだり生き返ったりは、珍らしいことではなかったともいわれていますが、彼のようには知られていないところをみると、彼の専売特許といっていいかと思われます。あるとき機会をねらったように芭蕉追悼の大法会をいとなみ、先輩たちを唖然とさせました。

『奥の細道』の同行者の曾良は長島の人ですが、隠密だったという噂があり、芭蕉も『奥の細道』の相当部分はフィクションということになっています。各務支考が『奥の細道』の作者であるということは、昔からいわれてきたそうです。何年か前に、私の家の近所の、ある女性推理作家が、『奥の細道』の真の作者は各務支考だという本を出したことがあります。私もわざわざ買って読んだところ、跋文で山田風太郎という小説家が、二点ばかり論証が手薄であるのが残念だ、と書いていました。この話は各務支考の責任ではありませんが、『奥の細道』の作者として、ウソにもせよほかの人の名があがっていないところをみると、この俳人はやはり一筋縄の人ではなかった人といってよいのではないでしょうか。御承知のように、つい四、五年前、『奥の細道』の原本があらわれました。これはあらゆる点からして原本であることに間違いありませんが、それにしてもよくぞ何百年もひそかにかくし持っていたもので、並みの忍耐心ではかなわぬことではありませんか。

先生に独特に愛されたという点では、岐阜市の鷺山の出身である、森田草平のことが浮びます。草平は平塚雷鳥という人と心中未遂をしたということで教師の職を失い、漱石の家に厄介になったあげく、朝日新聞の文芸欄の責任者であった漱石の推薦で『煤煙』を連載しました。この作品で草平は一躍有名になりました。『それから』という漱石の小説の中で、まだ連載中の『煤煙』について、主人公の代助が、書生に意見をいわせる場面がありますが、書生がほめたのに、代助は内心けなしているというぐあいになっています。先生の漱石にとってかなりきびしい批評をいったのは、草平ひとりで、今でも彼の『私の夏目漱石』は、評判がよいようです。

2

私は本日は、私のうしろの壁に展示してある、二人の画家について語る約束になっています。たぶん私がこの四百人からなる「女性会議」の皆さんに悦んでもらえる材料に乏しいと思われるので、せめて当市とかかわりのある画家の方のことを話させましょう、というねらいがあったかと思います。

私も年齢はいっていますが、一時間半のあいだ話しつづける自信もあるわけではありませんので、この提案をありがたく思いました。

二人の画家とは、この講演のはじまる前に、教育長さんのいわれたように、坪内節太郎さんと、横山準之助さんであります。

私ども夫婦は、私も老いて、先だって白内障の手術をしてもらいましたが、たしかに視界は明るくなりましたが、私の眼の一番外の部分のカクマクというのが、細胞の数が、私の年齢としても半分しかないというのです。そんな細胞の数までどうして、いくら本人とはいえ責任がもてるでしょうか。

「だから、あなたの手術は難問です」

と先生はおっしゃいました。

「どうして細胞の数がそんなに少いのでしょうか。二、三年前まで、私は本も読めました。八十を過ぎるとこんなに見えにくくなるとは思わなかった、とよく嘆く人があっても、他人事と考えていましたが、私はずっと前から細胞の数が半分なのですか」

「たぶんそうでしょう」

「何かのぐあいで、気前よく本人にも無言で半分になってしまったのでしょうか」

お医者はよく笑う方で、

「遺伝だろうと思います」

「すると、父か母から受けついでいるのですね」

「まあ、遺伝とはそうしたものでしょうね」

「しかし、両親が半分だったとは信じられません」

「いくつで亡くなりましたか」

「両親ですか？　父は七十一で母は七十です」と私はこたえました。「私の家族で、私についで長生きで、ほとんどの子供の二倍生きていました」

私はたぶん口惜しい思いをこめていったと思います。親は子供よりそんなに長く生きることは、許されぬことだという思いが、私にはかねて少々ありました。おそらく自分たちのせいではない、子供の早逝というものをなげいていたのは、両親であったのはいうまでもないことで、私ども弟たちを後ろに坐らせて毎晩のようにいっしょに読経をし、それが終るとホッとしたように立ち上ってナムアミダブツをくりかえしながら次の仕事に移っていたことを思い出します。私はお医者の前で、口惜しい思いをしていたというのはウソで、長生きをしていた両親より長生きをし、たった一人生きている私の眼の重要な器官の細胞が他人の半分しかないとは、どうも信じられないことで、ふしぎであったということにすぎないのだったと思います。

さきほど教育長さんは、うまく取りなして下さいました。妻は私の眼であり杖であるというのは、その通りで、私はこのカバンの中に三種類の眼鏡をもっています。こうして私が顔を上げないのは、一つにはよく皆さんのお顔が見えないからですが、そうかといって机の上のものがよく見えているわけではありません。

「おい、愛子、何と書いてあるか、見てくれ！」

と、私は駅で何度もいいます。

「そこに段差があるから、気をつけてちょうだい」

と、妻は私にいいます。

「そのことは分っている」

と、私は憎らしいことを、タイミングを一刻もずらさないとでもいうように口走ったりします。

　彼女は私の眼であり杖であることは、まあその通りといえばいえますが、しかし夫の私は彼女にとって偉大な何とかであるというわけでなくとも、二人一人前で生きて行かなくてはならず、「あなたが死んだら私はどうするの」といわれても、私は未だうまい返答ができずにいるのです。時に彼女は私を五十年前に亡くなった父親とまちがえ、本郷の家へ帰るな、といい、そんなことはない、ここにいるのは、まぎれもない、お前の夫で三十六年いっしょに住んでおり、お前と直し直し、この家に今日まですごし、先妻の子供たちをまがりなりに結婚させ、娘などは、あなたが誤解して何かいうと、

「お母さん、私はこんなに何でも出来るようになり、昔、お母さんがして教えてくれたことが実って、いま出来るということを見てもらいたいと思っているにすぎないのではありませんか。どうしてお母さんは、自信をもって下さらないの。なるほど私は小島家の娘だ、と度々いうかもしれませんわ。でもお母さんだって立派な小島家の主婦であり、私たちの母ではありませんか。お母さんを別にしてどうして私の母がいますか。私の実の母はそれは気の毒な人です。しかし、私はあの人が決して何もかもよかったわけではなかったことは、よく分っています。お母さん、あなたをないがしろにしているわけでもないし、

あなたは小島家の柱で、私の父の奥さんです。となり近所みんなそう思っています。どうして泣くのです。私の方が泣きたいくらいだわ、お父さんのことも考えて下さい。何も特別なことをというのではありません。自信をもって下されば、すべて解決するのだわ」

しかし、皆さんもお分りと思いますがそれはムリというものです。娘のいうことは正しいがムリというものです。

「奥さん、そうあなたは選ばれたのです」

「どうして夫は私と違って、しっかりしているのですか」

「奥さん、それはご主人が、そう選ばれたのです。そして、こうして私のところへ一緒にこうしておいでになれるだけ宜しいではありませんか。きっとダンナさまは、考えていらっしゃるし、今日、この時間を大事になさい」

「私はひと頃よりずっと気分がいいようです、私はどこもおかしくはないし」

「自信過剰にならないように、ほどほどに……」

とお医者は笑うのです。

こういう部分は、私がこの文章をかきながら、つまり講演そのものでないことをお分りになって下さいますように、私は今演壇を降りて机の前にいる立場でいっているのです。

教育長さんは、さきほど、

「先生の奥さまは、きっすいの東京の方で、お生れは浅草の……いや新宿の……いや銀座のお生れでございまして」

　と、ご紹介して下さいました。

「では、私は母とその番頭《ばんとう》さんとのあいだで睦みあって出来た子供なのね。あなたは、私の母を知らないの」

「それは知らないとも、お母さんが亡くなって十年たってあなたと知り合ったのだもの」

「そのとき私はどこにいた？」

「知り合ったとき、下北沢のアパートにいたのだよ。何度もいうけれど」

　何度もいうなんてこと、いって何になるのか。そういうことをいうことは、まことに無益であるばかりか、意味がない。しかし、どうしてそうした意味のないことを、この人に向ってくり返すのだ。くり返し口に出していっているのは、お前（信夫）自身ではないか。

「番頭さんは必ず自宅の妻子のもとへ戻って行った。あなたのほんとうのお父さんは亡くなって、あとのお店をやって行かなくてはならないのだから」

「私はどうして下北沢のアパートにいたの」

「それは湯河原の温泉つきの小屋を買わされて、やがて、寮でも作って一人立ちして行こうと考えていたからだよ」

「その前に私はどこにいたの？　私ってこういうこと、何度もくり返してきいてきた」

「まあ時々ね。こうしてくり返す度に復習しているので、それはいくつかのいいことの一つだから。それに時間がうまって行くだろう。その時々のディテールを思い浮べることが、たぶんとても、いいことだから」

演壇にもどることにしよう。

3

私はさっき二人の画家のことを語る約束だったといいましたが、将来記念館のようなものが出来て、そこにお二人の作品と、この小島の著書その他、関係文書が保管されるような企劃が五、六年さきに議題として取り上げられるとのことです。

坪内さんの作品の芝居の舞台、文楽のスケッチなどが、そこに展示されているようです。私は次のぐあいで坪内さんと結ばれました。

何十年か前に、文芸春秋社で、「日本現代文学館」という、いわゆる文学全集の計画がありました。もうこうした全集は出ることもないでしょうが、戦後では遅い時期のものです。そのさい、収録作家の中から左翼作家を外すことになりましたので、それらの作家とつながりのあった評論家がそろって解説を書くのを辞退しました。この市の出身者である評論家の平野謙さんも辞退なさり、そのとき、既に「永遠の弟子」など評伝を書いていた私を推薦して下さいました。

「永遠の弟子」、すなわち森田草平は、さきほどふれましたように、岐阜市の鷺山出身の小説家で、夏目漱石の弟子の一人として知られており、昭和初年の二種類の文学全集に優遇されています。「私は永遠の弟子である」と草平自身が書いていますが、弟子というものは、いつまでたっても弟子のワクからは逃れられないものだ、という意味で、これは色々な意味があるかと思います。私と平野謙さんとは、草平評にも必ずしも一致していたわけではないのですが、私を推薦して下さいました。

私はこれを契機として「文学館」にもいくつか解説、伝記を書きました。「潮」という綜合雑誌の別冊、「日本の将来」が新しく刊行されるさい、作家評伝を年に四回、一回に六十枚書くことになりました。当時、文芸誌にしろ綜合誌にしろ、評伝の類はマトモな作品と見なされなかったのですが、現在では日記や紀行文、時代小説なども掲載されるようになっています。

私の評伝はさしえつきというのが条件でしたので、坪内さんにお願いすることにしました。坪内さんは快く引受けて下さり、十年間にわたり続くことになったのです。『私の作家評伝』は、毎回何枚かのさしえをつけて発表されることになり、私の最も楽しい仕事になりましたが、読者はもちろん、私の楽しみは、そのさしえあってのことといっていいと今でも信じています。私は扱う作家ははじめからきめてかかるのではなく、前に扱った作家が呼び寄せるようになって行くのも不思議な面白さでありました。私は小説家ですから、評伝ははじめての試みでした。作家の作品にははじめて読むものも多く、ぼんやりその作家や作品のことを思い出したり忘れたり、自然のままに時間をかけました。そのあいだにその新しい作家は、前に扱った作家たちと仲間になってくるようで、私は次第にそういう有様を、「合唱」と名づけるようになりました。いよいよ締切が近づくと、それまで出ている解説や批評を読みはじめ、それもすべて忘れ、いよいよ締切まぢかになると、二、三日のうちに一気呵成に書くというのでしたが、そのとき私の原稿を首を長くして待っていらっしゃるらしい坪内さんの顔が浮んでくるのでした。

「先生はいいかげんにせんか。きみ、ぼくのかく場面を教えてくれよ。先生の字は読みにくいしな。往生するよ」

と編集者におっしゃるのです。

こんなぐあいにして、『私の作家評伝』は、四年間つづき、「日本の将来」が休刊になったのでそのあと本誌にこんどは毎月つづけられました。しらべてみなければ私もすぐには分らないのですが、その間十年近くもなり、私の連載は『私の作家遍歴』という名称に変り、内容も世界にまたがって行き、私が筆をとめたのと、坪内さんが亡くなるのとは、ほとんど同時でありました。

坪内節太郎さんが亡くなったのは七十四歳で、私より十歳年長でありました。

ここで途中で道草をくいまして、私自身のことを話しますと、私はこんなふうに忙しく評伝とか何かを書いてきましたが、小説も書いておまけに私は教員もしていました。私は、一口に申しますと、教員と文筆の方と二足のワラジをはきました。二足のワラジをはくことは、フマジメであるようにも思われましたが、私は教員をやめたことは、兵隊に行っていた四年何ヵ月とそれから私が職業軍人ではないという証明がされるまでの半年間だけで、七十の定年までつづけています。

私自身どうして教員をやめなかったか、よく分りません。私は学歴などみると、たいへん勉強ができ、秀才のように思われますが、じっさいはそうではありません。私の話しぐあいをおききになっていらっしゃれば、見当がつきます。私が十年間も作家評伝、あるいは作家遍歴をつづけたやり方は、私の話し方が、横へ横へとそれて行くのと似ています。そしてとり扱った人物たちが、だんだんに、私の中でつながりが出来、何かしら筋道がついてきましたが、それは私流のもので、誰にも教わったわけでもなく、先輩の本に書いてあったわけでもありません。その私に坪内さんはおつき合いして下さり、第一、『私の作家遍歴』というタイトルをつけて下さったのも、坪内さんであります。

私は岐阜中学を卒業してから、私の家のことはあとで話しますから分っていただくことができるように、貧しいといった方が当っているのに、姉たちや兄のおかげで、ボンヤリとした時間を過し、父親からは、穀《ごく》つぶしと叱られたこともありますが姉たちがかばってくれました。父がそう呼んだのは当り前ですが、「穀つぶし」というのは、父の口から自然に出たので、父の発案ではございません。

私はこの時分、東京へ出て「考へ方研究社」という受験勉強専門の雑誌の出版社が催している講習会へ出たことがあり、そこで数学の先生である藤森良蔵という人の教え方を面白いと思いました。その人はたとえば数学一題解いてみせるのに三時間ぐらいかけ、二口めには、「きみたち鈍物だ」とか、「鈍才」だとか叫びました。私はその先生の叫ぶとおり、秀才になりようもないし、秀才が嫌いでもあったので、気に入ったようです。私は人に教わるのが好きではない性分で、これは母親から受けついでいるのかもしれません。

平光善久さんは私の年譜を作成しようとしていたので、私は彼に請求されてその資料のために、いうなりになるべく本など送りました。彼は私の家のことをしらべてまわり、私がどこで生れたかを決めました。そんなことは、しらべる必要もないと私も思わぬわけではありませんが、どういうわけか、彼が決めたことになっています。父の過去の職業のことも、きき出しました。

私が生れた大正はじめに、私の長姉の房江は、吉原に身を沈めました。要するに父が彼女を売ったということであります。彼女は私より十五歳年上で私は彼女のあと六人めに生れています。彼女を入れて七人の子供がいたのですから、生活は苦しかったのでしょうが、その頃は働く職場がなかったのだろうと思います。

房江は教生（師範学校を出て先生の見習いをしている人）といっしょにうつっている立

派な写真が残っていて、誰の話によるのかおぼえていませんが、彼女を女学校から女子高等師範まで通わせてやるという篤志家がいたということですが、考えてみると、沢山の子供がいて、私も生れていたのですから、学校へ行くのでは、その当座の家計の足しにならないということであったと思われます。次の姉は女工になりました。その次の姉は、小学校を出ると、その順序はよくおぼえていないのですが、髪結、女工、カフェーの女給、裁縫の専科の教員、運転手との結婚、離婚、それ以前には医者の家で看護婦のマネゴトと子守りなどもしていたかもしれません。彼女は二十歳のとき、女学校の書道の教員の資格をとり、やがて多治見の女学校の教師になり、たぶん寮生活をしていたのだろう、と思いますが、その姉の職業遍歴はだいたい記憶しています。彼女は十代から結核でもあったので、その治療にも、母ともどもつとめていましたが、家で髪結床を始めたときは、十七、八で、母が助手をしていました。私は小学生で寝ころがって大人の女たちの話をきいていました。

この姉の下の姉は、女工になり、小学校の教師になり坂祝《さかほぎ》という木曾川べりの小学校につとめているとき、学校の宴会の食中毒が元で亡くなりました。

私がこんな話をするのは、要するに私が教師になったのは、それに向くところがあったこともあり、二人の姉たち、兄と教員をしていたことと、関係があるのかもしれません。私は七十で定年になるまで教員をやめたことはないのです。

私の家族は大分あとまでそろってベチャベチャおしゃべりしながら、傘のかヽがりの内職をしたことをおぼえていますが、あるときからアメリカ向きの日傘の時代になったようでした。それに母や姉、とくに教員にはならなかった二人めの姉などは、庭でハタオリをしました。

とりあえず、鈍物的な人間である私に、坪内節太郎さんは、おつき合いをして下さったわけです。

横道へそれましたがこれから約束どおり、坪内さんのことに移ります。坪内さんは、岐阜では、「坪《つぼ》さ」と呼ばれていたようです。「坪さ」は、御承知のように、旗本三千石の家の出ときいています。おじいさまは、遊人で何も仕事をなされなかったようで、琴をボロン、ボロンとひいていたと、おばあさまがいっておられたそうです。「坪さ」は、お父うさまに連れられて芝居見物に行かれたそうで、夜道を自転車の上で居眠りをされたりしたといいますが、芝居の口マネは、お父うさまゆずりです。芝居見物といいますが、那加町なんかに小屋があったのでしょうか。明治初年に出来た立派な芝居小屋があるところをみると、この市の芝居好きは相当なものだ、ともいえそうですが如何なものでしょうか。こんなことをいっているようでは、笑いものになりますね。

「坪さ」のお父うさまは、田畑を売り払って大阪へ出て薪炭業をいとなみ、坪さは車をひいて炭俵を届けたそうです。私がこれからふしぎに思うことを申しますが、坪内さんは昼間、商業学校へ行き、夜は新聞社の給仕をなさっていたといいますが、絵を習いに行ったり、芝居見物に行ったりされていたようで、いつそんなヒマがあったかと思われますが、そんなこと考える必要はないのでしょう。給仕といいますが、当時、いろんな人が給仕をしていた模様で、文化的フンイキをそういうところで養われた人も多いのでしょうか。

　坪内さんは油絵の勉強をしていました。光風会に出品したのも若い頃ですが、おどろくことは、二十歳前後で、既にさしえをかいていたということであります。私の三つ上の兄なんかは、美術学校の師範科の学生の頃に、内職にさしえをかきたがっていましたが、カットをかくのが精一杯だったようです。それなのに、坪内さんは、早くも「新青年」という当時のモダンな探偵小説などを専門にのせていた雑誌の仕事をしていたというのです。洋服を着てソフトやハンティングをかぶった男、モダンな洋服を着た女がタバコを吸っている姿などをかいたものが残っています。やがて彼は、新聞の時代小説などのさしえをかきはじめたのです。新聞小説のそれらの小説家は、みな名の知れた人で、たとえば、村上元三、土師なんとかといった人、あるいは白井喬二なども、そうだったかもしれません。そういうところへさしえをかくということは、もともと新聞社にいたこととも関係のあることでしょうか。私はそういうことについてはきいたことはないのですが、さしえの方も油彩の方、日本画の方、いろんな人がいて、それぞれ名の知れた人です。河野通勢とか、石井鶴三、その他年輩の人が見おぼえ、ききおぼえのある人々が競っていたので、坪内さんは、そういう人たちにも愛されていた模様ですから、いったい彼、坪内さんは、そういう美点をそなえていたのではないでしょうか。それは一つには、えかきとしてのセンスのよさということもあるが、育ちのよさ、という点もあるのではないでしょうか。「育ちのよさ」というようなことは、自分一代ではできることではないですね。

よく芸術家的素質というものは、没落した家からしか出てこない、と川端康成なんかという人は口にしました。

坪内さんの家は曾根崎あたりにあったようです。あの『曾根崎心中』なんか、私は思い出しますが、ずっと芝居好きで、役者になって演じた写真が何枚か残っていて、お富になったのもあるようです。姿も顔立もよく、いかにも出自のよさがにじみ出ています。私はいっしょに歩いていてよくそう思いました。それだけでなく身のこなしがよく、相撲なんか中川一政ととったりした、というのは有名なハナシであります。

坪内さんは油絵から水墨画をかくようになられた中川さんとのつき合いは早くからあったのでしょうが、中川さんのところを訪ねると、相撲の相手をさせられたといっています。この先輩画家は、八百屋でも御用ききにくると、相撲の相手をさせられたそうですが、坪内さんもその相手のひとりだったのですが、彼本人も、相撲は好きであったと思います。

四つに組んだときはバランスがとれていて、それがくずれるとき、一方が負けるといったことを、中川さんか坪内さんかがいっているようです。力が入ったと思ったときに土俵の外へ出されるとは、坪内さんの言葉です。中川さんの庭には土俵があったのかも分りません。あとでふれますが、坪内さんは利口すぎると批評していますが、『水墨画入門』などでは、手本にあげていたようですが、横山大観などが一目おいたという、あの頭の大きな人間の絵をかいた、いま名前が浮んでこないのですが、ああ小川芋銭《うせん》ですね。あの人の作風の方が好きのようです。

坪内さんは矢立をもって人形芝居やカブキの場面をスケッチしたものが沢山あります。能郷《のうごう》で田楽（?）の舞台にいっしょに行ったときも気がつくと、坪内さんは矢立から筆をとり出してスケッチをしていましたが、こういうときには近寄りがたいかんじを受けました。

私ども夫妻は「潮」の編集者といっしょに坪内夫妻、——途中まで平光善久さんとここ各務原へ参りました。連載中のことです。

4

私たち一分隊が各務原を訪れたのは、二十三年ほど前のことだと思います。その分隊というのは、まず坪内夫妻、私夫妻、平光善久さん、それに「潮」という綜合誌の編集者です。この人の名をかりにNさんというふうに呼ぶことにします。Nさんは、坪内夫妻とウマが合っていて、さきほども申しましたとおり、私がさしえの材料になる『私の作家評伝』のちに、『私の作家遍歴』の原稿を渡すのがおくれるものですから、Nさんがさしえになりそうなことを教えたりしたことも多く、坪内さんも私の原稿を読むのは、雑誌が出てからということもよくあったようです。しかし坪内さんは、とくに『私の作家遍歴』を気に入っていたかもしれず、「小島先生のこの連載は、恐ろしいところのあるものです」と宣伝して下さったことがあったのをおぼえています。

Nさんはあとで短篇集を出したりした人で旭川のうまれで、冬学校へ通うのに何百メートルもある橋をわたるとき、あまりに寒く冷たいので涙がこぼれたという話を、情緒をこめて語るときには、坪内さんも、北海道の函館の女学校の出身の夫人も気分よく笑っていました。Nさんは、『私の作家遍歴』が、ある文学大賞をもらったのですが、それはたぶんに坪内さんのさしえのおかげだと『坪内画集』に依頼されたとき書いていました。彼は坪内さんが亡くなったあとも、夫人やお嬢さんの相談役になっていました。

私は『私の作家遍歴』の名をくりかえしあげています。もう五回ぐらいはあげました。本になったとき五百頁以上の本三巻となりました。残念なことにさしえはつくことがなかったのは、頁がかさむということも理由でしたが、坪内さんは、『私の作家評伝』の本(三巻)の場合にはさしえつきであったので、期待しておられたのですが、申しわけないことをしました。

私はこのごろ、とくにこの部厚い三巻本の方をくりかえし読んで、自分のエネルギーのもとにしたがっているようであります。私の全部の本の中で、特別の位置を占めるものだ、と私は思うようになっています。この中にはどんな作家、人物が登場するか、ヒントだけでも申しあげるとよろしいのですが、たとえばそうしたからといって、これらの本の特徴をお教えしたことにならないのです。ですから、こんなことをいっても、自画自讃をしているだけにすぎないのですが、私の若い友人の作家は、先だって、持続と集中の賜で、この十年、あるいは、七、八年のあいだにおいてのみ爆発的に出現したのであって、さあとなると舌をまく、というような月並みのいい方しか出来ない、といいます。私はテレクサク思う方ですが、この本群の場合においてのみは、

「たぶん、そういうことになるだろうな」

と思うのです。私はあまり「舌をまく」ことが多いので、居たたまれなくなってじっと机の前に坐っていることが出来なくて、どうしようか、などとつぶやくこともあります。私はぜひ読んでもらいたいのですが、先日その出版社に問い合わせたところ、既に絶版になっているとのことでありました。

私のこの本は、ひょっとしたら、私がしばらく前にふれた、「考へ方研究社」の藤森先生の、叫ばれた「お前たちは鈍物だ」ということと関係があるかもしれないし、私の道草をくう態度とつながりがあるのかもしれないし、忘れてしまっているうちに前にふれたこ

とが、またあたらしく姿を変え意味を変えて、あらわれて、そうしてまた消えていくというようなこととも大いに関係があるのかもしれません。

私がこんなふうに、この私自身の本を、たたえているのは、けっきょく、毎回毎回坪内さんがさしえをかいて下さっていたことをいいたいつもりだったのです。私の連載している文章を読んでくれたのは、私本人、と編集者と、それから坪内節太郎さんの、ほかは、私に思い浮ぶことが出来ません。延々といつまでも続くものを、——一回一回で読み切るわけでもなく、そうして、先きの見通しがつくわけでもないものを——どうして一般の読者が読むだろうか。しかし、そういう中でなければ、私は自分の中から、自分の中にあるものをひき出すことができなかったのです。そういうことを、感じていたことにはちがいないが、それほどよく考えていたわけでなく、今になって読み返すと、その内容に「舌をまく」のです。自画自讃というより、大ボラに近いおしゃべりはこのくらいにして、坪内さんのことに移り、やがて横山準之助さんに移りたいと思います。

5

私たち一分隊は、揖斐川の上の方の谷汲村の横蔵寺《よこくらじ》とか西国三十三ケ寺巡りの上がりの華厳寺《けごんじ》に行き、十一月末か十二月はじめであったので、横蔵寺の中を流れている川の底に紅葉が散り敷いているのが未だに鮮かに浮んできますが、宝物館は休みでした。その日は岐阜の長良川のほとりの宿に泊り翌日、各務原にやってきて、村国神社とそれから、そのとなりにある歌舞伎小屋を見せてもらい、そのあと坪内さんの先祖のお墓を訪れ、そのあと、明治村を一巡し、それから福井の三国方面へ向いました。

私のアタマの中には、村国神社、芝居小屋、立派ないかにも武家のお墓が浮んできます。

一分隊は福井から電車に乗って三国へ向った。先日写真を整理していると、この電車を待っているときと、それから電車に乗ってからとの坪内さんと私とが並んでいるときの二枚が出てきました。三国へやって来たのは、坪内さんが、そこに住むあるお婆あちゃまを訪ねるためでした。坪内さんはこの旅行のあとわざわざ東京の私の家へ来て、柿の葉ズシを食べて下さったとき、私たちのかわしたハナシをカセット・テープにとったのですが、このテープをこの会場で再生して、皆さまに、坪内さんのお話のしかたをきいてもらうつもりでありましたが、私の家にあるものと思っていた、そのカセットがどうしても見当らないので、たいへん残念です。そのテープの中で、坪内さんは、「三婆《さんばば》」の話をなさいましたが、いずれも彼が気に入っているお婆あさまの話でした。そのひとりは、恵那のトモさと呼ばれている絵かきの方で、いつか県立美術館で展覧会があったようです。たぶん皆さまご存知でしょう。もうひとりは、何でも北海道の方で、小樽の人だった記憶がありま す。それからもう一人は誰であったか忘れましたが、ひょっとしたら、この三国の方であったかもしれません。いずれにしても、この三国のお婆さまを、どういう意味で、坪内さんが私たちに会わせようとしておられたのか、よくは分りません。この方のことは、あとでもふれますが、とにかくその人に私たちを会わせる目的であったことはまちがいなく、終点で電車を降り、しっかりした格子のある、いかにも旧家らしい構えの家に入って行くと、しばらくして出てきて、坪内さんは、

「何という間のわるいことや、東京へ出かけてルスだそうやがね。まあ仕方がないことやで宿へでも行くか」

といわれました。

そういうわけで、東尋坊というところの崖の近くの民宿で一泊しました。

「Nさんこんなところしか泊るところはないのか」

「宿をさがしたのですが、このあたりではここしかないものですから」

ゆったりした会話をかわし、翌日、また福井へもどりました。ここからあとのことは、私には、たいへん印象ぶかく、各務原訪問は別として、今度の旅は、それで充分にみたされました。

坪内さんはタクシーを降りると、先頭に立って歩いて行かれ、ある植込のある二階屋の門をあけようとしてあかないと見ると、すこし離れて二階を見上げ、

「どうも二階にお出でのようだな。ううん?」と誰にいうとなくひとりごとをつぶやく

と、二階に向って、

「光平さん！　光平さん！」

と呼ばわられたのです。

あとで考えてみると、光平さん訪問は、三国のお婆さま同様に彼の目的であり、ことによったら、三国から電話連絡をとっていたのかもしれません。しかし宿でそんな気配もなかったようでした。「光平」というふうに呼ばわられた人物は、その名を耳にしてみると、ききおぼえのある人でした。

その頃は、私が六十一歳、妻が一まわり下ですから五十前、坪内夫人も元気で、宿ではきまってビール一本をあけるという有様でした。私が夫人の姿勢の良さをたたえて、

「陸上部の選手でもしておいででしたか」

というと、

「そうや、私は走り高とびの選手でしたもの」

と、こたえておられましたが、その夫人も大分前に亡くなられました。

光平というのは、雨田光平氏のことですが、私の知るところでは、坪内さんとのかんけいは次のとおりでありました。

上野の美術学校で、雨田光平は曾宮一念と同級で、彫刻の学生で、一念の方は油絵だったはずです。一念は現在、私の記憶では、何年か前に百歳に近く、全盲になられ、娘さん

が世話なさっているところが、テレビにうつりました。一念はそのときは、絵の代りに短歌を書いておられるのでしたが、もちろん書であったのでしょう。もう亡くなっていると思います。

一念は光平の彫刻よりは、光平の和琴《わごん》を高くかっていて、そのことを一念の口からきいたのだったようにおぼえています。坪内さんは、光平の和琴の演奏会がワセダの大隈会館あるいは講堂だったかで催されるのをはじめてきいたのです。そのときの感動を坪内さんが文章にしています。その本を読み返すヒマがなかったので、これは私のウロおぼえですが、こんなふうだったと思います。

「その曲は〈厳島詣《いつくしまもうで》〉というのでした。それをきいているうちに、こんなものが、この世にあったのかと思っているうちに涙が出て涙が出てしかたがなくなりました」

ここで、皆さんには、坪内さんのお祖父《じい》さまがボロン、ボロンと一日中和琴をひいていたという、お祖母《ばあ》さまの言葉を、坪内さんが語っておられたことを思い出していただきたいと思います。何でも池大雅の奥さんが和琴の名手であったとか、また浦上玉堂が岡山藩の藩士であることをやめて、琴を肩にかけて旅に出たというような話を、坪内さん自身が文章に書いています。

坪内さんは、光平の演奏会を岐阜で催したいと希望するようになり、実現のはこびになり、それには美殿町の中嶋祥雲堂ほか、坪内さんの弟子またはファンにはたらきかけたのでしょう。岐阜での催しのことは、私は先代の祥雲堂八郎さんからききました。岐阜でどのような曲が演じられたか、忘れました。

福井で光平さん宅の二階へあがって、ひいてもらいました。一階は油絵が壁に展示してあるところをみると、彫刻はやっていないのかな、と私は思いました。ついでにいつかテレビに光平の息子さんがハープを製作しておられるということがうつっていました。それはあるいは特別のことなのかもしれませんが、私はよく知りません。

私たちは雨田光平の和琴をききました。私はこういう方面のことは、たいへんうといので、曲目のことは忘れています。いったい〈厳島詣〉とはどのようなことを詞にし曲にしたのか、そのことを誰かにうかがおうと思いつつ今日に至りました。私の印象は、口ではいいあらわし得ません。何かにつけて思い出してきたような気がするのですが、それ以上のことは、皆さんにうまくお伝えすることはできないのです。もちろん光平さんはこの世の人ではないはずです。祥雲堂の八郎さんも、先だって息子さんの康雄さんにきくと、亡くなられてもう八年になります。八郎さんから譜本を見せてもらったりカセットをかりたこともあるのですが、そういうものでは、つかめないようです。

昭和二十七年ころ、虚子は弟子たちに誘われて三国を訪ねています。皆さまの中でも傾倒していらっしゃる方々も多いと思われるこの人は、漱石に『吾輩は猫である』を俳句雑誌『ホトトギス』で掲載させました。漱石はその成功がきっかけになって次々と小説を発表しましたが、それにつれて虚子もまた小説を発表し、たいへん好評でしたが、何年かすると、小説を書くことを断念して、『ホトトギス』を俳句雑誌にもどし、そのあと、俳句も、『ホトトギス』も隆盛に向いました。只しかし虚子はその後も小説を書いていて、愛子という人物のシリーズものともいえる短篇をいくつかつづけています。昭和二十七年頃と記憶しています。虚子は愛子の育った三国の家を訪ねたときのことを書き、好評でした。小説によると、そのときたぶん結核を病んでいた愛子が立ちあがって舞うようになっています。そこには、彼女の愛人である白翠や、母親などがいました。舞いが終りに近づいた頃であったと思いますが、虚子が泣き出しました。宴席でもあり虚子はお酒をのんでいたのです。彼はそれから泣きつづけました。そういう泣き方は〈酔い泣き〉というようで、私はこの小説を読んでいて、そんないい方があるのを思い出しました。私自身、一、二度酔って泣き出したことがありますが、それは若いときで、ウイスキーを沢山のんで酔っぱらってしまって、その原因も全くおぼえていないし、お話にもならないのですが、虚子が泣き出した理由もまた、小説の中では作者の虚子は書いていなくて、

「すると私はふいに泣き出した」

　とあっただけのようでありました。

　そのあと、次々と同席の人たちが泣き出したありさまが書かれています。その順序は、愛子さんであり、次は母親であり、愛子さんの愛人の、白翠であり、虚子の最愛の娘さん

であった立子であり、もうひとりの娘さんであり、それから……というぐあいに泣き出し、いよいよ虚子は泣きつづけたというようになっています。いま私があげた順序は違っているかもしれないが、虚子の泣くのが止らないものだから、その席の中の責任者みたいな人が、その宴に先生を連れ出した人々を詰問するさわぎになります。虚子が泣きつづけるようになったのは、そういう人たちがいけないのだ、というのです。坪内さんはそういう場面をさしえになさったか、どうか忘れましたが、坪内さんも俳句を作りもし虚子を尊敬しておられたのでこの事件のことはともかくとして、愛子を舞わせたのは、そのお母さまであったことなどに興味をおぼえていたのだろう、と思います。三国の地酒にはどんなものがあるか存じませんが、酔い泣き、よい泣き、とも、えい泣きともいうこの泣き方は、日本酒をのんでのことでしょう。愛子さんは、おそらくそれからそう長い年月のたたぬあいだに、亡くなったものと思われますね。

6

ここで私は、執筆者として気づいたことであるが、『私の作家遍歴』については、講演のときにはいわなかったことを、つい書いてしまっているので、いずれ、本にするときには、その部分を削ることにする、ことを断わっておく。

私は今、世の中が急にほんとうの冬の寒さに変ったせいか、それとも執筆をつづけているうちに、眼に負担がかかりすぎて、手術前から、もう十年も前からのことですが、眼が充血し痛くなってきているので、手さぐりでやっています。妻は口述して下されば、私が書きます。大分漢字を忘れたので、それに平仮名も危くなってきているので、あとで——もしとても急ぐのであれば、編集の方になおしていただくことにすれば、……といっていますが、それはムリなので、こうして続けている。こういうときの私の眼はアレルギーという人もいれば、カクマクが弱いので菌におかされ易いから、そうなるのだ、という話である。それで最近手術して下さった先生に、——何代も替っているので、どの先生がおっしゃったのか、あやしいのであるが、

「菌のようなものは、身体の内側からのものですか。私はどうも一せいに来るように見えるのですが」

とうかがうと、

「どういうこともあります。当然、内部からも来るでしょう」

ということだった。

それはそれでよいのであるが、三ヵ月ぶりに、色々の用事をかねて二、三日、土、日をかけて滞在してそのあいだに携帯電話の手続などもし、使い方を教えなどしてくれた娘が昨日帰るとき、

「ほんとうのことをいうのは、決していいことでもないし、愛することにもなりません

よ」

といい置いて行った。

彼女のいうことは、大所から見ればもっともなことであり、勿論かねて心得ていることであるので、

「うん、うん」

と答えていた。それにしても今日は、妻のぐあいは、大分よくなっていて、脳の中も動いてきているのではないか。あの各務原の講演の頃、それから翌日の岐阜での講演のときと較べても、よいあらわれと、よくないあらわれとの比率が変ってきている。こういう進歩、変化もあり得るのであろうか。お医者のことは、全部認めることにやぶさかでないし、検査もしていて立合ってもきているので、よく分ってはいる。

先日、友人の若い作家が、こういった。

「奥さんは、いつかの山水楼での〈X氏との対話〉のときのパーティで、ぼくたちといっしょのテーブルについていてパーティが終って立ち上るとき、

『私、持物は、このハンドバッグだけだったかしら』

とまわりを見廻しておられたが、あれはよくない。もちろん、あれは一つでよかったのだが一つのことをいうのに、ああして二つのことに拘るのは、いいことではない。あれはウツの症状だ、とぼくは考えます。何かいい方法があるのではありませんか」

「二つの可能性を考える用心ふかさは、わるいのだろうか」

「ある不安のあらわれですからね。くりかえしますがきっと方法はあるにはあると思われます。医者というのは、——どの世界にしても、同じことなのですが——いくら専門といいながら、専門ということが、よく分っているということではないのですから。脳のことはこれは間違いなく、最もおくれているので」

「この前には、どんどん進んでいるときいたように思うけど」

「進んでいるといっても、カンジンのところは進んでいるとはいいがたいのです。そりゃ、先生も『私の作家遍歴』の中の確か第三巻の中でだったと思いますが、発達段階からして脳は皮膚だ、というようなこと、脳は最もあとに脳になったのだ、というような中国や、それ以外の国の学者の意見を引用していますが」

「あれは二十年も前に書いたものだから」

「二十年前だからといって、無意味というのではないのですが、とにかく……」

また『私の作家遍歴』か、と、読者は閉口していると思うが、この人は前から、時たま、この本の名をあげ、あれが読まれていないかどうかはともかく、小島信夫の仕事として問題にされ損ってきているのは、……とか何とかいっているので、読者にメイワクでもいたしかたない。こうして話してき、彼はこのあとこういう。

「脳の中は色々の部分に分れている」

「それはよく心得ている」

と私はいった。

「それはそうですが」と彼はいつものようにゆっくりいった。「自分がしゃべるのはもどかしいという人が多いが、正確に、真実に近いところに係ろうとするときには、だいたいぼくひとりがそう思っていることで、どこかに書いていることを反覆したりなぞったりしているだけではないので、そうなるのはしんぼうしていてもらうというか、そういうときには、ぼくの方だってギセイを払っているのだから、……

そのいくつもの部分に分れている、その部分部分どうしでネットワークをなしていることが分っていないというか、分ろうとしないのか。その方向で考えるということは、専門の人が意外なくらい関心を示さない」

「近いうちにクスリが発売されるから、期待して下さい、ということであったが……」

「その場合でも、カンジンのことをネグってしまっている態度には変りはないでしょうよ。どの世界、方面でも似たようなものだから、そのことだけは知っておくべきですよ」

7

（講演の続き）

さて坪内さんは文楽だとかカブキ芝居などを度々見に行かれて矢立から筆を取り出して

スケッチをしておられたことは、私が前に能郷《のうごう》の田楽舞台を見に行ったときもそのようになさっていたことを申しあげたので、皆さんも想像がつくことと思います。生涯にわたるそのスケッチの数は何百枚という枚数ではすまされないのではないかと思います。ここにも何枚か展示してあるようですが、私も二枚ほど持っています。前にワセダの大隈講堂で、雨田光平の〈厳島詣〉などの演奏が、きっかけとなって、岐阜でも演奏会をひらくようにもって行った話をしましたが、やはりワセダの演劇博物館で、さっきのスケッチ展を開かれ、私も見に出かけたことがあります。

私は思うに、このようなスケッチはやがて、坪内さんのさしえにそのまま生かされて行ったのでありましょう。そういうようなことは、坪内さんは一度も口にされたことはありません。私自身あまり考えたことはございませんでした。そのつながりは、あまりにも分り易いので、わざわざいう必要はないということであったのでしょう。これは私がもういってしまったのに忘れて、大事そうにくりかえしているにすぎないのだったかもしれません。もしそうでありましたら、モウロクしたというふうにとって下さっておゆるし願います。

こんどこの講演のために、私は『坪内節太郎画集』を拡げて見たり読んだりいたしました。この画集はさっきふれました夫人と岐阜の中嶋八郎さんが主になって刊行の運びに持って行ったと決めていますが、この本の中の文章に、芝居の立ち廻りのことが出ています。

　坪内さんは、芝居で魅力があるのは、悪人だといっています。そんなことをいうと、自分が特別の趣味をもっているかに見えるかもしれないが、舞台では、善人というものは、まことに冴えないもので、それと較べると、悪人は美しい。というのは、悪人が善人をやっつけるところなどは、たしかに憎々しげではあるけれども、その立ちふるまいが、何ともいえず美しく、惚れ惚れするのである、というようにいっておられます。

　坪内さんはいつだったたか、奥さんに向って、岐阜の人間は、といわれたか、美濃の人間は、といわれたかさだかではありませんが、とにかく、こうした人には、どうも小ワルばかりで大ワルというものがいないな、といったイミのことを呟かれたそうであります。

　すると奥さんは、

「それはあなた、あなたのまわりの人がそうであるように見えるだけじゃありませんか」

　とおっしゃると、

「そうかな、ワシのまわりだけかな」

　となっとくされかねる様子だった、ということをきいたことがあります。

　私はこのやりとりが、ずっと心に残っております。私どもは久しぶりに岐阜にもどってくると、よく新聞記者の方や市のお役人の方々に、

「どうして岐阜の人たちは冴えないのか」

とか、

「どうして進取の気象に欠けているのか」

などときかれます。

私は未だかつて、うまい答えを見つけ出したおぼえがありません。

昔はよく〈輪中根性〉ということがいわれて、西濃の人間は様子ばかり見ていて、思い切ったことはしない、といっていたものであります。しかし根性のことはさておき、〈輪中〉というものが、今になると大変なチエであるといわれます。皆さんご承知の二十年ほど前の長良川の洪水以後のことです。
四、五年前に私が七、八人の方々と市民栄誉章をいただいて岐阜にやってきて役所で顔をそろえたさいに、何かタメになることをいってくれ、といわれたことがあります。そのとき西武の監督をやめたばかりの森さんが、明快な返答をなさいました。森さんはご承知のように、そこの長森の出身で岐阜高校でキャッチャーをなさっていた人です。
「岐阜は、郷土出身者を大切にしない。たとえば、私などには後援会を作って応援しよう、それによってみんなが元気になろう、というような話が全くない。岐阜ほどハッキリしないところはない。たとえば九州の博多へ行ってごらんなさい。これが同じ都市であるのか、と思うほどの違いです」

「森さん、だから、どうしたらいいのか、チエを拝借したいのです」

それに対して、森さんはどう答えられたかおぼえていませんので、いいかげんなことをここでつけ加えることはできません。そうした寄り合いのあと、私の小学校中学校来の友人が、どういうわけか、そこに顔を出していまして、私にこういいました。

「岐阜にだって、いろいろな人物はいる。きみ今夜は僕とつき合わないか」

といいました。彼のいいたいのは、ちゃんとした女性がいて、たぶん水商売の方だと思われますが、その人を紹介したいというのだったのでしょうが、夜には帰京せねばならず家の事情があるので、私は駅へ急ぎました。

博多は格別なところで、そことくらべるのは、酷かもしれないが、「何とこたえたらいいだろう」と自問自答をくりかえして車中の人となりました。

坪内さんは、

「私はぐずで、ノロマで、物臭だ」

というふうに最晩年に『東京新聞』に書いておられたようです。あとでちょっとふれることになる中川紀元という方のことを例にあげて、こんな言葉があります。

「中川紀元さんは、パリでマチスの影響をうけて帰ってこられた。形のメカニズムということをずっといいつづけておられた。あの人はその点からしても信州人だと思います。それに較べ私は……」

と、さきほどの文句がつづくのです。

坪内さんがこんなことを新聞に書いていた頃、私は『私の作家遍歴』の中でオブローモフという人物のことを扱っておりました。これは作中人物でありまして、創造した作家は、ゴンチャロフという名の人でした。この名前をああ、そんな人がいた、とすぐ思い出せる人は、よほど読書欲の旺盛な方か、それとも記憶力の人並みすぐれた人でありましょう。ロシアのことを、それも十九世紀のロシアのことをいうと、キゲンのわるくなる人がいるかもしれません。この人はドストエフスキイやトルストイと同じ時代で、よく三人の名をあげる人がいるとすると、その中の一人になっている人なのです。実をいうと、この私自身が〈遍歴〉の途中めぐりあったぐらいですから、そのつもりできいて下さい。この小説家は、外交官でもあったし、飜訳官でもあったようでした。この人は「オブローモフ」という人物を書き、タイトルにもいたしました。このおかしな名前の男は一口でいうと、物臭太郎でありました。それがただの物臭ではなく、一日中ベッドの中に寝て、ほとんど起きてこないといった徹底ぶりでした。

私は記憶力のわるい人間ですので、東京の国立の家を出る前に、ノートしてきた文章がありますから、読みあげてみます。皆さんの各務原へきて、遠くの過去の人物がベッドの中でどんなことを考えていたか、知ってもらうのは、気がひけるのですが、ごしんぼう下さい。さっき私は各務原でなく、岐阜のことをいうだけでも、たいへんすまない気がしていたのに、こんどは尚更です。しかし想像するに皆さんの各務原出身の坪内さんは、次の文章を読み、さしえをかいています。ベッドの中に寝ていて、そのそばに下男が立っている図です。この下男も主人に似ず変りもので、しかも誇り高い人間です。これから読みあげます。

「とにかく寝ているからといって、何も考えていないと思ったら大間違いであることはまぎれもない。

彼はときには自分がナポレオンのみならずエルスラン・ラザレーヴィッチさえも色を失うような、ある無敵の司令官であると空想してみるのがすきだった。彼は戦争とその原因とを考え出す。たとえば、諸民族がアフリカからヨーロッパに侵入する。あるいは彼があたらしい十字軍を組織してたたかう。そして諸民族の運命を決定し、町々を破壊し、あるいは赦免を施し、処刑し、あるいは善行と寛容の功業をたてる、といったようなぐあいである」

どうも皆さん長くなってあいすみません。日本でも物臭太郎のおはなしはありますが、これはレッキとした小説であります。

この人物を創造したゴンチャロフは、アメリカの黒船が浦賀にやってきて日本中の人たちの夢を破ったといったあの当時に、はるばるロシアから大まわりして貿易をしろ、といってやってきたとき、プチャーチン提督の秘書として、航海日記の執筆者として志願し、日本にやってきたのです。もちろん長崎へ着いただけでほんのちょっとしか、上陸することができず、また出直してくることになりました。

私はゴンチャロフには日本が、自分の創造した人物と同様に、ベッドから起き上ることをしないオブローモフとしてうつった、と思いました。私はそういう見事な着想で、「皇帝の使者」というタイトルで先ず六十枚ペンを走らせましたが、私の身体はその頃ぐあいがわるく、歪んでいたので、私の書く文字もまた歪んでいたのです。坪内さんは苦労して辿り、Nさんにアウトラインを教えろ、そしてさしえに好都合な場面を教えろ、といわれたはずです。ところがNさんも私の文字に馴れているといっても、なかなか読みとれないところもあり苦労したと思います。

私は〈見事な着想〉と自画自讃しましたが、皆さんにはよく分らないと思います。しかし坪内さんはたぶんロシアのオブローモフが、ロシアの物臭太郎であることに多少とも興味をそそられ、多少とも印象にとどめることになり、自分が〈ものぐさ〉だ、ということにされたと思うのです。といっても、坪内さんは、そう書いていらっしゃるほど、〈ものぐさ〉であるわけではなく、そういうふうに自分のことをいってみるのに、自信があったのでしょう。坪内さんは決して〈ものぐさ〉ではなく、第二回めに倒れたとき、彼は湯ぶねにつかりながら、右手を空中に掲げ、指を動かしていたのだそうです。もちろん絵をかいているつもりであったのでしょう。そういう人が、どうして、自分でそういうほど、〈ものぐさ〉であるものですか。しかし、彼が信州生れの中川紀元さんに対抗していたのは面白いと私は思います。

私はこれから、まだまだ、芝居の悪役の立ち廻りの美しさにふれたのみで、まだこれから芝居とのかんけい、油絵や水墨画への移行とのかんけいなどを語らなくてはなりません。それから横山準之助さんがさきほどから待っていらっしゃいます。それから、まだまだ私の話の先きは長いと思って下さい。

8

前回、私は「オブローモフ」という小説の作者であるゴンチャロフが、記録係りを志願して日本へやってきたことにふれた。各務原出身の画家、坪内節太郎が、その様子をさしえにかいてくれた。『私の作家遍歴』の「皇帝の使者」の中でのことだ。

私が各務原市で行なった講演においてであった。ゴンチャロフのことなど、長々と語ることも気がひけたので駈足ですましたが心のこりであった。ゴンチャロフという人は前にも述べたが小説家であるほかに、役人にもなった。その彼が並はずれた物臭であったオブローモフを創造した。第一部を書いたままで艦船に乗りこんだので、彼の頭の中はオブローモフでいっぱいであったが、どういうわけだったか、はるばる日本へやってきた。日本は彼の主人公オブローモフのようにベッドから離れようとはしなかった。坪内さんはこのオブローモフの作者が日本の長崎へきて上陸できず遠くから眺めるだけであったことをさしえにどうかこうか、いくらか苦労した。そんな場面をかいても何のことか読者には分らないので、小さい舟でしばしば近づいてきては、通訳が作り笑いをして艦船に呼びかけるところをかくことにした。

しかし何ヵ月かたって、江戸から使者がやってきてプチャーチン提督と対面することになった。この使者は、かつて長崎奉行をしたこともある川路聖謨《としあきら》という人物で、私はこの人物のために六十枚を使い「もう一人の使者」のタイトルで書くことにした。この事件はたいへん有名なものであり、興味ぶかいものであるので、かつて小説家が新聞の夕刊小説にかいたこともある。たぶん編集者がまだ本になっていない資料と図書館で眠っている資料をさがしだしてきて提供したのであろう。しかし資料は今では印刷されている。ゴンチャロフの『日本渡航記』がロシア側の資料である。一方、重大の使命を帯びた副使節である川路は長崎への紀行、ロシアの使者との対面を刻明に書きのこしている。

両者がはるばる遠方からやってきて、対面したのである。今いったようにこれら一切の模様は、記録されている。一方の記録係りはれっきとした小説家兼役人である。一方はたいへん記録好きで日本人としては珍らしくユーモリストでもある役人の川路である。もしゴンチャロフが小説家でなかったとしたら、どうであっただろう。小説家であっても、ドストエフスキイやトルストイであったら、どうであったであろう。もちろん、この二人には艦船に乗って危険な航海のお伴をしようとするより、もっとほかに冒険があった。

川路が中仙道の碓氷峠をこえるとき、雪が降ってきた。彼は温度計で温度をみたあとカゴを降りて刀の素振りをした。それは刀を使用するためではなく、健康法の一つであった。途中、二、三の知人、その中には使用人でもあった人に美濃で会っている。大津絵をたのしんだりもした。そのところも、坪内さんはさしえにつかった。大津絵は彼の愛するものであったから。私は美濃へ寄り昔の使用人とキュウカツをじょしたところで感動したおぼえがある。

一方ゴンチャロフは、小笠原で暴風にあい難儀した。長崎で役人はまったく会ってくれず、アテにした芸者の姿も見ることができず、風雲急を告げることがあってまた長崎へまいもどってきた。そうして遂に、江戸からの使節団が到著し、両者は対面することになった。

ロシア側は楽隊を先頭に隊列を組んで目的地の寺へ向った。とくにこの対面の場面や日本の使節が艦船に乗りこんで歓待をうけたときの、両者の記録を較べるよろこびは、稀に見るもので、小説ではあらわしきれず、ただ記録を並べるだけが、いちばんだ。この対面の場面をさしえにするにはあまりにも、記録の文がいきいきとしているので、坪内さんは、あきらめた、と編集者N君に打ちあけたそうで、プチャーチンの軍服姿と、裃《かみしも》姿の川路らの姿を並べるだけにとどめたように思える。

さきほど、多少ふれたように、ゴンチャロフが記録係りとしてきたことは、非常に幸運であった。彼は役人に理解があった。どこの国でも役人には共通点があるというふうに彼は見ることができた。決して通商をしようとはしまい、という態度を、どうあらわすか、どうロシア側を怒らすことなく帰国させるか、そのためには一命をとしても、という覚悟をチラつかせながら、ときどき眠っている表情をしたり、眼を大きく見開いたりしている使節の姿、彼ら五人（?）の一人々々の特徴をつぶさに観察し、中心人物の川路の人物の内容を過不足なく描いていて、もし川路本人がそれを読むことができたら、いかにロシア人を見直したか、興味ぶかい。そうでなくとも、川路は皮肉と尊敬をこめてロシアの要人の観察記録を書きとめている。

ゴンチャロフの筆は、このような記録にもっと向いていた。そういうこともあって、私の「皇帝の使者」「もう一人の使者」「対面」を読んだ友人の一人は、日本の外交官に読ませてやりたい、といっていた。

川路は船の上でプチャーチンについていた若者をこう記録している。

顔色も、鼻高く、白過ぎたるもの多きばかり、みなよき男にて、江戸ならば気のきたると申すものもみえ、奇麗にて、女の如きわかものもみえたり。

また私はこんなことを書いている。

彼らはどういうことについて交渉を重ねつつあったか、ということは、読者は御承知かと思うが、簡単に説明すると、前々から問題のあったエトロフ島は、けっきょくもともと日本のものである。それからカラフト（サガレン）については、早急に境界線をきめることは出来ぬ。そのためには幕府は調査団を派遣する。そして通商についてはこれといって取引するような品物は今の日本には何もない。

カラフトの境界線については、日本の全権側においても境界線を主張する意見もあった。しかし川路は調査団を現地に派遣してからでなければ分らぬ。日本側にも手もと資料がないのだから、というきわめて穏当な筋のとおったものであった。やがてこの件は、両国が調査団を現地に派遣するという取りきめになる。ロシア側は現地の日本人の状況についても資料をもとにいいよってきたが、それをこのようにかわした。このかわしかたは、いいのがれではなくて、本当はそれより仕方がないことであった。だが、強気に境界線を主張することも出来ぬわけではない。現にそういう意見があった。平凡なようではあるが、これは納得せぬわけにはいかない。この川路の態度にはいいのがれをしているというのではない。何ものかが外に見えていたに違いない。あるポーズだけでは、すむものではない。……

立派な自鳴鐘のようなものや、いや、懐中時計のようなものは、日本にあるわけがない。だからありがたがって貰う。くやしいが、それに見合うものが日本にあるだろうか。貿易をするにしても、そのようなものに対して日本のどんなものを持って行かれることになるだろうか。それでこの国が成り立っていくだろうか。そういうものをほしがるようになった日本が保っていくことが出来るだろうか。

……

この川路を、私たちはみな気に入っていた。筒井老人（全権大使）ほどでなくとも、少くとも筒井とは違った意味で、同じように好きであった。

……

川路は非常に聡明であった。彼は私たちが自身を反駁する巧妙な弁論をもって知性を閃《ひらめ》かせたものの、なおこの人物を尊敬しないわけにはいかなかった。

……

彼の一言一句、一瞥、それに物腰までが――すべて良識と、機知と、炯眼と、練達をあらわしていた。叡智はどこへ行っても同じことである。民族、衣装、言語、宗教を異にし、人生観まで違うにせよ、聡明な人々には共通した特徴がある。愚者には愚者の共通点があるように。

このくらいで私はひきあげようと思う。

（このさい、たぶん、私は川路やゴンチャロフのような人物を、好きなのであろう。）

9

私は妻に年齢をおぼえさせるために、毎日、何度かくりかえし学習を行なおうとしている。

「ところで、アイコさん、あなたおいくつ」

「わたし？　わたしのとし、急にいわれると困るなあ、ちょっと待って。ええと五十二。六十台かな。六十二、ではないでしょう」

「………」

「七十二」

「そう、七十二です。そのとおりです」

「あと何分かすると、また忘れるわねえ」

「どこからそれは出てきた？」

「何日か前に、七十二だということになったときのことが浮んできたのね」

今日は何年何月何日かということは、なかなかむつかしい。ほとんどいうことが出来ないし、そのメドがどこにもない。

「戦争が終ったとき、あなたは十八であった。そのことはだいたい分るでしょう」

「そうね、そのくらいね。たぶん十八ね」

「そのとき昭和二十年で、仏壇のおふくろさんの位牌にもあるように昭和二十八年に亡くなっている。そのときおふくろさんは六十九歳だ」

「あなたお母さんに会ったことある」

「会ったことはない」

「どうして知っている？」

「顔も知っているのは、写真見たことがあるからだよ。じっさいに会ったはずがない。ぼくとあなたが、それぞれ再婚したのは昭和三十八年で、お母さんが亡くなって十年もたっているのだよ」

「十年も！」

　これに類したことは無限につづく。しかし彼女は絶望しない。それには色々理由がある。絶望したとき涙を流し顔をしかめるけれども、長くはつづかない、もちろん、「あなたが死んだらわたしはどうするの？」ということは屢〻ある。そのときの答え方をだいたい夫はおぼえてきた。おぼえてきたというより、もっとほかのいい方をした方が正確だ。とことんまで話を進めることも屢〻ある。それに対し、とにかく答える夫がそこにいる、というだけでなく、夫がそういっている、ということで信用している。信用するほかにないから、ということが、防壁となっているようにも思える。もっと、もっとほかのいい方をすべきだ。そうでなければ可哀想だと思う。
早い話がこういうようなことは、書いて、公表すべきではないし、そのことをほんとうに知ったら彼女はおこるだろう。しかし、そのことを知っていて、忘れている。信用していることもあるのかもしれない。しかし、そうであろうか。

ここまで書いてきて、私はゴンチャロフが、長崎における「対面」においてどんなによく見ていたか、ということを口にしながら、例示することが出来ず、ただ聡明であるというようなことだけに限ったことは、残念である。ゴンチャロフは、こういう点に注目していたことぐらいは引用しておくべきであった。

四人の全権たちはみな幅のある上衣《マンチャ》mantijaを着ていた。それは、高価な板のような厚手の絹に模様を配した布地でつくられていて、やっと折目をつけたような代物であった。手首のところの袖口は極端に広く、前面は顎の真下から帯のところまで、これと同じ布地の胸当てがかかっていた。上衣の下はふつうの長衣と袴だが、これももちろん絹物であった。老人の布地は緑色で、次席は波形の地紋のある白生地で、粗い縞が通っていた。四人の全権一同も、奉行たちも同じように頭の真上に黒い小さな刻面の冠を逆さまにのせていた。この小さな冠は西洋の婦人用の縫物籠か、まあロシアの百姓女が茸狩りに持ち歩く手籠にそっくりの形をしていた。後で分ったことだが、これらの冠は張子細工であった。

私はこの箇所に続いて、絹こそ通商貿易の材料としてねらわれていたものであったと述べている。

それからもう一つ、オブローモフがベッドの中で考えていたことは、ナポレオンのしたようなことからはじめて、どこやらの砲台の占領のことだとか、世界をかけめぐることなどであった。そのあわただしさという点では、寝ているはずの日本という国の脳の中と同じであった。そのオブローモフの空想の一つを、ゴンチャロフは実行に移していたのであった。

10

私は妻の空白の時間を埋めるために、短冊型の年表を作ることにした。年表はなかなかおぼえこむということがむずかしいと思う。すくなくとも私はずっとそうであった。脳の能力の最低の限度のところをさぐるためのテストは、年齢とか、今日が何年何月であるか、というようなことをきいてみるとか、そのほか、たとえば、戦争の終ったのは、昭和何年であったか、ということなど五、六の項目がある。

こうしたテストは、マニュアルがあって、専門医はそれをひろげると、私が妻に非常につらい悲しい思いで、きくように、

「あなたは今、おいくつですか」

と、いったぐあいにはじめる。

「すぐ、答えて下さい。時間をかけて答えてはなりません。反射的にお願いします。せいぜい一秒か二秒のあいだで、それ以上ではいけません。このテストは、ただの諳記力をしらべるだけのもので、考えて、只今の奥さんのように、『さあ、いくつだったかな』といいながらご主人の顔をうかがったりする性質の質問ではありません」

そこで夫の私がそばで、

「生年月日はあなたは、すぐいえるのだから」

「昭和二年よ」

と、彼女は私に答える。

「だから今年は昭和七十五年になるのだから、差し引けば、七十三になる。七十三といっても、満の七十三には、八月二十五日になってはじめてのことでしょ?」

「七十三ということなのね」

するど先生は、

「そういうふうな計算は、家で勝手になさるのは、けっこうですが、今ここでは、あっ、

というふうに考えるのです。それはそうと、今年は昭和七十五年ですか。そうですか、それは知らなかった。平成十二年は昭和七十五年ですか」

「先だって天長節の日が来たわ」

「奥さん、天長節ですって?　天長節というのは何ですか」

先生はほんとうに不安そうにきき返した。

「天皇誕生日のことです」

「天皇誕生日のことですか。それは知らなかった。どういう字を書くのですか」

そこで彼女は書いてみせた。そして急に思い出したように、

「八月二十五日は、免許証の書きかえの日だわ。あれは今年だったかしら。忘れたらたいへんだわ」

彼女は自動車のハンドルからはじめてダンロの上の壁とか、ベッドの枕もとだとか、いたるところに貼りつけているが、そのことは、決しておぼえているわけでもなければ、その紙の数が多いから安心というわけでもなかった。夜中にひそかに起きて自動車の免許証が車のポケットにあるかないか探し出し、不安になると、二階のベッド・ルームに持ってきて抽出の中にしまいこみ、あとでその行為を失念するのであった。それはたぶん、失念というような表現ではすまされないものであろう。

私はさっき年表のことをいおうと思った。若いときから歴史年表を短冊ふうの紙に書い

て部屋の四方の壁に貼っておいたら、どんなに便利であろうか、と考えながら、一度も実行に踏みきろうとはしなかったが、それはあくまで私自身の仕事に役立てようとのことであった。しかし今は妻本人の記憶を辿る便宜のためである。

さきほど年齢のことを持ち出した。諳記力のテストの第一の質問は年齢である。テストのために何度も練習しても何にもならない、というのは当り前のことである。何だか今回の中で前に既にふれたかもしれないが、この頃一日のうち、不意をつくようにして、彼女に年齢をいわせてみようとする。そうすると割にいえることがある。それは何日か前に私がきいて誘導して行ったときの記憶がよみがえってきて、ついでに正解に辿りついたと考えられることがある。いったい記憶は脳の中の働きでよみがえってくるものにちがいないが、今の正解に辿りついたときには私の方から彼女の頭の向って右の方から、正解が訪れつつあるように思える。テストのための練習というのではなくて、前の質問・解答の経由の記憶が正解へと進んだということは、どういうふうに考えることができるのであろうか。そういうわけで、私たちは、毎日、その正解がとどまるというアテがないままに、失敗にめげず、くりかえすようにしている。

このことを先生に、

「このごろすこしいいようですが」

というと、

「日によって違います」

「やはりくりかえした方がよいと思って、つとめていますが」

というと、

「それはいいことですよ」

と、先生はいってくれる。

「こういうくりかえしが、一種のゲームのようになるとしたら、よいことにもつながり得るでしょうか」

「一口ではいえませんが、夫婦愛のもんだいもあるという意味では宜しいことでしょうし」

「しかし、このように〈愛〉というようなことは、自分の力でねばり強くあきらめずに努力するということからいうと、甘えにもつながりますかしら」

「そこはむずかしいですが、とにかくお二人でそろってこうして歩いてきて、色々と話をしながら、ここへおいでになるということは、いいことですからね。一口に甘えといってしまうわけにも行きませんね」

いずれにしても大きい字で年表にして、壁に貼ってみたらどうであろうか。説明しながら紙きれに線をひいて、タテに区切り、

「ここが昭和二十年、戦争終結。このとき、アイコさんは十八歳で原宿の家で、焼夷弾が

庭に落ちてきてころがっているのを、足で踏み消したという事件があった。そのときは未婚のオトメで、ひたすら兄さんのヒロヒサさんが帰るのを待っていた」

「どうしてあなたは、そんなにわたしのことをよく知っているの。それ以前から、わたしの家に遊びにきていたの？」

そこで表のこの箇所は、すっかり白紙にもどってしまった。だからしばらくあと余興というかアソビみたいになり、失望の風が吹きとおって行く。こんなことであきらめてはいけない。

私は心を落ちつけながら、今いったようにいくらかアソビの気分になる必要がある。

「ぼくはその頃まだ、中国にいて兵隊であって、あなたの兄さんがニューギニアにいて公報がまだ来ていないときで」

「あなたはわたしの母を知っている。もう亡くなった？」

「そう四十六年前に亡くなった。そのあと十年して、ぼくはあなたと出逢ったのだから」

というようなぐあいで、紙きれにタテに線をひき、少し書きとめてみた。そうして私はたいへんよく分ったつもりになったが、それはあくまで私自身のことであって、彼女とは何のかんけいもないみたいに見える。一つ一つ彼女は、驚きの声をあげる。文字通りアソビになってきたのであった。彼女はこの紙きれを二階の自分の部屋に持って行ってもいいかといった。

私は前回友人の若い作家がいったことを書いたことがある。

「脳のことは、まだよく分らない。何もかも分らないのではなくて、カンジンのことが分らない。分ろうとする気がない、といってもいいくらいだ。神経はネットワークになってつらなって行くにちがいないので、期待しそこねている、といってもいいところから発見が行われることも大いにあり得る。小島先生が前に書いておられましたが、腰の仙骨を成している骨のグループはたしか十二個の骨からでしたかね。

あの骨のグループが前後左右に一体となって自在に動く……といってわずかずつだということでしたけれども。その動きによって全身のバランス、背骨はもちろんのこと、首から脚から頭から足首それから歯、足、――そして脳の神経というふうに全部に影響を及ぼして行く……というのがあの何とかという人の主張でしたね。ぼくはあの説は説得力があると思いました」

といったことをぼくの友人の若い作家はいったことがある。そのついでに彼は、「ところであの主張者は今どうしていますか」

「あの方ですか。ぼくはこの数年あそこへ行っていないのでよく分らないが、病気はされたようです」

「それは困ったな。それはそれとして先生、ぼくは……」

とそのあと次のようなことをいった。

「ガルシア・マルケスの『百年の孤独』というのはマコンドがどのような町であるか、ということをえがこうとしたのではないと思いました。くりかえし、くりかえしマコンドにかかわることに立ち戻っているけれども、あれは記憶を辿っているので、マコンドを分るように書いてみせようというのではないとぼくは思う。一つ一つ思い出されることはその度に消えて行き何も残らない。……」

ガルシア・マルケスのことはそれはそれで面白く思った。

話を前に戻すと、彼女は「よく学習してみるわ」といってその紙きれを二階へ持って行った。学習というコトバを彼女はおぼえたとみえる。

11

「アイコさん、あなたのおふくろさんのヒサノさんの父親は、あなたは知っていると思うが、浅岡仁三郎さんという人だね。この人は、北海道の岩内の人のようだ。この人の長女が今いったようにヒサノさんである」

と私はいった。

「仁三郎さんは、ヒサノさんが度々あなたに、〈イモの金さん〉と呼んでいた、夏目漱石が送籍をした家だね。金さんはもちろん籍を移しただけで一度も養家の浅岡家を訪ねてはいないが、この年表のはじめの方に書きこんでおく必要がある。イモの金さんというあだなをハッキリ分るように書いておく。これは下書きだからね。

途中はとばして、とにかく一度にアイコさん誕生の年を書きこむよ。ここが昭和二年だよ。アイコさんは、昭和二年ということはすぐ出てくる。そう諳記してしまっているからです。……

アイコさんの兄さんのヒロヒサさんはこのあたりに生れている。アイコさん誕生のとき、たぶんハタチだったと思う。明治四十年頃だね。ここが大正十二年関東大震災で、ここは書きこんでおく。あなたのお父うさんは、それから数年、昭和になる前に亡くなっている。あなたはこのお父うさんを知らない。あなたは、おふくろさんと番頭さんの尾関さんとのあいだに生れた。そうしなければ商売を続けることはできない。その頃住居は東中野にあった。お店の方は、銀座は松屋の裏にあり、アイコさんが松屋の屋上のライオンの音をきいたといっている家だね。震災で焼けたあと、どんなふうであったかはぼくは知らないが、思い出したら、ここへつけ加えることができるようスペースをうんととっておく」

「お父うちゃん（私のこと）は、東中野の家へ来たことある？」

「東中野の家へ行くはずがない。アイコさんのおふくろさんのヒサノさんは大勢の家族の長女で実力者だったから、あなたのことについて有無をいわせなかった、と思われる。その代り弟たちの面倒をよく見た。尾関さんは東中野の家で食事をし、ある時間がくると本郷西片町へ帰って行った」

「尾関さんに会ったことある？」

「あとでだんだんと書いて行きますが、アイコさんはこのさい一応記憶にとどめておくと宜しいですが、ムリにとはいいません。ラクな気持できいてくんさい」

「くんさいか。くんさい、というのはどういう意味のコトバですか」

「アイコさん、これは下さい、ということです。そこで今の、尾関さん、ほんとうのアイコさんのお父うさんは、おふくろさんが亡くなられてから数年で亡くなりました」

「どうしてお父うちゃんは知っているの？　あったことがあるのでしょう。東中野の家、おぼえているでしょう」

「おぼえていないが、もうすぐどんな家かすくなくとも、門から玄関までのところはよく知っている。あなたがくりかえしいうから、眼に見えるようになってしまったものでね。だんだんと書きこんで行く。ちょっとマンガふうに絵をかいておきましょう」

「そんなにお父うちゃんがよくアイコさんの家のことを知っているというのだから、来たことがあるでしょう。ウソをいうな！」

12

時間を埋めること、はきわめて困難である。私が彼女の時間の経過を、ほとんど知っていることが、依然として彼女には不思議としかいいようがない。

しかし、何もかも忘れてしまっているのか、ある場面だけが比較的ハッキリした像を結ぶか、という点になると、かなり差があるように思われる。その比較的ハッキリした場面の時と別のそういう時とのあいだのかんじがつかめるような気もする。『百年の孤独』に話者が思い浮べる場面と別の場面との組合わせは、いくつもいくつもあるが、計算されたもののようにいわれている。そうでなければ、あの長篇は作りあげることはできないが、果してどんなふうにして組合わせが行われているのであろうか。

13

「どうしてあなたは憎々しげに、大きな石でわたしを叩きつぶすようにどなりちらすの。わたしが何をしたというの。わたしには何にも分らない。理由をいって」

もし答えるとしたら、

「あなたが憎いのではない」

というかもしれない、もしそう答えるとしたら、

「それなら、何が憎いの」

と問うであろう。そこからあとは答えるコトバがないであろう。たぶんそれだから憎々しげにどなるのであろう。一番いいたい相手にいうことはできない。そのことが、理由で

あろうか。いずれにしても私より妻にとっての方が理不尽なのだ。

　こういうことが起るたびにそのことに思い当った。コトバに窮してはじめて。二度と、どなることは止めよう。どんなことがあっても止めよう。

　なぜ憎々しげにどなるの、というとき彼女もまた憎々しげな表情をする。しばらくすると彼女は忘れてしまう。そうして、

「さっき、わたしたちはどうしてケンカしたのかしら」

「ケンカなんかしないよ。あんなものケンカでなんかあるもんか」

　という。彼女はケンカをしたときの顔はおぼえてはいないのであろう。それなのにケンカをした、というのを思い出しているのは、何をもとにそうしているのだろう。このことはひょっとしたら、重要なヒントなのかもしれない。

「こんど、新薬が日本ではじめてつかわれることになる。それは日本で発明されたものだ。外国では数年前から使用されてきているのだけれど、日本では様子を見ていたということだ。きっと、その新薬は効くような気がする。アイコさんは、ほとんどの点ではいいのだ。忘れるということは、一番大きな部分を占めることだけど、ほかはいいのだ。そのいいところからよい傾向へとひびいてくるということは、あり得るし、身体ぜんたいがそのように出来ているというふうにぼくは思う」

「でも、あなたはクスリには頼らないと、ずっと言いつづけてきたのにね」

「ある年齢までは、基本的なことで、そのようにやってきたさ。それは、あなたのいうようにしてきた。クスリ以外の方法を十も十五もやってきた。それはそれでよかったじゃないか。しかし今はそのあげくのことだから、クスリは使った方がいいと思う。ぼくはいつたおれてもおかしくないから、といわれて今、二色のクスリをのんでいる」

「あなた、どこが悪いの？　心臓？　血管？　あなたがたおれたら、私はどうするの？」

「たおれないように気をつけることが、今ではクスリをつかうことだ」

わたしは重ねていった。

「あなたの新薬は、さっきもいったように、あなたにはいいと思う」

ラスト・チャンスだ、というコトバをいいそうになって止めてよかった。

14

各務原の講演のつづきを始めよう。

前回の最後にいったように、各務原出身の画家、坪内節太郎さんの話を、それも一番のポイントに当るところを話さねばならない。芝居では悪役が最も美しいと彼はいった。そして私は物臭でノロマだ、といった。私は岐阜人だといった。大悪ではないが芝居では大悪人の方が美しい。善人は……といった。そのつづきを始めたい。

15

先日私は妻の年表を作成して壁にかけておくことを考えた、といった。年表しきのものを食後書いて彼女に見せたところ、好奇心をもったようで、二階の寝室にもって行ってしまっておいて、ときどき取り出して眺めることにする、といった。これは原稿用紙の半ペラぐらいの大きさで、大ざっぱなものであった。それでも、これは役に立つかしれないと思った。その後もっと大きい表をこさえて、そのときどきの、エピソードをつけ加えることにした。たとえば、終戦の年は昭和二十年であるが、そのことは、テストを受けたとき答えられなかった。そういったテストの結果は、三年前の息子の場合とほぼ同じ程度で、点数もそれを示していた。息子は当時五十四歳であったが、三十八歳だと答えた。五つぐらいのありふれた、机上にある文房具や、時計のようなものを並べておいて、本で隠してしまって、本の手前に何があるか、あててみせるテストでは、二人とも何一つ、いえなかった。年齢がいえず、終戦の年が昭和何年か、という質問に答えられぬ、となると、実に低い点数となってしまった。もっとも本人は、それほど深刻なことであるとは思っていなかった。もちろん、その時にはかつての息子の場合と比較したりする気持は起っていなかった。

昭和二十年三月十日の日の東京大空襲のとき、原宿の家にも焼夷弾がおちてきた。それを放っておけば、たとえ屋根の上ではなくとも家が焼けた、という。一つや二つだけではなかった。彼女は足で蹴とばしてやった、といっていた。いつも、その夜のことを話題にすると、「ケトバシテヤッタ」といった。その年には、彼女は十八歳になっていた。たぶん女学校の専修科を卒業した年であった。それ以前に兄が南の島で戦死していた。

だから、「ケトバシテヤッタ」というのは、昭和二十年のところでは、書き込むに価した。今はそうではなくなったのは、どうしてか知らないが、息子の入院しているアルコール中毒患者の病院から国立へ車を運転して帰るときには、八王子の並木通りは、たちまち原宿の並木通りとなってしまうので、ここはどこ？　ここはどこ？　ときくのであった。

しかし軽井沢にいるときは、国立の家の玄関は、原宿に移る前、小学校、女学校時代に過して住んでいたらしい「東中野」の城山の家の玄関とすりかわってしまい、どうしても国立が思い浮ばなかった。それだから、その東中野に住んでいた、ということはいつの時代であったか、そう苦労しなくとも、ムリなく分るのに多少ともプラスの働きをするかもしれないことを書き込む必要は当然あった。城山の彼女の通っていた小学校は、谷戸小学校であった。そこを降りて宮園《みやぞの》通りへ出る道を横断すると、桃園川があり橋がかかっていた。小さい川であるが、やがては神田川につづいていたと思う。通りへ出るまでに魚屋があった。現在私ども夫婦の国立の家の近所には、もう魚屋というものは一軒もない。もともとなかった、と思う。大分離れたところに魚屋はあった。それは西原マーケットというところに八百屋や肉屋や乾物屋といっしょに入っていたが、一年ほど前、全部ひきはらってしまった。その人たちは今、どこでどうしているのか知らない。その気配は以前からあるにはあったが、アッという間に姿を消し、そのあとは今だにそのまま空地になり、アパートの一階だから太いコンクリートの柱だけが何本か立っている。

　そういうわけで、魚屋というのは、一軒もない。

16

「アイコさん、魚屋さんというのは、駅の南口の方にだって、一軒もないですよ。南口の富士見通りには通りの入り口のところに、たしかに一軒あった。そのとなりに肉屋さんが一軒あった。魚屋の方が先きに姿を消した。肉屋の方は、あなたの話では、イギリスで牛が狂う病気がはやってからは、買手がめっきりへったと主人があなたにボヤいていたといっていて、そのうち、顔色がだんだん悪くなってきたということだったが、そのうちほんとに火が消えるように消えてしまった、というのは、ぼくがあなた自身からきいた話だった」

「でも、小学校があるでしょう」

　というのであるが、その小学校というのは、この近くにはない。幼稚園はあるが、小学校とまちがえるほどのことはない。小学校は四百メートルも先きにしかない。

「アイコさんのいっているのは、それは東中野のことにちがいないが、それは、六十年も前のことでしょう。要するに、桃園川にかかった橋のたもとのところに、林医院というのがあった。林医院の健ちゃん、というのを、年表の『東中野の家』というところに、書きこむことにしよう」

「健ちゃんは、二人きりになるとはずかしそうな顔をしたわ」と彼女はいうのである。

しかしながら、一つ困ったことがある。健ちゃんもアイコさんも、ヤト小学校へ通っていたのであるが、もうひとり中村カズコさんというのがいた。そこへアイコさんはよく遊びに行った。だから、東中野は、健ちゃんという恥しそうにしていた男の子と、もうひとりカズコさんという女の子を思い出すはずのポイントに当るところであるが、実はそのカズコさんの家というのが、アイコさんの今の夫である、私が戦後の昭和二十四年になって焼野原となっていた土地に家を建てた場所である。

林医院はアイコさんが六十何年前に知っていただけではなく、私もまたよく知っているのである。その頃私は三十何歳になっていた。アイコさんが小学生で大谷石の階段をのぼって、

「カズコさん、遊びましょ」

と呼んでいたのは、昭和十三、四年の頃だとすると、それから十年もたってから、焼あととなっていたそのカズコさんの家のあとに十二・五坪の家を建てたというぐあいであ

る。

彼女が国立の家をとびこえて、東中野の家と入れかわってしまうということを何とか止めさせようとするために、年表のある期間に東中野をはめこもうとすると、その場所へ、時間が混乱するのが当然であるかのように、私の家が割りこんでくるのである。私やアイコさんは今こうして国立の家に住んでいるが、それ以前には東中野のアイコさんが、健ちゃんや、カズコさんらと遊んでいたあの桃園川の界隈どころか、カズコさんの焼けあとに建てた家をも二段とびをして国立のこの家に住むようになったのである。だから年表の昭和十年代のところは、十年以上もあとになってアイコさんが再婚した夫の私の年表のある部分と重なるのである。

17

年表を作成して壁にはろうとしている。時間の経過を一目瞭然にするためである。そして東中野の門は、国立の家の門ではない、ということなども、アイコさんの脳にハッキリしてもらうためでもある。

もし、その部分に林医院の健ちゃん、中村カズコさんと書き込んでおくとすると、ついでに、アイコさんの夫となるコジマノブオさんの名を書き込む必要がある。

もうアイコさんは忘却していると思うが、ある日、国立の家に年頃の娘を連れた中村カズコさんが訪ねてきた。娘さんは、私の旧制中学の十年後輩である、文芸評論家の篠田一士の息子さんとつきあっていて、やがて結婚するかもしれない、ということをいいにきたのであった。

この篠田さんというのは、各務原出身の平野謙さんと同じように、

「ぼくは岐阜のニンゲンではない」

といったりしていた。その理由は、父親が大阪に住んでいるから、というのである。しかし彼が岐阜中学に通っていたのは、正確にはどこで呱々の声をあげたかは分らないが、母親は、岐阜の金華山の麓で内科と小児科の女医さんで、彼のように身体が大きかった。私は昭和二十一、二年の岐阜に住んでいた頃、彼に連れられてそのおふくろさんに会ったことがある。

「ぼくは岐阜のニンゲンではない」

というのは、たぶん、半分しか岐阜のニンゲンではない、ということであろう。大阪で父親といっしょにくらしていたことがあるのかもしれない。大阪の文化の方も半分か、半分以上なじんでいる、というのであろう。前に「各務原」の中で書いたかもしれないが、彼は『私の作家遍歴』を通読して、毎日新聞の文芸時評で、たいへん賞めてくれて、特にロシアのところがいい、といった。

こんなぐあいで、カズコさんは、遂に国立の家にまであらわれた。この結婚もんだい

は、どうなったか知らないが、娘さんと篠田一士の息子さんはケイオウの同級生であるらしかった。彼女は、茶色のワンピースを着ていた。篠田はそれからそれほどたたないある日、世田谷のマンションの一室で死んでから数日して発見された。夫人と息子さんはアメリカ旅行中であったということだ。

東中野の家は、アイコさんの脳の記憶装置の調子のせいで、焼けもせず、昔のままである。それが昔のままであるがために、自分の住んでいる国立の家の門が東中野の門に入れ替ってしまっている。東中野の家やとくに、その門を、あるべき位置におきもどすためには、年表の中のある位置にもどして、そこに厳然とあり、戦火をあびていなければならない。

その「戦火」といえば、アイコさんは、原宿の家で、空から降ってきた焼夷弾を十八になっていた、ヤマトナデシコならぬ姿でケトバしていたのである。

運命のイタズラで、現実に、時間をのりこえて、可哀想に妻のアイコさんは、夫と共有した世界があるのである。もし文学的といってわるければ、想像の世界の領域に当るものが、のさばっているとしたならば、それに関与している一人の女の脳の中で、それに見合うように狂いが生じているとしても、どうして文句をいうことができようか。それは華麗といってもいいような、この世における逆転劇なのである。

アイコさんは昭和二年生れである。生年月日はいうことができる。住所もいうことができる。但し国分寺市光町、というふうに書いてくるとき、国の代りに國という字をかく。それはその昔、彼女が「國定教科書」という教科書で勉強した頃は国という字ではなかった。その「國」という文字は、銀行の受付の女性をおどろかせる。先生でさえ、もしその字を見たら、おどろきの声をあげるだろう。なぜなら以前に先生はアイコさんが「天長節」といったときに眼をまるくして彼女を見たからである。それにしても國という漢字は、趣きのあるものである。その漢字をつかうことを放棄してしまったが故に、そのバチがあたってこんなことになってしまったのだろう。彼女がもし脳の調子のよいときには、そう思うにちがいあるまい。なぜなら彼女は、ときどき、事実によって追いつめられたとき、こう絶望の声をあげるからである。

「ああ、どうしてこんなことになってしまったのだろう。こういうことであれば、アイコさんは、遂にりっぱな癈人になってしまったのね」

と叫ぶからである。彼女は美しいというか、歴史をというか時間というか、そういうものをかんじさせる國という字をひとりでに書いてしまったあと、ハテなといいながら寺という漢字をめぐってさまようのである。

「ああ、こうだ！」

漢字にかぎらず、平ガナであろうが、片仮名であろうが、一度疑いはじめると、そういうものを使いこなせてきたことじたいが、ふしぎであるばかりでなく、自然に対して冒瀆行為をしてきたかのような気分にさせられるからである。今は「愛子」の愛という漢字は書くことができる。しかし夫の「信」という漢字を書く段になると、ときどき、立ち止る。

「ニンベンであったことは確かであるけれども、そのこっちが、要するにツクリは、何だったっけ」夫はしばらく黙って脳の記憶装置が元へ戻るのをアテにしてじっと待っている。大事なものヒミツのものをそっと出してみせるように。

「ゴンという字？　ああいうという字か。シンだった。シンだった。信じるという字だ」

「信用金庫の信だ」

「どうして信用金庫なのよ」

どうして、信用金庫の信なのか分らない。

18

昭和二年に彼女は生れた。それから、彼は箸を手にしていうのだ。

「近いうちに大きなとくべつ新鮮な年表を作成してそこのカベに貼りつけられるようにするからね」

とりあえずこの箸を横にして得意そうに彼はいう。なぜ得意そうにいうのであろう。

「この箸の先きの方が昭和二年とする。それからずっとこの箸を辿ってきて太い方のさきっぽのところまで来て、……一年々々と辿ってこのところが昭和三十八年である。この長さは、昭和二年からだんだん右へ右へとやってきて、昭和三十八年のところまでくる」

その箸一本が、三十六年間になるというつもりである。こういうふうの「学習」はイミのあることとであろうか。

「ところでアイコさん、今、おいくつになりましたか」

というのと同じように、ほんとうに「学習」ということになるのであろうか。

アイコさんが生れたので、おふくろさんのヒサノさんは、二百三高地と呼ばれていた髪形に結って、あるいは、大正マゲというものに結って、

「何てかわゆいんだろう。ぜったいアイコちゃんということにしよう」

夫のキュウベイさんは、何年か前に亡くなった。多くの商人がそれに似た経験をしたように、ヒサノさんの主人は、イギリスから仕入れたばかりの洋服地のラシャが焼かれてしまい、おそらくそんなこともあってこの世を去ったのであろう。それはもともとアイコさんの知るところではない。何となれば、キュウベイさんに会ったことはないからであり、写真さえも見たことがないからである。

「アイコさんと名づけられた彼女は、この箸の太い方の尖端のところまできて、――つまり、ここが昭和三十八年まできて、一人の男性と再婚した。その男の方も再婚であり、この通り昭和二年から昭和三十八年であるから、三十六になっていた。三十六になっていた

のは、あなた、アイコさんである。その対面した場所はどこだ！」

「どこだったっけ、それアイコさんのこと？」

「下北沢のアパートの二階である」

「下北沢のアパート？　いま浮んでこない。どうしてかしら、たしか下北沢のアパートときいたことがあったような気がするけど」

と、空をさまようような顔になる。それは年齢をさぐるのと同じである。

年齢というものを、どうしてニンゲンはたいていの人はいえるのであろう。ほかの生物がいえるだろうか。

19

先だってテレビで「世紀の映像」というタイトルで、類人猿が、ほとんどニンゲンの言葉を理解するばかりか、過去を思い出したり、未来のことを考えたりすることができるということをやっていた。オスとメスの類人猿のあいだから子供がうまれた。その子供は、この夫婦のあいだに育てられるから、ほとんどずっと前に、ニンゲンとなったときに近づくことができるだろう。そこからニンゲンは発展して行く。

自分の妻が、ある若い男と、一時的なかんけいにしろ、肉体かんけいに入るのを経験したとすると、その夫は、それに似た情景の映画を見ただけで、絶望するだろうということをきいたことがある。アイコさんの夫のノブオさんは小説家であるので、ずっと昔、ある小説を書いて、その中で、今のようなことを再現しようと思った。そこで、自分の家にある水ガメのことをつかった。水ガメの中に白いスイレンが花を開きかけていた。花は咲いてもいず、ツボミさえもっていなかったのかもしれない。水ガメの中に水があった。ただ水があるだけで、スイレンはあるにはあった。というのであったのかもしれない。

ああ、そこに水ガメがあって、その中に水がある。その水を見ているだけで、身体がふるえるほどうらやましかった。その男は何と呟いたのだったか、忘れてしまった。ただハッキリしていることは、

「ああ、水ガメの水がうらやましい！」

と、叫んだような気がする。

垣根の外を犬がうろついていた。ただの犬が歩いていて別に覗いたりするわけでもなかった。それなのに、

「ああ、あの犬がうらやましい」

と、思った。そんなふうに、小説家として彼は書いたようにおぼえている。

小説家のノブオさんは、その小説の中で、ウィリアム・サローヤンというアルメニヤ系の小説家の和訳すると『笑いごと』という一見しただけでは分ることがむずかしいが、話の内容は知れば、すぐにも分ってしまうようなイミである小説を、引用している。その夫

は、大学の教師で、夏季講習会に教えるために、妻を置いて遠く離れた市へ行って何週間かを過した。それは教師の義務であるのか、あるいは講義料をかせぐためであったのだか、忘れてしまった。その講義のための滞在期間を終えて帰宅してみると、妻はルスのあいだに別の男と馴れ親しんでいることが分った。その相手の男というのはまったくの他人ではあるが、彼のよく知っている男なのか、それとも、実の兄であったのであろうか。ひょっとしたら、兄であったのかもしれない。いやそうにちがいない。兄でなければ、あんなにおどろくことはない。

その兄がいった。

「すべてはお前の責任だ、どんな理由があろうと、女をひとりで置きざりにすべきではない！」

そのあと、その『笑いごと』という小説はどういうふうに進んだのだったか、おぼえていない。笑いごと、というふうにいっているのは、誰であったのだろうか。誰もそんなことさえいわず、ただ作者が、題名として、そういっただけのことだったかもしれない。

小説家のノブオさんは、もっとほかの小説だったか映画からだったか、とにかく『となりの家の芝生は緑』という作品のことも、その小説の中でつかったかもしれない。これでもか、これでもかと、いろいろ引用されている、『となりの家の芝生は緑』は、となりの家はうらやましく見える、というイミをあらわしているのだったと思う。ノブオさんは、自分の小説の中で、その主人公が、大脳をいためつけているのだったか、とにかく身体の働きがよくない状態にいるようで、夫婦二人で、治療に通ったり、互いに注射をしあったりするところを書いたような気がする。ずっと前に書いたもので、よくはおぼえていない。

ノブオさんはまだ、その長篇小説を書いていなかった。いずれ近いうちに、そういったふうのものを書くつもりはあった。そうしてある日、妻が死んで半年ちょっとたったとき、下北沢のアパートでアイコさんの背中を見た。アパートの廊下にあったトタンびきの水場でマナイタの上で庖丁を動かしている彼女の背中を見た。その背中は今も同じである。いくらか猫背ぎみで、出しゃばることができず、表向きは控えめで、おとなしくしんぼうする方であるが、いつまでもそうというわけではない。彼女は男の子を手放しひとりでそこで暮していた。不動産屋のケイリの仕事をしていた。彼女の背中を見るだけで、今の境遇やそのままでいたときの将来のことまですっかり分ってしまった、と彼は思ってしまった。そのことには大して誤りがあったというわけではないかもしれないが最初に会ったのが、廊下であった。彼はそのアパートの一室にいたアメリカ帰りの若い男に自分の国立の家にきてもらい、彼の方は、そのアパートで一週間ほど滞在し、そこで頼まれた短篇を書いていていた。

「この箸の一番太いところの尖端まできたとき、アイコさんは三十六歳になっていらっしゃった。この箸の長さが、すなわちあなたのノブオさんに出会うまでの時間の長さである。この箸のことをおぼえといてもらいたいと思うのである。といっても、これをおぼえておくということは、そう易しいことではないでしょうが、このことが、そもそも、アイコさんの偉大《いだい》なる特徴である」

「わたし、前からそうだった？　あなたといっしょになったときもそうだった」

「そうではないでしょうね」

危なくなりつつある、という気がしたけれども、そこを突破しなくてはならない、とノブオさんは思っているにちがいない。

20

（そこからあとが問題のところである。そこへ今さしかかってきているのである）どういうわけか、そのとき、彼が度々くりかえしてきた、中学のときのガンプス先生のことが浮んだ。それは、たいへん短かい、短かい、まあ瞬間ともいっていいほどの時間であったので、すぐ彼がとびこえてまた箸の話へ戻って行ったと思った方がいい。しかし、その先生の話は、しばしば、タワイもない、ほかの七十年も前の先生方のアダ名の話からうつって行ったもので、彼女は一回ごとでそのまま忘れてしまっているので、何度くりかえしても彼女は眼をかがやかせるのである。

「ガンプスというのは、当時、『中学世界』とか『譚海《たんかい》』とかいうような、あるいは、もっと別の中学生向きの雑誌の中のモノシリ博士の頁の担当者の名前で、〈ガンプス博士〉と呼ばれていた」

　と、彼は彼女に話しかけた。

「昔の男の中学生というのは、そういうアダ名をつけるのが得意だったのね」

　中学の先生の「ガンプス」は、雑誌のそのページのガンプス博士とよく似ていた。一つのカタマリのような顔をしていた。鼻メガネについた紐がぶらさがっていた。その頃の先生は、何かというと礼服を着ていたが、教室にくるときは、黒い上っ張りをつけ今思うとマタニティみたいに見えた。左手にチョークの入った箱をもっていた。その下には教科書と、大ぶりの出席簿をもっていたから、チョークの箱はその上にのせていたように思う。それから、ムチをさげていた。さげていたのではなくて、ささげるようにもっていたのだったかもしれないね。ぼくは今、上っ張りといったが、それが礼服のようにも思えたのだったかもしれない。全体に小さくて、そのカタマリのような顔と同じようなものだったかもしれない。当時のことだから、生徒たちは、バクゼンとそういう姿ぜんたいに愛着をもち、尊敬していた。教壇にあがっても、その頃だから、中学三年生の生徒も小さかったが、それでも教壇の下の生徒とほぼ同じぐらいの背しかなかった。

　ノブオさんはとくに小さかった。どういうわけか、小学校の高等科の二年か三年からも入ってきていたものだから、彼らはヒゲをはやした立派な大人であった。ぼくらのようにこれから時間をかけてゆっくりゆっくりと大人になろうとしている小さい子供たちにしてみると、そういう大人は悲しいところもないことはなかったが、力強くもあった。彼ら大人は、何かの都合で二人きりになると、優しいナマリのある言い方で、守護神であるしょうこを示そうとしたようにおぼえている。

ノブオさんの話をきいているアイコさんは、子供のような表情でニコニコ笑っていた。エア・ポケットみたいなところに入ってしまわれては困るのだけれども、そのときにはノブオさんの方も子供にもどっていた。

「どういう質問をしていたの」

そのときは、大人の立場で、彼女はそう問いかけた。

ガンプス博士は、大学教授で博士であるというので、房のついた帽子をかぶっているマンガであった。

「そうさな」

とノブオさんはいった。

「思うに、その年頃の少年だから、性欲のなやみを訴えるとか、同性愛だとか、それから包茎をどうしたらいいのか、手術をしないですまして、あとで後悔することはないか、というようなこととか、くりかえし出ていたように思う」

「あなたは質問したことないの」

「ぼくはそういう質問するほど大人にはなっていなかった。じっさいには小さい身体をした未熟な友達とばかりあそんでいて、学校の帰り途で守護神たちや先生方の話をして往来で笑いころげていた。女の子もそうかもしれないが、ぼくなんかも、自分の話がおかしくて、それで笑わずにはいられなかった。あの頃の往来は、ただの地べたにすぎなかったが、土もかたく、土のあいだから石ころが顔を出していたが、よく道ぜんたいになじんでいて、天気のいいときには、堅い上質のジュータンみたいだった」

先日、国立へ京都から、ずっとそのことについて話してきた、老衰ではないが、それとは無関係な、病気のことについて老人に近い年齢の先生の講演があった。

「いいですか。こうした病気になる人とならない人というものがいる。いいですか、この病気はいったんなってしまったとなると、正直いって、ゼッタイに治るということはございません。それで先ず、どういう人がならないか、と申しますと、それはご婦人方の中に、傍若無人かどうかは知りませんが、まあ、あたりかまわず、というていどには言っておいてもよいと思いますが、大きな声で笑う人がいます。いてもたっても笑わずにはいられないというので、そういうときには皆さんもご存知ですが、顔中が〈笑い〉という字になり、汚れていようが何のその、歯をむきだしにして、中には、口の中に下駄の歯が割りこんできたみたいに笑いころげんばかりにする人がいらっしゃいます。終戦というか敗戦、というか直後にアメリカの雑誌類には、よく日本人の顔が出ていまして、必ず眼鏡をかけて、口の中は下駄の歯になっているというぐあいでございました。しかし、あれはマンガふうの誇張で、誰も彼もがああではなかったと思います。しかし、ぼくが今お話ししている、ご婦人の場合、笑いのために身もだえして、ついにはたまりかねて、となりの人の膝を叩くというのです。

私はほんとのことをいって、こういう人があまり好きではございません。しかし残念ながら、こういうような笑い方をなさる方は、この病気という点から申しあげているのですが、無事です。ですけれども急にそうなれ、といってなれないかもしれません。こういう人を見ていて、ご自分はゼッタイに笑い出して、となりの方の膝ばかりでなく、その張本人の根源地であるご婦人の膝を無意識に叩き返すというようなことをなさらず、こうしてじっと眺めて、ニヤニヤ笑うばかりの方、あるいは、じっとうつむいてしまっているような方は気をつけなくてはいけません」

ノブオさんは、中学の二年や三年、あるいはまだ一年生といった年頃であったので、地面の上を笑いながらころげまわっていた。

これはさっきもいったように、何度も話したことのような気がする。その度に、アイコさんは今日はじめてきいたような顔をするし、

「何度もくりかえすことになるが」

と、いうと、彼女は、

「いいえ、ゼッタイ今日がはじめてよ。とても面白いわ。あなたの当時の写真みたいわ。いいえ、当時のあなたってどんなだったかしら、会ってみたいわ」

という。

それはそれでかまわないけれども今は箸の話をしてきているのであり、これから第二の箸へとうつるところなのである。

「その頃はね」

と、ノブオさんはいう。

「アイコさんは、当時の写真を見たことがあるよ。しかし誰でもそんなものみたって、そう面白いわけでもないし、おぼえている必要もないよ。しかし、ぼくは中学に入ったとき、まったくおどろいたことに、ぼくのおふくろは、帽子も制服も五年間着れるようにといっていた。その話は前にもしたことがあるけど、何よりも困ったのは、皮靴だったね。制服を売っている店があったようで、おふくろは古靴を買ってくれた。靴もまた五年間はかせるつもりでいた。ぼくはとりわけ、足が小さいので、マワタと新聞紙をつめこんで、その中に足を入れて学校まで歩いた。おふくろもぼくも、それは当り前だと思っていた」

「ゼッタイにいまはじめてきいた話だわ」

と、彼女はいった。

「しかし面白い」

そのいい方は、テレビの青汁のコマーシャルのときのセリフであった。

「にがい、しかし身体にはいい」

というのであった。

ガンプス先生を、子供たちは、「ガンプス」と呼んだ。先生はつけなかった。幾何か代数かどちらかの数学の先生であった「ガンプス」は、東北のナマリがあったので、好感をもった。すくなくともノブオさんは、さっき話したムチの動きだとか、彼の話し方だとか、金歯だとか、出目金のような眼だとか、授業中は、活動写真を見るように見て時間をすごした。そうして授業が終ると、吐息をついた。そうして彼はその頃までは、級長などもしていたから、

「気を付け！　礼」

という号令をかけることを忘れていた。

「ある日」、というノブオさんの言葉は、アイコさんには感慨をこめたいい方に見えた。遠い昔のことで、さっきもいったかもしれないがたぶん七十年前のことだ。「ガンプス」のことは、彼女にいわれなくとも、ふしぎとはじめての話である。

ある日のこと、ガンプス先生の授業は休みになり、その週の別の曜日にも、休みで、それまでに先生の息子さんが鉄道自殺をした、という噂が立った。息子はやはり中学生であ

るということであるが、その市のもう一つの学校である、ということも伝わった。ガンプスに中学生の子供がいるとは、ふしぎに思われた。ガンプス先生は、子供がいるようではない、全く空想上の人物で、「物知り博士」である、とはだいたいみんなが思っていたことだ。土地の新聞にその記事が出ていたというようなことも伝えられた。十日ほどして先生は壇上にあらわれた。今日は先生は学校にきた、というようないい方で、みんなに伝わった。彼がどんな表情をして教室に入ってくるか、ということが、子供たちの関心事であったが、それ以上のことを考えることもできなかった。何故かというと、先生は、さっきもいったように「物知り博士」であって、それ以外のことを考えることが、分りかけてはいたけれども、何しろ先生はひとりひとりの人ではなくて、クラスにいるときは、子供たちひとりひとりとあまりつながりがなかった。

ノブオさんは、アイコさんに、今ここに書いたことの七割ぐらいのところは物語ったかもしれない。

「なぜ息子さんは自殺したのでしょう」

と、彼女は彼にいったような気がする。親と息子とのあいだの確執のようなことも、伝わってきていたような気がする。それにしてもどうして自分たちと同じくらいの年齢のガンプスのせがれが、死を選んだのだろう。そのあとの先生のことはまったくおぼえていないところを見ると、先生は学校をやめたのだったかもしれない。ノブオさんがアイコさんに、先生のこの事件のことを話すようになったのは事のなりゆきだ。彼女の笑い顔をみちびき出すための話のつもりである。

21

「もう一本の箸を、こうしてつないでみることにする。同じ長さのものがつながっている。一本が三十六年ある」

と、ノブオさんは説教するようにいった。「学習」だからいたしかたがないのだろうか。

「アイコさんが生れて三十六年たって、ノブオさんと再婚し、それからこの箸の長さのように同じく三十六年たって今である」

「かの子さんのお母さんは誰？」

「それは、ぼくの先妻で、死んだものだからアイコさんと結婚しました」

「やっぱり、そう。ちょっと今わからなくなっちゃったもんだから。そうすれば、よく分るけど」

とうなずいた。

「私のお母さんは、いま生きている？　生きていない？」

……

「生きていないとすると、ずっと前なのね」

……

「あなたは、会っていないのね。会っている？」

「ぼくたちが結婚したときより、十年前に亡くなっていますよ」

「あなたは、どうして私のことを、そんなによく知っているの？　私さえ知らないことを」

22

各務原での女性講座の講演では、当地出身の、二人の画家についてのはなしをしたら宜しいでしょう、といわれました。坪内節太郎さんの芝居のスケッチを展示しておくつもりです、ということでした。それで私は、坪内さんの新聞小説などのさし絵に、芝居のスケッチが役立っているということも、さきほど申しあげました。考えてみると、とくに時代物の場合にはそうですが、坪内さんのように積極的になさっているのは珍らしいと思います。スケッチそのままがすぐ使えるというわけではありませんから、ひとりでにどこかでつながりをもって生きてきたと思うと、とてもユカイになってきます。

坪内さんは、芝居の舞台では、悪役の立ちまわりが美しく、それにくらべると、善人は魅力がない、といっておられることも前に申しあげましたが、その立ちまわりに心をおどらせて思わず矢立を取り出される姿を想像すると、うれしくなります。たとえばこの感じが、どんなふうに、小説の人物をかく際に生かされたか。その場合、おそらく悪役でなくとも、応用されることもあったと思われます。

たとえば、油絵の場合でも、菱の実のようなものがあったようですが、こういうものも、抽象的な姿恰好をしていますが、じっさいの実ですから、どこか泥くさいところがあって、しかも油絵にふさわしい。幾何学的な姿ではあるが、そういう姿になる必然性というものは、空おそろしいものがあります。それは立ちまわりをしている悪役のもっている何かを内にこめているようにも見えます。葵の上というような、能舞台に出てくる人物は、立ちまわりをしているわけではないが、立っているだけであっても、思いのこさはこめられているとすれば、ある一瞬の姿は、一瞬であるだけに油絵でかくのにふさわしい。その衣裳のあでやかさは、その思いをなだめるどころか、たかめるにすぎず、彼女をなぐさめる役には立たない。

菱の実も、葵の上も、それだけがえがかれるとすると、写真のようにではなく、その思いをこめた存在感を取り扱うとなると、菱の実や、葵の上ともどもにそのまわりを塗りこめて行こうとすることになるので、それがタノシミになります。

「どうも美濃のにんげんには、大ワルはいないなあ」

と、あるとき坪内さんが夫人にいわれると、

「それはあなたのまわりだけのことではありませんか」

と夫人はこたえられた、ということは、前にもいいましたが、こうしたことを、いっしょにしてつい考えてしまって私は面白く思います。

ずっと以前、西濃の出身の、豊田穣さんが、中日や東京新聞の記者をしていた時分、私の家を訪ねてきたついでに、

「どうも岐阜のにんげんの書く小説は、ネバリがない、もう一歩ふみこむというところがない」

となげいていました。

前に私は、これに類したことをいいましたが、それは、岐阜というところは、出身者を大事にしない、というようなことでしたが、それとは多少ニュアンスがちがいます。坪内さんは、

「私はナマケモノで、モノグサなにんげんだ」

と書いておられたことを紹介しましたが、これも考え合わせると面白いですね。

あの当時、豊田さんは、私を例外だとおだてるつもりでいうつもりもあったのですが、やがて私に注文をつけることにもなりました。

坪内さんは、形のメカニズムのようなものは、自分は望まないというのと、モノグサ、とかナマケという主張とは、かんけいがあるのですが、あるときは、

「私は光琳のようなものよりは、宗達の方が好きでたとえばピカソとかマチスのようなも

のよりは、ユトリロの方が好きで、ヒトに何といわれようとこれはどうしようもないことだ」

といわれたこともあるようです。

私は大分前に、宗達の絵巻ふうのもので『伊勢物語』の、男が宮中の尊い身分の女をかどわかして逃げるときの場面についてかいています。これは、私の思いこみで宗達ではなかったかもしれません。もしまちがっていたら、ごめんなさい。何しろ私は今、急に思いついてしゃべっているのですから。そして、こういうのが、自慢にはならないが、私のわるいクセなのです。

男が女を背負っていたということが大事で、そのとき彼女は、ちょっと待って、あれは何？　と草の葉に光っているものをきくところが、えがかれているのです。あとになって小屋の中で雨やどりしていると、とつぜん鬼があらわれて女を奪われてしまいました。露といってあのまま消えてしまえばよかったものを、と悔むのです。

この女が問いかける場面は、ほかにもいくつかかく人があったと見えて、ほかの人の絵とくらべている文章を、私は見たおぼえがあるのです。その本では、宗達のその絵が、ほかのものとくらべて、どうしてすぐれているかが解説されていて、私はなるほどと思ったおぼえがあります。この本が手もとにあれば、たしかめてみるところですが、大分前から私は持っていません。

私は七、八年ぐらい前に、ときどき出雲に滞在することがあった因縁で、松江にできた「小泉八雲賞」という文学賞のセンコウ委員をしていたことがあり、ある年度の賞の対象に、その本がなりました。著者は男と女の人の二人の人で、それぞれ建築家と、壁画の研究家でした。

私は今でも、その絵が浮んできますが、それがどこがすぐれているかという理由は忘れてしまっています。しかし、今私は、とつぜん坪内さんの「三十六歌仙」という作品を思い出し、ひょっとしたら、坪内さんは、宗達のあの絵を見ておいでになったのではないか、と思うのです。

男のセナカの上でいうというのは、いかにも趣きがあってよいように思います。男というのは、在原業平自身ということになっていると思います。

これも私の思いちがいでなければよいのですが、今ここで私は漱石の『門』という小説の中で、宗助という主人公が、小六という弟のために金を工面しようとして、宗達の屏風を、骨董屋に売ったところを思い出しました。何日かたって、大家でもある、崖上の家を訪ねるとそこに彼の売った屏風があり、主人はさいきん手に入れたときかされ、その値段は、百円かそこらで、宗助が売ったそれの何倍かで、ほんとうは、これでもまだ安いくらいだ、と主人が誇らしげにいうところがあります。

坪内さんは、私は鯛のような魚より、鮒のような、それも松笠鮒のような川魚が好きだ、というくらいですから、画題にされていたのは、当然ですが、油絵の「松笠鮒」は代表作になっているようです。この種類の鮒がなぜ松笠鮒とよばれるのか、一見したところでは、別に松笠に似ているようにも見えないが、と私は前に思ったことがあります。分らないままに、この呼び名は、ふしぎに似つかわしいように見えてくるのですが、だれにも負けないし、勝っても負けてもどうでもよく、それはそれなりに実体感をもっているようです。花ではテッセン花も坪内さん好みのものです。

坪内さんは、この鮒を水墨画にもえがいています。『水墨画入門』の中の手本においても、この魚が扱われていたようです。坪内さんは水墨画もずいぶんかいていらっしゃいますが、水墨画というものは、一口でいうと、おふくろの味で、父も好んだもの、たとえば次のようなものだ、といわれています。私はその名を書き出してきましたので、ちょっとここで読みあげてみます。ポケットに入っているはずです。

「切干大根、ひじきに油揚、芋がゆ、菜っ葉のあえもの」

こんど私はこんなことを考えました。坪内さんは、子供の頃から芝居《しばい》になじみ、芝居の帰りはお父うさまのこぐ自転車の上で「アラワレイデタル、アケチミツヒデ」などのセリフをききながら眠りこけていたところから出発しているようです。それから、お祖母さまから、お祖父さまが、何も、これといった仕事もせず、ボロン、ボロンと和琴《わごん》をかなでておられたというハナシをきいて育ちました。和琴は前にもいったと思いますが、池大雅の奥さんが、名手であったそうです。また浦上玉堂は、岡山の藩を離れて絵の旅に出たとき、和琴をかついでいたというハナシもよく知られている。このことも私はあらためて坪内さんの著書で知ったような気がします。雨田光平さんの和琴の、曲名は「厳島詣《いつくしまもうで》」を、ワセダ大学の大隈講堂（?）できいて、とてもこの世のものとは思えなかった、と坪内さんが涙を流した、というハナシもつづきます。この曲はたぶん、そのあと岐阜の市内のどこかで雨田さんによって演じられたと思われます。この曲は、ひょっとしたら、この各務原の方もおききになったかもしれません。

こうして、水墨画に至って、お母さまのお惣菜の味だということになると、坪内さんは、ご先祖、ご両親からすべて吸い上げてこられた、ということになり、そうなると、ひっきょうするに、各務原から受けとったものだともいえます。

坪内さんは前にもいいましたが、七十四歳で他界なさいましたが、その間、三度ばかりたおれられたそうで、さいごのご病気です。私はほんとにお元気であった頃のことは全く知らないのです。亡くなる二、三年前のこと、岐阜市で坪内さんを激励する会のようなものがあったあと、というのですからもう夜になっていたと思いますが、ひとりで福井県の三国へ出かけられたと中嶋八郎さんからききました。いったい何のために、そんな寒い日に――その日は雪が降っていたといいます――寒い北へ向って行かれたのか、何か、とてもふしぎというか、よく分りません。三国というのは、私たち一分隊が出かけて行き、あのお婆ちゃまに会わずじまいになったことのある、あそこです。そのあと福井に立ち寄って雨田光平さんの和琴をひいてもらったことは前に述べました。もちろん、三国は、その後亡くなった「愛子」もののヒロイン愛子が舞って、虚子の酔い泣きを誘った場所です。

以上で坪内節太郎さんのことは打ち切りにして、これから横山潤之助さんにうつることにします。

23

何ヵ月か前、春であったか、秋であったか、思い出せないが、鎌倉近代美術館へ出かけた。本館で目的の、斎藤義重さんの初期作品から最近までのものを集めた展覧会をみたあと、別館まで足をのばしました。そこでジャコメッティのデッサンが展示してあるときいていました。このスイス人は、晩年に、矢内原伊作という人が気に入って、パリにくるようにと航空券を送っていました。この矢内原さんは、私の学生時代の知人でしたので、このことに興味をいだいていました。ジャコメッティは矢内原さんの肖像をかきたいと思ったようでありました。矢内原さんは特徴のある顔をしていたのでこの作家がえがきたがっていたことはそれほど不思議ではありませんでしたが、いくら描こうとしても、うまく描けないと、いいつづけていたというので、どうしただろうかと思わないわけには行かなかったのでした。

はじめてキャフェで出会ったとき、そこにあったメニュであったか、あるいは手にしていた新聞にだったかに話をかわしながらデッサンをはじめたそうです。私も矢内原さんの顔をかいた新聞を十万円で買わないかとある人にいわれましたが、考えたあげくやめにしました。持物を一つでもへらしたく思っているときであるという単純な理由でした。

ジャコメッティは、もともとシュールレアリスムの作品を作っていたことがありましたが、そういうものを作るのをやめにしたあとのことだと思いますが、人の肖像をかこう（作ろう）としていると、だんだんと小さく見えてきて、しまいにマッチ箱ぐらいのものを作ることになってしまうのでおどろいたようでありました。それからどのくらいたってからかハッキリしませんが、こんどはどんどん大きくなって、七メートルもあるものなので、ニューヨークの美術館で断わられたということもきいています。しかし、大体はほどほどの大きさで、「歩く男」というような、がりがりにやせた男が大またで歩いているものなどは、皆さんもどこかでご覧《らん》になったことがあるでしょう。こういう塑像は、私の知るかぎりブロンズです。ところが晩年になると、一転して肖像を、その人の肖像らしくかくようになりました。矢内原さんをモデルにしたことでもお分りと思いますが、本人をわざわざ日本からよびよせて、その人を、その人らしくかこうとしている様子で、

「どうしてもかけない」

といいつづけていたということです。そういうものの一つが残っています。それをみる

と、その呟きというか叫びというか、いずれにしても、歎きの理由が、よく分るとはいえないほど、ありきたりの肖像に見えます。

別館でジャコメッティのデッサン展をみたあと、常設作品をみて行くと、たとえば、前田青邨《せいそん》のかいたある死人の肖像画というものもありました。私は以前青邨の「細川ガラシャ夫人像」というのをみたとき、それが、作者の娘をモデルにしたときいて興味をもちました。青邨には江戸時代の最初の解剖の場面の作品がありますが、その中に青邨そっくりの人の肖像があり、そのほかにたぶん知人の肖像といってもよいものが、何人もあるのだろうと私は思ったことがあります。その「ガラシャ夫人」は胸にロザリオをかけていました。

さっきの「ある老人像」といったものを見ながら、歩いてくると、面白い顔の女の像があり、その顔つきが、見おぼえのあるように思われ、そばに近づいて作者の名をのぞいてみると、「横山潤之助」一九二四年とあり、「妹の像」というタイトルでした。私はそのとき、

「ああ、あの各務原の横山潤之助さんだ！」

と声を出し、そうして、もっともらしくうなずきました。いま画集をひろげて作品の大きさをしらべてみるに（48.0 × 38.0）とあります。

私が見おぼえがある、と感じたのは、モジリアニの作品のことですが、私の記憶が正し

ければ彼はよく夫人をかいていて、彼が死んだあと、彼女は窓からとびおり自殺をしたと伝えられています。そうした女の像によく似ていて、卵型の顔であるところも、なで肩のところも似ています。しかしよく見ると大胆な筆づかいがなされていて、愛情さえかんじられてきます。和服は首や肩から、襟にそって線が二、三本、たぶん、傷をつけるように削られているだけのところも、ひきつけるものがあります。画集の前のページには、「友の像」（浅野孟府）一九二四とあり、この大きさは、（60.0 × 45.0）というまあ普通の大きさで、見ていると、セザンヌに似ていると思われます。といっても、セザンヌと思わなくともいいようなもので実質があるように感じられるのです。

私はさっきもいったように鎌倉近代美術館の別館でみかけた「妹の像」で、横山さんの名がよみがえった、ということを主にいいたかっただけですが、道草を食ってしまいました。なんどもくりかえすようで、心苦しい思いも多少はあるのですが、横道へそれたり、道草をくったりするのは、私こと、コジマノブオの得意わざの一つなのです。一九二四年というと横山さんは、一九〇三年生れですから、二十一歳です。ちなみに横山さんは私の一まわり年上で、坪内さんの二つ上のようです。

ここで私はおわびしなくてはならないのですが、横山潤之助さんの名の潤という文字をまちがえて、この連載のはじめの方で準と書いてしまっていたのです。各務原の逸平さんから、そのことを編集部の方に言伝てがあり、たぶん、フィクションのつもりであろうと思われる、と書いてあったそうです。

実はフィクションではなく、まったく私のおぼえちがいにすぎず、私は「ウソつき捨」と呼ばれていた、私の父親をわらうことはできません。まことに申しわけありません。

潤之助さんのお父うさまは徳二郎といい、皆さまご存知の如く、羽島郡の上羽栗村の若宮地の庄屋の長男で、年譜によりますと、二十代に岐阜県立岐阜中学の初代校長とありますが、逸平さんに、いまきいてみますと、白山小学校のということでしたが、あとで電話がかかり、京町小学校というのが正しいそうで、岐阜中学の方は先生をしておられたのが正しいようです。渋沢栄一を頼って上京し、やがて銀行家になられ、白山御殿町に「桜の園」といわれた宏壮な西洋館を建てられ、そこの二階で潤之助さんは絵をかいていて一代で早くも鬼才と呼ばれるほどの画才を発揮した。その様子は、多少なりとも具体的にいっておく必要があると思います。潤之助さんのような人はほかにはいなかった、ということですが、ここに近代美術館に収蔵されているドランふうということが一目で分る「裸婦」の複製がかかっていますが、そのほか、いまちょっとその名がうかんできませんが、当時の新しいヨーロッパの画家に似た作品が次々と発表され、それがそれ相応によく出来たものので、画集にも二、三出ています。鬼才ぶりをどうか、画集の中のいくつかの回想記の中にあらわれていますから、どうかそれらを見て下さい。何しろ十代でいくつもの賞を次々ともらうというので、それはそれは、ほんとに並はずれたものです。

横山さんは二十代のはじめ、アメリカからヨーロッパを廻遊し、帰国後個展をひらいていますが、それから消息がとだえてしまったといいます。その理由は逸平さんにきいたところでは、潤之助さんがモデルの女の人と同棲するようになり、お父うさまに勘当されて家を追い出されることになった、という話です。昭和十九年にお父うさまは亡くなられ、空襲で、日本版「桜の園」は焼失し、三千点からあった潤之助さんの作品は焼けてしまったといいます。それにしても、どうして三千点もの作品があったのでしょうか。売絵はなさらなかったというのは分りますが、作品の数におどろかされるのは、私ひとりでしょうか。

戦後になって那加町に住むようになられたようですが、やがて看護士の資格をとり日野精神病院につとめられたといいますが、昔の友人との交流もなかったといいますから、今までのところをこうして辿ってみただけでも、きわめてドラマチックなものではありませんか。未亡人となられた今も健在とききますが、今の奥さまとの生活がはじまってから、今の夕陽が丘の家から病院へ通うようになり、それまでは病院住まいでありました。

潤之助さんがまた絵をかきはじめられたのは、病院をやめられてからで、いま私どもが画集でみる作品の大多数は、その後のもので、それらがどのような画風であり、どのようにして制作されたか、ということに、誰しも興味をおぼえざるを得ない、と思います。

小島逸平さんは、昭和三十八年頃から、遠い親類でもあるという潤之助さんの住居に出入するようになり、潤之助さんの作品にかかわり、そのときどきの言葉を記憶にとどめているようです。

逸平さんは四回作品展を催しています。第一回は風景、次は静物、次は何でしたか、第四回めは「花の詩」というのだそうです。

大ざっぱに見てしまうと、潤之助さんのこれらの作品は画集をめくってみて行けば分ることですが、とり立てて新しい画風でもないように見えるし、もちろん昔日の西洋の画風を打ち立ててきた一流の画家たちと較べても、小説でいうと、まあ、「自然主義」の流れに属するところの作品というふうに思われてしまうかもしれません。

しかしながら、私も全く気がつかなかったし、誰からもきいていなかったのですが、おどろいたことには、（これは講演のときには思いもよらなかったことで、私は今の時点でこうしたことを書いているのです。ですから、時制的にいいますと、私がかいている文章は演壇に立っていた私のしゃべったことではないのです。この連載がはじまってから、いくらか、その気配はございましたが、ちょっと前から矛盾しています。そのことさえ私は無視して、というか、気がつかず、といいましょうか、ペンを走らせているのです。私はご想像にまかせますが、この原稿は明日の午後が締切なのです）キャンバスとか、板とかにえがかれたものではないのです。私の講演をきいて下さっていた皆さまの中には、作品展をごらんになった方もおいでになっているのですし、そのさい説明をきいていらっしゃったかとも思いますが、ひょっとしたら、たぶん枠にはめて出品されていたのだから、お気づきではなかったのではないでしょうか。

私が今申し上げたいのは、手当り次第そのとき身のまわりにあった紙にかかれたものなのだそうです。と申しましても紙といったって、そんなにうすいものでは油絵の絵具に堪えられるはずもないのですから、かなりの厚い、せめて段ボールの、あのちょっと厚手の紙（?）というべきものなのではないでしょうか。中には水彩のようなものもあり、尚更厚手のものでなければならないと思われます。

もう一つ、おどろいたことに、どの作品も小ぶりのものなのです。私がさっき昔の作品の大きさを紹介したのは、それと較べてもらうつもりで、あれは、講演時には何も知らず、今の時点で私が思いついたことなので、これも時制の矛盾があります。あれらは、六〇センチとか五〇センチとか、あるいはもう少し大きいものであったように思われます。ところが、これら制作を再開されてからの作品は、この画集のページにのせられた大きさと殆んど同じぐらいのもの、これなど画集のページの方が大きいのではありませんか。私はこれを少くとも二〇号よりは大きいとばかり思って見ていました。犬が右すみで、画面の大部分に当る風景をながめています。右の上の方から、坂を下ってきて、道はふたまたに別れようとするあたりのところに立って眺めています。下方には、鉄道線路が走っているようで、向うの方に陸橋が見えるようでもあり、貨車がいるようでも、いないようでもあります。犬はかき手の横山さんがかいている風景をいっしょに眺めているのでしょうか。

私はついさっき逸平さんが受話器の向うでこういうのをききました。

「私は景色を見ていると父や母と共にいるような気がします」

花は、すくなくとも私などが見ていたり感じていたりするようなものではないのではないだろうか。各務原の自然の中に咲いているものだ、ということでしょうが、ここに住んでいる人がみんな感じているというものではないでしょう。

それを考えると、……それから何故そのようにして絵をかきつづけられたのか、それは何のために誰のためにかいたのであろうか、とつい考えてしまうところもあるのです。普通のイミで、そういう材料によるものは、売物になるのであろうか。

画集には、おびただしい絵筆がうつされています。筆がなければかくことは出来ないのですから、このくらいの筆があって当然のことです。横山さんが三千点を「桜の園」にそのまま所持しておられたのは、売ることを拒んだからだということになっていますが、それはお父うさまとの問題にかかわることかもしれません。

というようなぐあいに私はよく分らないところが、いくらかあるのです。「墓地」一九六七（22.0 × 28.5）などは淡彩だそうです。これは山下さんがもっているということです。そう逸平さんが私にいいましたので、

「山下さんって、あの山下丈夫さんのことですか」

「そうです、山下丈夫さんです。奥さまがおゆずりになったそうです」

「逸平さん、この画集の中に、中空に月がかかっている風景がいくつもありますが、これは当然夜かいたものですね」

「夜明けの時間にかいたときいています」

「つとめが忙がしいので、この時間にかかれたのですか」

「いえ、さっきも申しあげたように、絵をかくようになられたのは、つとめをやめてからですから、夜明けをえらんでおられたのだと思います」

「花は、あの花が好きだ、この花をかきたいというのではなかったように思われますが」

「そうです。花はすべて美しくて、おどり出したくなるのだそうです。玄関を入ると、枯れた花が上りがまちからずっと廊下の奥の方まで置いてあるので、びっくりしました。枯れつつあるものでも、ぼくはそのまま花が同じように話しかけ、誘いかけてくるように思えるものだから、こうして横たえておくより仕方がないのです、ということでした」

名《な》古《ご》屋《や》

1

今日ここにおいでになっている皆さんは、たいていが名古屋の方だと思います。その皆さんの前で名古屋にかかわるお話をするというのは、せめてもの共通点を求めてのことであります。

三宅千代さんより大分前に中部日本ペンクラブでのこの催しの依頼を受けてお引受けしました。千代さんは、ぼくの兄が女学校で美術教師をしていた頃の教え子だそうです。それからさきほどホールでお会いした女の方のお母さまのKさんもまた、教え子のひとりです。Kさんは最近亡くなられましたので、その遺影が娘さんの胸にいだかれていました。いま遺影がこの部屋においでになっていると思います。

ついでにいっておきますと、数ヵ月前、ぼくは千代さんのお世話で、東京の個人病院で眼の手術をしてもらいました。千代さんはこの会が無事に終るかどうか心配していらっしゃいましたが、おかげさまで、千代さんのコンセツな御指示どおりにぼくと妻は名古屋駅で迷い子にもならずに駅の南口のホテルに入ることができました。改札口で千代さんは合図に手をあげていました。ぼくは手紙に書かれていたとおりにしている彼女を見て、

「あの方だれ？」

という妻に、

「三宅千代さんだよ。手術の前に家へ訪ねてきて下さっただろう」

といいますと、

「私、はじめてかと思った。その手術って誰の手術？」

といいながら、気をとりなおしたように背スジをのばし、ぼくといっしょに歩き出して千代さんに、

「小島の家内でございます。本日は宜しくお願いします」

といっていました。

Kさんの遺影のことは、あとでゆっくりと話すと、さっき妻にいったのですが、今日のぼくの話の中にも出てくることになるかもしれません。

ぼくの小学生の二、三年の頃、学年は二つ上ですが三つ違いの兄の勇にくっついて岐阜から名古屋に汽車でやってきて、迎えにきている長姉の夫に連れられて鶴舞公園の中の美術館に行きました。たぶんそれが名古屋を見た最初だと思います。展覧会は小学生の作品

が展示してあったのですが、これはみんな公園での写生会でかいたものだったでしょう。たぶん勇が入賞したので、義理の兄はわがことのように喜んでいたのです。あとで「大須」へ寄り、西洋料理店でハヤシライスだったかカレーライスだったか御馳走になりました。

ぼくは当時足袋職人であったこの義理の兄のHさんという人が立派な顔をしているので、会うたびにそのことを思いました。ぼくは、かねがね、信長秀吉の顔のことに興味をもってきました。ちなみに、ぼくの信夫の信《のぶ》は、父が信長から一字とったので、弟の日出夫は、秀吉の秀《ひで》をとった、ということです。いずれにしても、ぼくは父の顔を見るたびに秀吉の顔を思い浮べるくらい似ていたし、弟の顔を見ると、信長の顔を思い浮べるので、どうも、この戦国の二人の英雄は、濃尾地方の代表的なものかとも考えてきました。（ぼくはたぶん秀吉ふうでしょう）

ところが、Hさんは、そのどちらでもないが、何か、いかにも名古屋のよい顔の一つではないかと思っていました。それについてですが、こんなことがあります。

十五、六年前、ぼくら夫婦は若い友人たちと上高地から穂高へのぼったことがありますが、「岳沢《だけさわ》」という山小屋で一泊しました。同じ部屋に来合わせた中年の夫婦と、何をしている人か知らないがダンナさまの顔を見た瞬間、大分前に亡くなったHさんによく似ていることに気づいた。それで、

「失礼ですが、あなたさまは、名古屋の方ではありませんか」

　とたずねたところ、

「そうですが、それがどうかしましたか」

　と、いわれました。それからそのご夫婦が毎月ひとつずつ山に登ることにしている、という話をききました。翌日五時半に出発したときにはもうその夫婦は出発したあとでしたが、そうかといって、それほど前ではなかったので、見晴らしのよいところまでくると、すぐ前方の鉄梯子をのぼっている姿が見え、そのあと、追いついたと思うと、あとから追い抜かれ、とくりかえしているうちに、すっかり姿を見失ってしまったと思っていると、岩のかげに休んでいるのを発見し、というぐあいでした。

　ぼくの話はたわいもなくただこれだけです。

　ぼくの長姉は、同腹の姉ですが、ぼくの十五うえです。彼女は小学校を出るとお医者の子守りと受付とをかねていたそうですが、女学校へ行かせてもらってそのあと女子高等師範へもやってやるといわれていたそうです。うちに小学生の彼女と教生の男の先生といっしょにうつった写真も残っていますが、大人びているので小学生だったか、それとも高等小学生だったかうたがわしいのですが、まあそんなことはなくて、やはり卒業前の小学生だったと思われます。彼女はとにかく吉原の遊郭にいたあと、名古屋の〈中村〉に移ってきて、さっきふれてきましたHさんと馴れそめて嫁さんになったのですが、いかほどの一時金をHさんは支払ったのか、分りません。ぼくがこんな話をするのは、ぼくらが、あとでふれるようにこの姉の世話になったこととそれだけでなく、ぼくは名古屋弁をこの姉がつかうのを耳にすると、

「なるほど、なるほど」

と子供心にも感心する気持になった、ということもいいたいからです。

「ナモ」

とか、

「エモ」

とか、

「ゼエーモ」

とか、

「チョウス」、「チョーセ」

とか、

「チョウダイセ」

と、いうような語尾にききほれました。

「ナモ」は別としていま例にあげたような語尾は、ぼくの育った岐阜あたりでは、一般にはつかわないはずです。尾張武士が用いていたとは、思われないので、たぶん、町中の、

とくに商人、あるいは「くるわ」あたりで用いていたものでしょうか。皆さんの方がよくご存知と思います。

ぼくは以前から、文学作品の中に、名古屋弁がつかわれているものが、あまり見られないような気がしてきましたが、いかがでしょうか。

大阪弁は、あらゆる場所でつかわれます。大手をふってつかわれてきました。谷崎の作品にはずいぶんつかわれていますが、それについては、たとえば、小説家の河野多恵子さんなんかは、作品の例をあげて、正確な大阪弁（あるいはもっと地域を限定したうえでのことだったか忘れましたが）ではない、といっています。ということは、見ようによっては、殆んど正確だとか、ご本人は、正確と思っているが、何といっても、もともと東京の人だから、どうしても馴染みがないのであろうと、いう意味のようです。

煩わしいので、アレコレ例をあげることは止めにしたいのですが、土佐の坂本龍馬のコトバというものは、耳に焼きついてはなれませんが、じっさいは、小説家がそう書いたのであり、映画あたりで、そういうふうにしゃべらせていたのでしょう。しかし、土佐の人はすくなくとも明治の頃までは、男も女もああしたコトバをつかい、まるでそれは土佐のあるいは、高知の勲章といっても過言ではありません。鹿児島はいうまでもなく、北九州にしろ熊本にしろ、勲章めいたものをかんじますがどうでしょうか。東北となると、東京へくると、あちらの出身の方々は、遠慮しながらしゃべっています。ぼくらも、はじめて

受験で上京したとき、宿屋でフロに入って湯加減をきかれたとき、フロ桶の中から、

「イイカゲンです」

と答えて、当の女中さんを傷つけ、少年であったぼく自身をも傷つけました。東京の少女というより幼女たちが遊んでいる声が表できこえてくると、小さい子供が、美しいしゃべりようをするので、ほんとうにおどろきました。明治の政府が、日本中を標準語にしてしまったために、そういう引けめが生じたのかもしれないが、たぶん、そういうことだけでもないとぼくは思います。京都へ行ったって、土地の女性たちが、土地のコトバを駆使しているのをきくと、本物に接した引けめみたいなものをかんじます。

そういったことは、ともかくとして、さっきぼくが口にして、われながら感心した〈勲章〉ということをあらためて考えさせられます。九州地方なんかは別として、どこの地方のコトバも、たとえば東北にしろ、房総にしろ、何かそれらには〈勲章〉めいたものがあるような気がします。

岐阜県のヒダの高山には、サシモノ師あるいは大工の息子さんであった瀧井孝作という俳人で小説家でもあった方がいました。この方の『無限抱擁』というのは、代表作ですが、たしか、この作品の地の文は、ヒダ弁みたいなものが程々につかわれ、快い、ちょっと音楽めいたフンイキがあり、読者の抵抗力を失わせるような力《ちから》というのか、ひびきみたいなものをかんじさせたようでした。「積雪」という短篇などにも、冒頭の地の文が、そ

んなひびきがあり、雪の重みや、汽車で高山線の終点までやってきた、というかんじもあり、父親が亡くなっているということ、長い歴史までかんじるというふうなところもあったように思います、とぼくがこういっているのは、たぶん捲きこまれすぎているというか、読者であったぼくが進んで酔い心地にされようとしている気配もあったと反省させられますが、そんなことをいうとなると、長塚節の『土』なども、地の文はどんなふうであったか、しかとおぼえてはいませんが、スイセン者の漱石が、「それにしても暗すぎる」といっていたと必ずしも賞めてはいなかったようですが、会話はもちろんのこと、地の文にも一体となった、鬼怒川べりの風の吹き荒れるかんじがあり、土さえも顔をそむけるようなものをかんじさせるものがあったようでした。

この長塚節は、あの『野菊の墓』だったか、を書いた――ちょっとド忘れしましたが、あの何とかという歌人たち、それから俳人の虚子たちといっしょに、子規の提案ではじめた「写生会」というものに参加してスケッチするように、庭を文章化したりしていましたが、きわめて短日月の後で、「炭焼のむすめ」など一連の短篇を書きはじめ、それからアッという間に『土』という新聞小説を書くようになっています。ついでにいいますと、このときには「浅草のスケッチ」だったか、正確なところは、これまたド忘れしてしまいましたが、みんなそろって〈スケッチ〉をしに出かけたというので、さきほどから、ぼくが吃り吃りし、というところまでは行かないとしても、とつおいつ、辿々しく探りつつそれこそ杖をつきつつ歩いているのとは、趣旨が外れてしまっている模様ですね。

2

このくらいにしてぼくは名古屋の方が小説とか文学作品とかお書きになられるとした場合、さきほどから長々と述べてきた、日本のほかの地域のようなぐあいに、誇らしげに〈勲章〉めいたものをぶらさげるようにして、名古屋弁というものを用いていらっしゃるかどうか、ということにぼくはふれたがっている自分を見出すのです。

ぼくは、もっともらしく、四つ五つの名古屋コトバの語尾を掲げてみました。ぼくの長姉がつかっていた記憶があるからです。あれに類する語尾にしても、もっといくつも皆さんはご存知であるとしても、用いていらっしゃるわけではないと思われます。といってももちろんぼくの勝手な想像にすぎません。ぼくは名古屋コトバを用いた長篇小説を一つ前に読んだことがあります。またいつだったか、ある新人文学賞に『1980　アイコ　十六歳』という作品があり、高校生活を扱ったかなり長い作品で、ぼくは積極的に推しました。おぼえておいでの方もあるかもしれません。名古屋コトバをつかっていることが登場人物たち、とりわけ十六歳のアイコをいきいきと躍動させていると思いました。

そのとき反対もありました。沖縄に関心のある小説家は、沖縄のコトバがもちいられるようなのと較べると、方言の意味がない、というのでした。たぶん、ぼくがふれた〈勲

章〉のもんだいと係り合いのあることだったと思います。ぼくはどんなふうにいったか、よくはおぼえてはいませんが、

「これは名古屋弁ともいうべきものであるが、このコトバが小説で生きるということは、なかなかむつかしいので」

といったのではないでしょうか。

すると別の評論家の方が、

「川端康成の『十六歳の日記』は名作であるが、それとくらべると落ちる」

といいました。

ぼくは、「十六歳の日記」が引合いにされるとは思いもよらなかったので、驚きました。

そのあとテレビの取材があり、キャスターはこういっていた記憶があります。

「石川達三先生のおっしゃるのには『だいたい十六歳やそこいらの生徒が小説を書けるわけがない。そういう若者をおだてたり、売物にしたりするのはよくない傾向だ』というのです。あなたの意見はどうですか」

それに対してぼくは何と答えたか、よくおぼえていません。

ぼくが「名古屋コトバ」をめぐって、ひとり考えていた思い（？）は、口にすることを控えたくなり、それを除くと、あとはあれこれいいたいようなことはないので、説得力のあることはいえなかったでしょうし、わざわざ口にしてみる気持もなかったと思います。

ただぼくは名古屋コトバをあのように作品に生かせたのは、珍らしいことであるし、才能でもあるとぐらいは思ったことは事実です。

ぼくはたぶん、こんなことを考えてきたのではないでしょうか。

「名古屋コトバの特徴は何であろうか。それは岐阜コトバだってそうかもしれない。というより、名古屋コトバにもあらわれているにちがいないところの、名古屋というものの特徴はどんなものであろうか。もし名古屋の小説家がある魅力ある作品をお書きになったとしたときには、その魅力の秘密が、名古屋ということであったといった……」

という、よけいなことを、ぼくが、地つづきのとなりの県の出身者のぼくが空想しているとしたら、笑うべきことでしょうか。

「そうですね、よけいな心配ですね。そういう心配は自分に向けてみたらよいのではありませんか」

と皆さんはおっしゃるのではないでしょうか。〈勲章〉なんていうような分り易いもののことではなく、

「……どうしてこうなんだろう。どうして、こんな小説を書くことができたのであろう。ああ、そうか。名古屋だ、名古屋ということなのだ」

と膝を叩くといったことになることは不可能なのだろうか。

しかし、もう既にそういう作品は出現していたのに、気がつかぬだけであるとか、理解

が足りなかったとか、発見の力が足りなかったとか、あるいは、一種独特な「保守性」によるものであるとか、いうのでしょうか。

3

ぼくは、もともと郷里の岐阜へ戻ってくるとき、たとえば戦後ですと、名鉄に乗りかえたり、場合によっては、大垣行の鈍行に乗りかえたりしましたが、その折、乗客の顔と、コトバがうつり変って行くのに、ゾクゾクするほどの悦びをおぼえ、みんな仲間のような気がしたものでした。そんなこと、当り前のことだ、と皆さんはおっしゃるかもしれませんが、もう一度くりかえすと、その悦楽は堪えがたいものがあるのです。たいへん悩ましいことなのですが、——世の中には、口にするに当っても、悩ましくなることがあるもので、ぼくはとくに女性に対しても、それをかんじることがあり、それに似た、といってもよくお分りいただけないかと思う、これまた、悩ましさということになるのですが、それがぼくには、悦楽なのです。

ぼくは、岐阜へおりたとき、電話をかけているのをきいたとたん、立ちどまって全部きいてしまいたくなる衝動にかられるくらいなのです。ぼくは、岐阜の人はもちろん、名古屋の方が向うから歩いてくるのを見たとき、——もちろん東京でのことです——何か身体ぜんたいから発する特有のフンイキというか、もっと誇張しますと、一種の磁気のようなものをかんじてしまうのか、分ってしまうのです。

といっても、じっさいは、その人たちと会うことがあらかじめ決っているのですから、〈分ってしまう〉のが当然かもしれないのですが、こうして皆さんにタワイないことを語っていて貴重な時間を消費してしまうのは申しわけないと思っています。まあ、一口でいって恋人に会うようなものですね。

ついさっき、悩ましさのことを口にしたついでに、ぼくが悩ましくかんじる女性のことをいってしまいましたが、やがて、それにふれて、何故、それが名古屋と関係があるか、ということを語るときが来るという予感がしています。その女性はここにぼくの妻を守って最前列に坐っていらっしゃるのが、見えますが、その千代さんのことではなく、全く、名古屋の人ではないのに、名古屋と関係がある人のことです。もちろん、その方はずっと、ずっと前に亡くなられています。

この三月にぼくは三宅千代さんのご親戚で千代さんごスイセンの、池袋の大木眼科に入院したさい、ある中年の看護婦さんに病室でお会いしたおぼえがあります。そのときぼくは、小さい声で、

「ぼくが今夜入院することになっていますが、これは特別のことであることは、重々、承知していますが、ぼくの妻も泊めていただくわけには行きませんでしょうか」

といいました。

「それは、ムリですね」

「実は、ぼくは、同業者の若い友人にヒントをあたえられて、池袋の駅からそびえ立っている、メトロポリタンというホテルに泊ることにしたらどうですか、といわれました」

事実ぼくは、その友人にいわれたとき、感泣しました。感泣したというのはいかにも大ゲサで皆さんは、ぼくに失望していらっしゃるかもしれませんが、〈感泣〉したというのは、主としてそのヒントというか、アイディアに対してでした。

そのとき彼女は、

「同業者といって、あなたの商売は何ですか」

と問われました。

「小説家です」

と、ぼくは小さい声ですが、とりちがえられたり、きき返えされたりしないように明瞭にいいました。自分が〈小説家〉とくりかえすのに閉口だったからです。

「その小説家は、メトロポリタンと関係のある人ですか」

「いいえ、全くそうではないのです。ただ池袋駅の中にあり、この病院に近いということだったからですが。ぼくの附添いというのではなく、ぼくが附添ってやりたいのです。ちょっと脳神経の方を病んでいて、その原因はぼくにあると思われるものですから」

「眼の方でなく、脳の方ですか」

「そうです」

「今朝三時半ごろに車で一時間半ほどさまよっていたこともあり、それを察して、前もって……メトロポリタン案を出してくれたので、ぼくもその気になって予約をし、前日に宿泊し、当日眼科病院にいっしょに行き、手術を受けた日は、ホテルに一泊し、翌朝、病院にやってくる、という案を立てました。しかし、あとで友人から電話があって、あのホテルの場所はひじょうに分りにくいので、かえって混乱をひきおこす結果になるおそれがある、といってくれ、それももっともだ、と思いなおした、というわけです」

「そういう例は今までにありませんので、ほかの方法を考えて下さるよりしかたがありませんね」

「分りました」

こんなことをぼくが看護婦さんに話したのも、ただその人が岐阜の土岐津の出身だときかされたというだけのことで、お恥かしいことです。

(注。この病院でのことは、じっさいにあったことであるが今こうして原稿を書いているうちに、筆がすべってしまったので、講演ではふれていない。)

4

二週間に一度通うお医者とはこんな話をする。

「奥さん、眼に輝きが出てきましたね。最初の頃は、宙に浮いているようなかんじでしたよ」

「私も先生のお顔をちゃんと見ていることが、自分でも分りますわ」

「そこのカゴの中に持物を置いて戻って行こうとしていましたが、この二、三回のところ、ちゃんと、ご主人の持物とご自分のものとを見きわめて、区分したうえで、そのあと二つのドアのうち、どちらを選ぶか考えるユトリがあるじゃありませんか。それはとてもよいことで、クスリのせいもあるかもしれないが、たぶん、それよりもご主人と話をかわしたり、こうして道を歩いてここまで来て、自分の来たのは、ここで私の部屋に来て、こうして話をするということだ、ということが、ほぼ理解されているということなのですからね」

「さっき待合室にいるとき、もう来なくてもいいのじゃないか、といいますと、主人が、『あなたがここへ来ているのは、いくらかよくしようということがあるのだ』といっていました」

「そうですよ、奥さん、客観的に自分を見ることも大分できることは、必要ですからね。どうしても忘れることがあるでしょう。それは一種の病気であることが分るということは、大へんなことですから」

「主人に長いこと話をしてもらって、よく分りました。それが分ったうえで、今、私、先生とこうしてお話している、ということ、などが分ります」

「奥さんの今日の声も普通ていどに大きくしっかりしていて」

「この前には私、『この人はヒマですから』といったこともおぼえています。もちろん、あれは、ああいったまでで」

「奥さん、放り出してしまう場合も多いのですからね。それを毎日話をするということは、夫と妻のあいだでなければ出来もしませんからね」

「主人はほんとに私のこともよくおぼえているので、びっくりします。自分の母親の亡くなった年齢はおぼえているのは普通だ、ということですが、ほんとにそうでしょうか。この人はおぼえすぎじゃないでしょうか。そういうことはいっぱいあって、それをいちいちおぼえているとなると、たいへんすぎるのじゃないでしょうか」

「ご主人は、ニコニコ笑っていらっしゃるから、いいじゃありませんか。日常生活にそれほど差し支えがないのだから、それはそれでいいのだから、あまり気にすることはないでしょうが、とにかく二人でお話をなさるというのは、一番ではありませんか。

買物はなさっていますか」

「私？　ほとんどやっています。予定のもの以外のものを買うこともありますけど。家の中にいるときは、店は忘れてしまうことが多いですね。家の中でベランダに出て店の名と位置をたしかめるのですが、何しろ店は全然見えませんから」

「これから魚屋さんに行くとよくいいますが、昔住んでいた東中野の家のつもりでいるのか、南口の魚屋さんのことを思っていることがあるようですが、それは、出かける前にたしかめる材料の一つです」

「だいたいひとりで出かけるのですか」

「私のまわりの店は、北口で三浦屋という一、二年前に出来たビルの一階のスーパーとあとは、八百屋、三つのコンビニ、（これはそれぞれ系統がちがいます）それから、二人で、〈露地裏〉と呼んでいる北口の大通りから入った八百屋以外の店屋が一応そろっている裏通りがあります。

　前に先生から店屋を制限して、そこなら行ける、というところを決めて、くりかえしをしたら、といっていただいたので、さっき申しましたものを元に色々相談して実施しています」

「相談ですか」

「そうです」

　と彼女はいった。それは大体のところ事実である。

「奥さん相談して行けるということは、普通一般よりも大したことじゃありませんか」

「時々不安になって『いっしょに行って！』ということもあります。そうして『ああ行こう』といわれると、私は天にも昇る気持になるのです。ほんとうにしあわせな気分になるのです。何しろ以前にはこんなことなかったと思いますから、しかし私は今日はひとりで行ってみるか、袋をもたずに行くか、それともお財布だけもって行くことにするか相談することがあると思いますわ」

「さきほどもいいましたが、相談というのは、とてもよいことです」

「私はちょっと不安だけどひとりで行ってみる、というかな、それとも、ひとりで行ってみたら、といわれるのだったかな」

「そういうこと、記憶しているということは、見事なものじゃありませんか」

「私の記憶していることといったら、それくらいのことかしら。私って、全く忘れてしまうもんですから」

「奥さん、そうでもないじゃありませんか。感心しました。奥さんひとを感心させるということは、この世の中にめったにあることではありませんからね。ぼくは、ほんというと、涙が出そうです。看護婦さんも、眼をふいているじゃありませんか」

「あら」

　と彼女はふりかえって、

「泣かないで」

と、いった。

　あるとき彼女は、

「私ひとりで行ってみるから、そっと、姿を見せないであとからついてきてみて、私が道をまちがえて歩き出したら、すぐに走ってきて、〈ちがう、ちがう、こっち〉といわないで、少ししんぼうして待ってて」

といったことがある。しかし、じっさいにそうしたことは一度もない。さっきも私がふれたように、近所のコンビニへ行くといって出たのに、小一時間かかったことがあり、いっぱい荷物をもって戻ってきた。急に魚屋を思い出し、左の方へまがったために、とうとう、ガードをくぐって南口へ出てロータリのまわりをまわって、いくつかのスーパーマーケットの中で、一つをえらんで、戻ってくる。なぜそこへ行くのだろう。

ほんとに数えきれないほど、さまざまなケースがある。たしかに、いっしょに買物をしてくることは、楽しいことにちがいない。小さい声で「いっしょに行ってくれる」といっていっしょに行くときは、彼女がいったように天にも昇る気持になったのであろう。それは、この数年は何度もあったことであるけれども、それをたぶん忘れているものだから、はじめてのような気がしてしまい、

「天にも昇る気持」

と思うのであろう。

私は、講演では、その部分は語らなかったことだが、と断り書きをしたがあの土岐津出身の中年の看護婦さんと長話をしたのは、妻があの朝、三時半に車で出かけたことがあっ

たからだ。しかし、ああいうことがあったのは、たった一度だけだ。夫の私がとなりの部屋で寝ていたのに、のぞきもせず、自分の部屋は灯をつけたまま、音もたてずに外へ出て、これまた普通なら不可能なことなのだが、私に気がつかせぬように、動かせば、かならず大きな音をたてる（たぶん輪のぐあいが悪いので）フェンスをあけて、そうして車に乗って……当時、三度に一度はキイ・ホールダーの入った抽出を忘れて、二人でさがしたりしたものを、このとき、ちゃんと正確にさがし当てたのであった。それから何分かして眼をさました私がトイレに行ったとき妻の部屋にこうこうと灯がついているままなので階下へ走りおりてそれから、車の姿が見えないことに気づき、外へ走り出た。三月のはじめのことだから、三時半はまだまだ闇《やみ》だ。

どうしたらいいだろう！

こういうことは、はじめてのことだ、これは私のミスだ。ミスなんていうことはないかもしれないけれど、ハッキリと〈ミス〉だと思った。どうして〈ミス〉だなんて思ったのか分らないが、たぶん、そのほかの思い方に気がつくユトリがなかったというか、コトバがなかったのであろう。

三十分たっても帰ってこないので、穂高へ出かけたとき案内役をしてくれた、息子より一つ二つ年上の山口さんに電話した。ミスということはどうでもいいとして、何だって黙って車に乗って出かけたのだ。どうして私という夫を無視したのだ。

どのようにして店屋への道順を教え（?）たらよいのであろう。私にときどきヒントというかアイディアというか哲学的というか、そういったことを教えてくれる若い小説家が、地図のことを書いた部分ののっている文章の拡大コピイを送ってきた。彼は地図、つまり俯瞰図（といってしまっていいかどうか分らないが）のことを書いていた。何のためにこんなことを考えているのであろう。

「よくそこの街の角には郵便局があるとか、赤いポストがあるとか目印をかきこむ案内図があるけれどもぼくは、そういうふうにして教わったりするよりは、何本めの道というふうになっている地図の方が有効だ。角の建物や何かの目印が有効なのは、二度めからだ」

家の中からガラス越しに、立川の「ドコモ」の塔が見える。二週間あるいはもう少し前に、その塔へ向って歩いてみることにした。前に車に乗ってさがしたことがある。そのときは塔の土台の部分だけが家から見えた。それに似たものは、鉄道技術研究所の塔がある。それは「ドコモ」よりずっと近いところにあって、裏手の道路からもよく見えた。それはアンテナだった。何度もペンキを塗りかえていたような気がするが、いかにも全体がアンテナのためのものだと分るようになっている。いってみれば、小型の東京タワーみたいなものだ。

「ドコモ」は、そうしたものと違って芋虫の形をした構造物がタテに立っていて、妻でなくとも気にかかるものであった。はじめは「ドコモ」かどうか全くわからなかった。車で近づいたとき急に姿を消したし近づきそうになると、見えなくなったということで、それはパリのエッフェル塔もそうだったし、モスクワのロシアホテルもそうだった。そのような大きな構造物が姿を消したのは、思いちがいであって、姿が見えていてもどうしても近づくことができなかったということであったかもしれない。

車をおりて歩いて行くと、結婚した頃娘を連れたりしてよく駐車した市営の大きな駐車場が背後にあって、制服制帽の係員が立っていた。囲いの中か向うかに、鎧のような細長いものではあるけれども、どこか鎧めいたところがあるので、それは部屋がいくつもあるマンションのようなものではなく、鎧だ、と思っていると、家の中から黒い芋虫のようだと思ったものは、要するに一番近いものとなると、携帯電話であるように思えた。

「これは携帯電話の宣伝にしては、いかにも大きすぎるが、それにしても奇妙な建物だなあ」

と私はつぶやいた。

「ちょっと待って、何かかいてある」

と、囲いに近づいて、彼女はじっと読んでいた。それで、「ドコモ」にかんけいするものだ、と分るようなことが記してあった。それは彼女が私にいったことから推量したことだ。私の眼ではそれがよく読めなかった。なぜ大きな囲いがあるのか、囲いだけであるのか、よくのみこめなかった。しかし、彼女は、「ドコモ」と関係がある建物であることを自分でもなっとくしたようであった。

どのくらい日数がたってからだったか、ハッキリしないが、この構造物の上にアンテナのようなものがあった、そして夜になると灯が点滅しはじめた。

その後家によくきてくれる電機屋に、その話をすると、やはり、「ドコモ」だということが分った。

「『ドコモ』というのはどうしてなの。ドコモカシコモという意味だろう、と主人がいうけれど、そうですか」

「たぶんそうでしょう」

と電機屋さんがいった。

「あの塔のそばに行くのは、なかなかむずかしいが」

というと、

「あれは『北高《きたこう》』の向うの道を行くと途中に右へ入る路地があるので、そこを突き切って行くと二、三十メートルして真正面に出ます」

彼女は三日に一度は、

「あれは何ですか」

ときくので、とにかく、もう一度そばに近づいてみることにした。もちろん、歩いて行くうちに、彼女は何しに歩いているのか、忘れてしまった。どこへ来つつあるのか、話題にし、また忘れるというようなことをくりかえして行くと、もうその頃には「ドコモ」の姿は見えなくなった。そこで「北高」をアテにしながら、曲りくねった道を歩いて行くうちに「路地」を見出した。

「あっ、この路地だわ。まさにこの路地だわ」

と、彼女は叫んだ。それまでに、いくつも彼女のその場その場での眼を引くものに誘いこまれていたので、目的物のことなどとてもおぼえているというふうに思えなかった。そんなこと今更気にしても仕方がないことだ。

「この路地よ、この向うに、『ドコモ』はあるはずよ」

路地を出ると、真新しいこの頃はやりの、うすネズミ色とカベ色のまざった建物があって、その前の広い道を向うスミまで行ってみると、まぎれもない、家から見ていただけで、じっさいには見たことのないアンテナを上にのせた携帯電話とも鎧とも見えるものがそこにあった。

彼女はたしかに「路地」というコトバに、この頃関心をもっている。それから、はからずも、ある街角とか、ある建物に近づくことになったときに、ある感慨をもよおすようである。考えてみれば、当り前のことだ。

「さっきから見おぼえがあるような建物だという気がしていたが、これは国立《くにたち》駅なんだ」

といったりする。

「おこじょ」という近所のソバ屋から出てきたところで、

「この道ははじめてきたような気がする」

といったりする。もちろん、さきにそこを通ったときに、ふりかえってたしかめておくということをしようとは、なかなかしないのである。よしんば、そうしたとしても、もうすぐに忘れてしまうだろう。

「この店は『パージュ』で、あなたが、通って行くと、中から奥さんが出てきて、

『アイコさん、アイコさん』

と呼びかけたりする、といっていた、あそこだよ」

「どうしてあの人、あんなことをいうのだろう。みんなにその話をすると、みんなふしぎがるけれどどね」

いつだったか、何年も前に息子の入院している病院から帰ってきて国立の家に近づいたときに、うつらうつらしていたせいもあるが、前方に見えるのぼりになった大きな道が、全く見おぼえのないところで、まったくどこへ来ているのか見当がつかなかった。そのことを、運転をしていた妻にいうと、

「そういうことは、よくあることよ。私も何回かあるわ」

といった。もちろん、その頃は今のようなことはなかったと思う。だいたい彼女は車に乗っているうちに、新しい道をいくつもいくつも開拓することができてそれが得意ワザの

ようなところがあった。そういうわけでサングラスをかけている彼女が生き生きしているように見えた。ずっと前のことかもしれず、息子も、娘も、珍らしい人物が、自分たちの家にあらわれてきたように思ったものであった。

「何故彼女はこのようになってしまったのだろう」

何故ワタシは、といいかえると、それは彼女自身のコトバでもある。その理由を夫は、三つぐらい用意をしている。しかし、その中で一番彼自身をラクにするものは、

「オレ自身のせいかもしれない」

ということだ。

ところが、いつかの新聞によるとDNAの中に、その原因に当るものがいくつかあるのが見つかったということである。もしそうとしたら、ほとんど無意味ともいえることのように思える。

5

この名古屋には、ずいぶん前から『作家』という同人誌があり、「作家賞」というのも、何回も回を重ねてきたことを知っています。ぼくは小谷さんにお会いしたことはありませんが、三重出身の浅井栄泉さんにどこか飲屋でお目にかかったことがあると思います。もちろんぼくがそう思っただけのことで、アイサツしたわけではありません。浅井さ

んもしばらく前に亡くなられたようです。文学志望者に影響をあたえられたはずです。

ぼくは、この正月に進藤純孝さんから年賀状をいただき、退院された由知りました。そのあと最近のエッセイをあつめた一冊のパンフレットが送られてきて読んでいると、その中に「作家賞」の選考次第の文章があり、「受賞作がなかった理由」というようなものがありました。そこにはこんなイミのことが記してあった。「小説はこういうことを書けばよいというので、そういうネライのものが殆んどで、これを書きたいのだ、というふうのものがなかった」

『作家』はいつも送ってもらっている。東京の文壇ふうの作品にきびしい態度を示すことが多くて、そのつどぼくはドキリとしました。

今回もその一例ということができるかもしれないが、ぼくはこのエッセイのことを念頭におきながら、ほかのエッセイも読みました。

すると「影法師」というのがあり、自分はいよいよ孤独で、自分の仲間は自分の影法師だけである、ということが書いてあります。これは今だけのことではなくて以前からそうであったのだ、とあります。

それからタイトルは忘れましたが、吉行淳之介や遠藤周作にまつわることがありました。進藤君はぼくより七つ年下でこの二人の作家より年長のはずです。新宿の歌舞伎町の飲屋のようなところで、吉行淳之介のとりまきの若い人達とのんでいるときのことで、見聞したのですから進藤もいたことになります。正確にはいつの頃のことか忘れましたが、大分前のことだと思います。

会がおひらきになって、若い人たちは三々五々去って行き、あとに吉行だけがポツンと残されているときにはたぶんこの作家は何もいわなかったのでしょうが、進藤は、吉行は自分と向き合っているだけだ、と書いている。遠藤周作は、まわりのみんなに何かわめいていたが、誰も耳をかたむけるものはなく、はじめから彼ひとりであったというイミのことが書かれている。どちらのエピソードもずいぶん前のことで、別のエッセイでは進藤は、みんな（作家、評論家など）のいっていることは、自分の思っていることとは違うと思ってきた。それはずっとそうで、それらしくいっている人たちは、誰も自分とは同じではない。

何年か前にぼくは神奈川近代文学館で、藤村の『夜明け前』のことを話しに出かけたとき、つい先日まで進藤が中島敦のことを話していた、ということを知りました。中島敦は、「李陵」のようなものや、詩文で世に出ようとして挫折した男が虎となって人を襲うという、これも中国の物語にもとづいた話などを書いています。私は家へ帰って二、三日のうちにその「虎」の話を読み返しました。

進藤は五月に世を去りましたが、葬式のあとの長男のお医者のアイサツの中で、どうしても自宅で療養したいといいはり、自然死に近いことも願っていたようで、家族は苦労しましたが、ガンコものの父は自分のしたいことをして死んでいったということでした。ぼくは弔辞をよみ、その中で、さきほど来紹介してきたエッセイ集の話にふれ、長すぎたといわれました。その冊子は弔問客が持ち帰るように受付につんでありました。

『作家』の選考委員のひとりは、前から顔見知りの豊田穣さんです。この人は岐阜の本巣《もとす》のあたりの出身で、本巣中学に入り、そこの柔道の先鋒をつとめていて、岐阜中学の柔道の大将をつとめていた篠田一士などと試合をしていたようにきいています。豊田さんは中日新聞の記者で、やがて東京新聞が中日の傘下に入ると、東京へ出てきて、ぼくの家にも仕事をかねてきてくれるようになっており、文芸雑誌にのったぼくの小説が芥川賞の候補になったりしたあと何年もたった頃で、

「あなたのものは、岐阜の人にしてはねばりづよいところがあって珍らしいことだ」

と、いったりした。

豊田さんは『長良川』を書いて登場しました。その後何年もたって、首相が招待する園遊会にはじめて出かけたことがあり、向うから歩いてくる二人連れに気がつき、そのひとりが豊田さんでもう一人が立野信之さんであることは、すぐ分りアイサツをすると、豊田さんはすぐに、

「小島さんは若い作家たちがアメリカ文学にかぶれているのを見過すどころか、むしろその傾向を助長しているのは、よくない」

といった。

「たしかに助長しているどころか、ぼくは色々と教わっていますよ」

それからあとのことはよくおぼえていませんが、それっきりあったことはありません。立野さんは、たしか二・二六事件のことをしらべて書いていることはぼくも知っており、豊田さんもこれに類した作品を連載中だったのだと思います。

ぼくは豊田さんが彼の乗っていた艦船が撃沈されて、海上にただよっているうちにアメリカの船に引き上げられ、アメリカ本土のテキサスあたりの収容所にいてそのうち日本にかえされた、ということを誰かからきいたことをあとで思い出したようです。このときの苦労話（？）のようなものは、彼から直接にきいたことはなかったような気がします。私は彼のような運命を辿った人は、たとえば、ぼく自身のように、とくべつの経験をしたわけでもないものとは異った思いがあるものと、思いました。ぼくは立野さん豊田さんのような、日本の戦争にまつわる歴史をとり扱う人がいることに、気強く思っていたし、今でもその思いは変りません。海上に浮んでいたとき、何人かの軍人が、どんなふうにしてか分らないが、自決したり、あるいはみずから溺死をえらんだようなことがあり、その機会をのがしてしまった、ということが彼本人によって書かれたことがあったような気がしはじめて、「そうか、そうか」と、うなずいたおぼえがあります。

中国でぼくの所属していた師団は、レイテ島に移動し、ぼくはそれ以前に北京のある特殊部隊に転属になり、そのへんのことは、ぼくは「燕京大学部隊」という小説に書いています。これは、人によっては、ふざけた小説だと思う人もあるかもしれず、これはもうずっと前、昭和二十四年頃に同人誌に発表していて、ぼくにかぎらず、いわゆる〈北支那〉と呼ばれていた地域から集められた、英米語に堪能なるものたちが、いわゆる〈在支米空軍〉の暗号を解読する〈任務〉につこうとしていたというわけで、ほんとうに〈堪能〉だったのは、浜崎という青年だけで、この人は、第一次大戦の頃アメリカ軍人と日本人女性とのあいだにうまれた人で、さきほど申し上げたぼくの「燕京大学部隊」の中での主人公で、その後、ぼくの長篇『墓碑銘』の中の主人公となり、やがて、やはりぼくの長篇『寓話』の中の主人公となり、今も生きていて、ときどき九州から電話をかけてきて、もう先きが長くないから、一度会いたいとか、ハワイの別荘へこいとかいってきます。「カラオケ」の器具を発明し、大分もうけたそうですが、これは特許はとれない代物だそうで、ぼく自身、ほかにも発明者と名のる人を一人、二人知っているくらいです。

さきほど、「燕京大学部隊」のことを、ふざけた小説といいました。浜崎は電話の中で、ぼくにこういうくらいです。

「あれを読んで、『あんなに軍隊がたのしいところだったとしたら、ぼくらも軍隊に行きたかった』という人もいます。ホントにあのときはたのしかった」

6

千石英世はアメリカ文学の専門家でさいきんメルヴィルの『白鯨』の新訳を終え、その中での特に功績という点があるといえるなら、「捕鯨船の索具と船体」の名称とか、「捕鯨船の甲板」の各部分の名称とか、「捕鯨ボート」の各部分の名称、などの飜訳は、はじめてとりあつかわれたものであるそうであります。

いずれにしても、この上下二巻本の、百三十五章のタイトルを眺めて見るだけでも興味がわいてくると思います。どうかみなさん、海軍のことはともかくこの新訳を手にとってみて下さい。

話は横道へそれますが、ぼくはこの本の冒頭のところをかつて『私の作家遍歴』の第三巻の五十一頁のところに扱っています。そこのところを朗読してみます。ぼくはさっき申しあげた『私の作家遍歴』の第三巻がとくに好きで、ときどき旅行鞄の中に入れて旅をします。そういうわけで、別にみなさんに紹介しようとは思わなかったのですが、ここにこうして持っているので、ほんのちょっとだけ読みあげてみることにします。

メルヴィル自身南太平洋の知られざる島を若いときに航海してまわったが、あとでホーソンと知りあってから白鯨を追いかけるあの小説を書くようになった。この小説の語り手となる船員は、海の方を向いてながめている船員たちのことからこの小説をはじめている。もっともこの男はとくに捕鯨船にのることを望んでいるのであるが（まあそのことは二の次だ）。どうか、少し長いが、彼の声をきいてもらいたい。たしかにこれは声である。風や波しぶきといっしょにきこえてくる声であるのだが。

　わたしのことはイシミアルと呼んでもらいたい。何年か前のことだ――正確な年数などはどうでもよいが――財布がほとんど空になった上に、陸にはこれといって興味を惹《ひ》く物がなくなったわたしは、ひとつ、船に乗って世界の水域でも見て廻ろうかと考えた。憂鬱を払い、血行を整えるのに、わたしはよくこの方法を用いるのだ。われ知らず唇を暗く結んでいる自分に気付いたとき、心の中に冷たい十一月の雨がそぼ降るとき、ひとりでに棺桶屋の前で足が止ったり、葬列に逢うたびごとにいつの間にかその末尾に随《つ》いて歩いている自分を発見したりするとき、とりわけ憂悶に胸ふたがれて、よほど強く自制しないことには、わざわざ街に歩み出て、人々の帽子を次々に叩き落としてやりたくなるようなとき――そんなときには、いよいよこれは、できるだけ早く海に行かねばならぬぞと考える。これが私にとっては短銃と弾丸の代用なのである。カトーは哲学的な美辞をつらねて剣の上に身を投げた。わたしは黙して海に行く。格別異とするにあたるまい。海を知る者ならば誰しものこと、程度の差こそあれ、いつかはわたしと同じような感情を海に対して抱くのではないだろうか。

ところでここに、島の上に建てられたマンハットウの町があって、印度の島々が珊瑚《さんご》礁《しょう》に囲まれているように、波止場によって取り囲まれ、……

このあたりをちょっと、とばして先へ行きます。と講演者である小島信夫はいった。

夢見るような安息日の昼下りにでもこの町を巡り歩いてみたらいい。コーリアズの岬からコエンティーズ横町まで、そこから今度はホワイト・ホールの通りを北に上る。何が見えるか？——町の囲りを取り巻いて黙然と立った哨兵のように、何千何万という生身の人間が、海の夢想に耽りながら凝然と立ちつくしている。杙にもたれている者がいる。桟橋の先端に坐っている者がいる。支那から来た船の舷墻《げんしょう》に倚《よ》って眺めている者もいれば、もっと遠くの沖までを見渡そうというのであろうか、帆柱の上に登っている者さえもいる。だが、それがことごとく陸の人間たちばかり、週日には四囲……（ここを略します）これははたしてどうしたことであろう？　緑の野辺が消えたとでもいうのか？　彼らはここで何をしているのだ？

だが見てみるがよい！　更に多くの人々が陸続としてやって来る。ひたすら水辺を指さしてすたすたと、さながらに水に飛び込むがごとき勢いだ。奇態ではないか！　陸地の端の端でなければ彼らの想いは満たされない。

みなさん、ここでついでにつけ加えておきますと、『白鯨』が書かれたのは、ペリーが浦賀へきた頃であり、プチャーチン提督がゴンチャロフを秘書にしてイギリスからアフリカの南端へ出て小笠原でタイフウにあい、長崎へやってきた頃であり、トルストイやツルゲーネフがそれぞれ奥ふかくコーカサスや領地の中へと入りこんで心機一転した頃であり、ドストエフスキイが『死の家』で囚人たちといっしょに働いたり、フロへ入ったり、クリスマスにはみんなが嬉々として芝居に打ちこんだりしていた頃であり、それからフランスでは、バルザックやスタンダールが死んでしばらくした頃であった。そしてイギリスでは『嵐が丘』が書かれ、そろそろ小デュマの『椿姫』が評判になった頃であった。それからまたドイツでは、最後の恋愛と東洋を回春剤にした『西東詩集』とそれからある意味では、東洋と西洋の綜合を試みたともいえる『ファウスト』の第二部をゲーテが書き終え死んでから二十年たったときに当る。

というふうに講演者は横道にそれて朗読を続けてきた。そしてこう聴衆にいった。

みなさん、『白鯨』というのは、日本の附近へも捕鯨船に乗って来たことのあるメルヴィルが、白い鯨に復讐したいという船長が募った乗組員の一人を語り手として書いた物語です。ぼくはこの『白鯨』の冒頭の部分のみを紹介して、当時のアメリカのほかの作家の話にうつってしまったものですから、岐阜出身でぼくの十年後輩で、豊田穣なんかと中学生の頃柔道の試合をしたことのある篠田一士が、『白鯨』のことは、あれっきりなのですかと不審に思ったことがありました。当時ぼくは、現在もここで実演しているように、島から島へと渡り歩くような語り方を楽しんでいたものですから、『白鯨』のみにかかずらわっているユトリがなかったのですね。

ぼくはさきほど『白鯨』のことを話しはじめてたのは、訳者千石英世の名を出したのがきっかけで、何のためにそんなことになったかというと、それはほかでもない。ぼくが昭和二十四年に同人雑誌に発表した「燕京大学部隊」という小説のことをしゃべったからでした。この小説のこと、たとえば主人公の浜崎のことなんかもふれましたが、千石英世がこの小説を、発表後二十年も三十年もたってから読んで、たとえばノーマン・メイラーの傑作と称されている『裸者と死者』よりずっと、戦争のことや、本来人間とは何であるかを、深くとらえて書いているということを、ぼくの前でいったことがあるからです。

千石が賞めた理由をもっとふえんしますと、『裸者と死者』を読むと、上官と下々の兵隊とのあいだがいかにまちまちで上官は全く自分勝手である、という悲劇を書いていて、こういうことがあってはならない、というふうにいおうとしているように見えるけれども、けっきょくヴェトナム戦争の頃は同様なことが行われたのではないのか。これを読むと、もうこんなバカな戦争は、どこの国にしてもぜったいやらないぞ、と思っているかに見え、かならずそうなるかに見える、というふうであるが、それは錯覚にすぎない。ところが、誰もそのことを口にしない。小島先生の「燕京大学部隊」は、いつの世でも人間の存在するかぎり、こんなもんであるということ、そのことを感じさせる小説である――。

ぼくがこのように大見得を切ってみたところで、みなさんを笑わすだけであり、それでもぼくは笑っていただけるだけ、満足なのですが、それにしても、俘虜収容所では、たしかレイテにおいても、ヴェトナムにおいてもそうであったし、それからオーストラリアでもそうであったのだから、テキサスにおいてもハワイにおいてでも、芝居などはやらせていたように記憶しているが、豊田さんなんかも台本を書いていたのではないでしょうか。このことは、別に大してイミがあることとして、ぼくはいおうとしているのではありません。ただの思いつきで、一時的とはいえ心が明るむのでいってみるだけのことです。ヴェトナムの俘虜収容所で、あの古山高麗雄さんあたりは、戦争にとられる前、新宿の「ムーラン・ルージュ」でアルバイトをしていたこともあり、役者にも向いていたので重宝がられたときいていて、兵隊にとられるとき、役者がそのまま兵隊になったかんじであったようにうかがっていたような気がするのです。よけいなことですが、彼はその芝居をしていたことを書いた作品で芥川賞になりました。

ぼくは、ドストエフスキイの『死の家の記録』の愛読者ですが、ロシアの小説家のことを口にすると、ソヴィエトぎらいの友人が腹を立てるのですが、ぼくはその理由がよく分らないのです。ロシアという国はとても不思議な国で、トルストイやツルゲーネフやドストエフスキイなどにかぎらず、みんな心の中でシベリヤに流刑になるのを望むところがあったようです。それだけなら、それほどふしぎなことはありませんが、流刑に処した皇帝の中にも、その望みがあったかもしれないほど、苦しみたがる人たちであったようです。

またもや横道へそれてしまいました。ぼくがいいたかったのは、収容所のことで、そこでの芝居のことなのです。

7

みなさん昭和二十三、四年の頃、つまり今から半世紀ほど前のこと、ぼくは岐阜から名古屋をへて東海道線をデッキから落ちそうになって、家族といっしょに、東京に寄って、それから千葉県の佐原という町へ辿りつきました。その間のことは、ぼくの「汽車の中」にも書かれています。その主人公は佐野先生というふうに呼ばれ、そのときの汽車は、動物が唸り声をあげるように走りつづけるさまが書かれている、なつかしい作品です。佐野先生は小説では、遂にプラットフォームに投げ出され、青い空を眺めているということになっています。当時この作品は、『同時代』創刊号にのり、戦前から顔見知りの評論家の福田恆存さんがこれを読んで、この最後のところが、もし闘う姿勢で終っていたらケッサクになったのに、といってくれました。しかしぼくは、放り出されてしまう方が気持がよく、おそらく、生原稿のままであったとしても、書きなおすことは出来なかったと思います。「汽車の中」を、前にも名をあげた篠田一士が、ずっとあとになって、ぼくの代表作にあげているのですが、あとで出た全集と名のついた選集にはカットされています。

佐原の女学校から東京の中学校へ転任した頃、ぼくは宗左近というサムライのような名の、高等学校の後輩に、アメリカの小説家である、ウイリアム・サローヤンという人の本を借りて、たいへん気に入りました。

この本はマキシミリアン現代文学叢書に入っていたアズキ色の堅い表紙のもので、そのタイトルは、「揺れる空中ブランコに乗る若く勇ましい男」という短篇からとったものであったと思います。宗左近は奥さんもろとも一家でアメリカ兵となじむようなぐあいだったようですが、兵隊用の海外版のペーパー・バックの『人間喜劇』なども仕入れてきてぼくに見せました。

ぼくはその後、サローヤンの本、とくに短篇を、西川正身という英米文学者の家へ行って借りたり、日比谷にあったかどうか忘れましたが、アメリカ大使館附属の情報センターというところの図書館で、サローヤンの選集を二、三冊だったと思いますが、借り出して、コピイ機のないときなど、タイプに打って新制高校の夜間の学生にも、読ませ、英語と無関係の先生にもくばったりしました。

このサローヤンという人は、一九〇八年の生まれですから、ぼくより七つ年上です。アルメニヤ移民の子としてカリフォルニア州のフレズノというところの産です。ケイレキを書きますと、二つのとき父に死なれ、七つまで孤児院で育てられたそうです。ぼくはこれを、手もとにあった世界短篇文学全集（昭和三十九年刊）の小島信夫訳、「ざくろ園」に、ぼく自身がつけたサローヤン経歴を参考にしているのです。ぼくには今は、サローヤンにかんする本はこれしか見当りません。あとは、晶文社から出ている『人間喜劇』の訳本があり、これには、ぼくの解説がつけてあります。

　ぼくは、サローヤンに限らず、いくつかのアメリカ作家の短篇を訳したり紹介したりしているし、ぼくと同じ頃に世に出た日本の作家と似たところがあると、そのことを紹介したりしてきました。その中には、サローヤンのように移民の系統の人が多いのでユダヤ系の人が多い結果になっているのです。豊田穣さんが、ぼくを叱ったのは、こういうことがもとになっていると思いますが、このサローヤンという人は、誰かがいっていましたが、「大道ヤシ的語り口の作家」といわれていて、ぼくは、そうしたことを、皆さんに申しあげたいと思っています。

　ぼくは前回だったか、穂高へのぼったとき、岳沢《だけさわ》の山荘で出あった中年の夫婦のことを語りました。それはそのご主人がぼくの長姉の夫であるHさんと似ているので、

「シツレイですが、ご主人は、名古屋の方ですか」

ときいた話です。ぼくは詩人の吉増剛造が、このHさんによく似ているとかねてからネ

ラッていたので、きいてみると、この詩人は、立川の出身で、

「ぼく、小島さんのすぐ隣りの市の出身ですよ」

といわれたことがあります。

そういうわけで、ぼくの勝手なカンは外れてしまったのですが、ぼくのいいたいのは、吉増さんが詩を朗読なさるときは、ちょっと大道ヤシが、人を集めて、何かあやしげな物を売るときの様子に似ているということもいいたいのです。この詩人は、世界を股にかけて、詩の朗読会をもよおしていますが、ぼくの見るところ、サクラ第一号は、いつもその夫人です。どこの出身か知りませんが、彼女は西洋人ではないかと考えています。

みなさん、ぼくは大道ヤシというのが子供の頃から大好きでした。

漱石の『明暗』の中で目のさめるような場面もあるにはありますが、最も親しみをおぼえるのは、大道ヤシがこれから店を開こうとしているのに、ふと足を止めると、オジの家の男の子の真事《まこと》に呼びかけられる。あげくのはて、空気銃を買ってくれるようにせがまれるところです。漱石は大道ヤシそのものか、とりまいている人々のことだったか、「車夫馬丁」のたぐいという云い方をしています。マトモな人間、つまり紳士淑女のたぐいと区別している様子ですが、けっきょく、あの小説の主人公の津田も、車夫馬丁以上とはいいきれないことを書いているみたいなものだと思います。

また横道へそれましたが、ウイリアム・サローヤンの短篇だけでも二百何十篇ありま

す。ぼくはたいてい読みましたが、読んだからといって、サローヤンのように小説が書けるというぐあいには行かないことは当りまえです。

ウイリアム・サローヤンは、色々の職業についたが二十歳のとき、作家になろうとしてニューヨークに出た。そのとき、タイプライターをもって行ったのは、こういうコンタンであった。小説を書きはじめたら、（もちろん、タイプライターのキイを叩きつづけることで、打ちはじめたら）三、四時間はやり続け、それで終りというもので、ゆっくりゆっくり考えたり、やりなおしたり、というのではありません。彼は短篇の手本とされた、O・ヘンリイという作家のように落ちのあるような、いわゆるストーリイ的なものはやるまい、と心に決めた。ぼくはそういうことも面白いと思うが、小説の手応えのヒントは、日常話をしていて相手の応答によるのだ、という。ぼくは、このことが面白く思えた。たいていの作家はそう思っているかもしれないが、彼のようにいっている人はすくない。第一回めの挑戦は失敗に終ったそうであります。二度めの挑戦は「ストーリイ」週刊誌に受け入れられることになった。エッセイ的、小説的なものが混り合ったものもある。

私の名古屋での講演はまだまだ続いて行ったが、今月はここで打ち切らなくてはならない。ぼくは実は、ぼくの弟がぼくに電話で自慢話をするというのをむかし聞いたことがあり、それは「自慢話」というタイトルで雑誌にものった。彼のしゃべり言葉は名古屋弁とも岐阜弁ともとれるものであるのは、彼はそのとき名古屋に住んでいたからだ。シベリヤから復員してから色々の仕事につき当時は、建築工事のブロック積みの仕事を請負っていた。彼は兄のぼくに度々借金の申込みをした。もともと昭和二十三年、四年の頃、今のクレジット・カードのはしりのようなことをやっていた。弟の知恵ではなく、そのイトコの発案で、一種のクーポン券に当るものでもあったようである。ぼくは血のつながった家族がそのような会社（?）をやっているとは夢にも思わなかった。そういう金融かんけいの会社を取締る法律が出来たために、打撃をうけたともいうが、ほんとうのところは分らない。ある日イトコの方、つまり社長が東京のぼくの家を訪ねて借金を申しこんだ。彼らはそろって豊橋の別荘へ入った。弟の子供たちには、出かせぎに行っているといっていた。子供たちにはララ物資や、家にある衣類などを送った。

「自慢話」は、その別荘、つまり監獄にいた頃、どれほど活躍し、花形であったかの面白おかしい自慢話である。

　そのおしゃべりは、名古屋弁とも岐阜弁ともつかぬ、言葉でしゃべる。ぼくは弟の家族とのこうした種類にまつわるいくつかの小説を書いたが、いずれもこの土地の言葉をつかわずには、どうしても書くことがかなわなかった。出来れば、ぼくはそのことを述べてみたい。

　たとえばぼくの「自慢話」は、弟の兄のぼくに対するテレクササをまじえた、サービスであるかもしれない。借金の申入れのためのものかもしれない。しかし、ぼくはあれを書きながら、ほとんど何もしゃべらず、ひとりしゃべりさせながら、「金を貸してやりたい、そうしてやりたい」という気持がにじみ出ていたように思っている。

8

ぼくは今、妻に運転させて車で山小屋へ行くことについて考えている、どうしたらよいか、考えている。それはまるで、あの「自慢話」のぼくとそっくりである。あと、一、二時間のうちに結着をつけねばならぬ。ここで止めよう。バイク便を今、出発させたという。

断固たる処置をとらねばならない！

9

ぼくは前回のさいごのところで、〈断固たる処置をとらねばならぬ〉というようなことを書いた。そのすぐ前のところとつなげて読んでもらえたはずだから、何を意味していたか分っていただけたことであろう。というと、立派にきこえるかもしれないが、自分のセナカに一撃をくらわすつもりとはいえ、〈処置〉の内容はそう分りよいはずはない。というのは、何分の一かはごまかしているところもあったからだ。それでは、誰をごまかすというと、それもはっきりしていたわけではない。

ぼくはずっと前から、そう四、五年も前から、ラク、、になりたいと考えていた。ラク、、になりたい、というのは、あの、刑事が、テレビ・ドラマの中で密室の中で机を叩いて、容疑者に向って「早くラクになれ！」と叫ぶのと似たような云い方だ。

これから行く先きのことを考えると、一気に結論を出してしまって、責任を脱れようということでもあった。しかとは何も分らず、自分たち夫婦や息子たちを、人々の手に渡して、そのうえでその中で死ぬまでの時間を過そうと考えたのであった。息子はどうやら、それに近いことになった。どこかに恥ずべき気配があったが、眼をつぶることにさせてもらった。いま現在、彼はあるところでじっとベッドに横たわっている。以前のように家に帰りたい、ということもなく、自分のベッドを他人に占領されまいと、それだけは必死である。それでも、それだけ約束して、ぼくは小さい庭を、車椅子に乗せて、妻といっしょに歩くことにしてきた。介護人あるいは、看護婦の手を借りてそういう運びにする。彼は耳を切ったときとか、入院中であったと思われる、あの自画像の中のゴッホのような眼をしている。妻は車の中で待っていることもあったが、今では夫と離れたくないということもあって、こうして、車椅子を引いているあとについてくる。そのうち、息子が黙って指さすのを待つ。そのあいだ表情を全く変えないし、強く主張することもないように見える。しかし、いつ変化が起るかもしれない。順調に時計の針が進むと、窓を指す。その窓の中には彼自身のベッドがあり、そこへ戻りたいし、その権利がある、ということが出来る。というように見える。

庭から床に椅子をひきあげるのはとてもぼくの力ではできないので、椅子を下したときの介護人か、看護婦を呼びに行く。もっと有意義なことがあるのかもしれないが、もしあったとしても、たぶん、沈黙している本人と話をすることであろう。それが、ふしぎなことといってよいくらいであるが、どうしても文句が出てこない。しかしほんとうは、ぼくさえ、しっかりしていれば、話すことが何かあるかもしれない。

七月に入って訪ねたときには、となりのベッドに同じ苗字の人物が横になっていて話しかけた。

「お父さん、お母さんが来た。あいさつなさい」

と、彼はいった。

「ほんとにカズちゃんはよい人で、この頃では、私にお早ようといったりしてくれるようになった。今はご両親の姿を見ても何もいわないが、看護婦さんが、お父さん、お母さんがくるのよ、といったとき、うなずいていた」

「とてもカズオさんは、美しいほどの顔をしているわ。気分がいいのかしら」

と妻はいった。

「そうですよ。カズちゃんは、ぼくが見てもいい顔をしていると思う。カズちゃんは、流行歌もとび切りうまいし、ぼくなんかワセダとクニタチの音大を出ているのだけど、都の西北のところしかうたえないのに、カズちゃんは明治大学の校歌を全部うたえるんだから大したものだ、ねえカズちゃん。ぼくが東京の下町のことを話してきかせても、よくきいてくれる。ぼくは子供の頃あそんだ氷川神社さまのことや、そのとなりに、ウナギ屋があったり、乾物屋があったり染物屋があったり、洋品店があったり、みんなよくおぼえている。ドブ川でない、ほんとうの川が流れていて、ハダシになって竹箕《たけみ》でダボハゼをとったりしたことを、忘れられない。氷川さまの裏手は丘になっていて、すべり台の代りをしていたものだ。もっと、もっとおぼえている。丘の向う側に材木屋があって、そのとなりに砂置場があって、そうしてその向うに小学校があった。ぼくの小学校の先生は大鳥先生といったが、その先生は、ぼくに授業の代講をさせた。そういうと、ぼくが並はずれた子供だったようにきこえるが、そんなことはない。ただ、ぼくは試験もんだいを自分で作って採点をしただけのことだった。大鳥先生は、弁当を食べるとき、貧乏ゆすりをした。貧乏ゆすりをしているときは、弁当箱のゴハンがほんとうにおいしい、おいしいといっているようだった。先生は地方の出身で、その学校に二階がなかったので、そのマチでは学校の名前を呼ぶかわりに、『二階のない学校』というのだった。二階のない学校は珍らしくもないかもしれないが、もともと二階はあったのに、二階をとりはらってしまったのだね。その生徒たちは、よその学校へ転校した。話をして下さっている大鳥先生も、転校組であった。先生の話では、

『学校の前にカンゴクがあった。それが女ばかりのカンゴクで学校の二階から中側が見えた。どうしてそんなところに学校を建てたのかおかしいと思うかもしれないが、転校する前、ぼくなんか、のぞいたことがある。そのうち、さっきもいったように二階がなくなったが、カンゴクの中からミゾが流れ出していて、下からのぞくと、赤い着物をきた女の人たちがセンタクをしているのが見えた』

大鳥先生が転校したあと、カンゴクは、引越してしまった。そのあと学校にはずっと二階がないままで、生徒の数も半分にへったままだったが、そのあと、二階が出来て、人数もふえた」

こういう話を、このようにマトマリをもって語り終えたのではなくて、何度も何度もはじめにもどり、その中で終りの方にあたる先生の話だけは、一つの物語になっていた。どの店があった、丘があったとか、学校があったとかいったところは、くりかえすうちに、少し変化してしまうことがあり、話しながら、そうなってしまったのかもしれない。女囚カンゴクのところになると、先生がおふくろさんに、どうして女の人があそこの中にいるのだ、ときいて、「そんなことを、子供がきくもんではない」といって叱られた、というところまでいったように思う。

さいごに、

「ぼくらはどうしてここに入っているんだろうな、ねえカズちゃん。ご両親、カズちゃんは黙っているがよく知っていますよ。しかし、ぼくにしても、どうしてこんなところに寝ているのか、よく分らない。ぼくは、よくおぼえていて、おぼえていて、自分でもふしぎなくらいだな。こんなによくおぼえているのだから、どっこもおかしくないはずだ。

ぼくは一度ここから脱走した」

といった。

「それから何年か外にいたが、また戻ってきた。ここはとてもいいところだ、という気がしはじめたのだと思う。ねえ、カズちゃん、ぼくはそういっているね。この人はぼくを兄貴のようにしたってくれて、ぼくが話すあいだ、ニコニコしてくれているので、ぼくが思うに、ずいぶん人がらが変った。ご両親、ぼくは、アタマにうかんできて、どうしようもなく、それがぼくを追っかけると、ぼくはひとりでもしゃべりたくなるけれど、カズちゃんは、カズちゃん自身を指さしていることがある。それはどういうことかというと、小島さん、ぼくに向ってしゃべっていいよ、というつもりだ。そうだな、というと、うなずいているので、ああ、そうか、と思う。こんないい人はいない。だからぼくは、ニンゲン教育をしてあげようと考えて、アイサツだけは、口に出していえるようになりました。流行歌や大学の校歌を、あれだけ完全にうたえるのだから、みんなに尊敬されている。ご両親」

と急にトーンが変った。

「ぼくは、お父さんの小説『うるわしき日々』を読みました。いつ読んだか、ふしぎでしょう。ぼくは脱出してアパートに一人いたとき読んだ。ぼくはカズちゃんが、出てくることが分った。あのカズちゃんのことだな。ぼくは〈小島〉という苗字に関心があったからすぐ思い出しちゃった」

息子のとなりのベッドにいる小島という人物は一転して名古屋や、岐阜の美濃加茂から各務原の話になった。その場所にくわしいということのほかは、何もよく伝える意志がないように見えた。ぼくが、そういうところのことなら、ぼくもよく知っているといったが、それは当然のことだというように話題を転じて三遊亭シャラクというハナシ家のことになった。それはそのハナシ家の孫が、部屋の向い側のベッドにいて坐りなおして客に向って語りはじめるというので、それがいま、ほんとうに始まっているというのらしかった。小島という人物は、仰向けに寝たまま自分の話がとぎれないようにしゃべりつづけ、「ハナシ家の孫というものはおそろしいものだ。ここへきても高座にのぼったつもりになっている」

といった。そのとき息子は、指でさし示しはじめた。そのハナシをきいてやれ、といおうとしているのであろう。

看護婦が部屋に入ってきたのをしおに、二人は目くばせして立ちあがった。面会が終ったら外来室にくるようにと、その病棟の担当医師からの言伝てがあり、

「それではお出でになって下さいませんか」

と、いわれていた、からであった。息子の手を二人はにぎった。いつものように、その手の力はつよく、そのつよさから逃れるように、

「また来るからね」

と、いった。妻の方の言葉には、ふしぎなほど情がこもっていて、ほんとうに、またやってきて息子の顔を見るのをたのしみにしているように見えた。

「どうもありがとうございました」

と、妻はとなりのベッドの主に向っていった。

「どうぞ早く治って下さるよう、祈っています」

「お父さん、お母さん、ありがとう。カズちゃんも言葉でさようなら、をいいなさい。きっと、あなたはいえる。あんなに、みんなの前で歌が正確に、ほれぼれするようにうたえるしみんなここの人たちは先生も看護婦も男も女も、また来週の、その日のくるのを待っているのだから。きっと、いおうとすれば出来る。さあ、さようならをいいなさい。また来て下さい、といってみなさい」

しかし、カズちゃんは何もいおうとしなかった。

「では、ぼくが代りにいうことにしよう。さようなら。また見舞って下さい。さあ、そこのシャラクさんもいいなさい」

10

「さあ、こちらへきて窓の外をごらんになって下さい」

と女医さんがさきに外を見た。

「あの台地に今日は車がとまっていませんが」

と、夫はいった。

「あの台地に一度のぼってみようと思っていたのです。職員の駐車場ときいていましたが、どこへ移ったのですか」

「それよりも二年計画で、四階建ての新しい建物が出来るのです。ここも、こんど、いよいよ特別養護施設ができます。一種の老人ホームといってもいいと思います。国立《くにたち》のお宅は、富士山がよく見える高台にあるそうですね。こんど出来る建物からも富士山はよく見えます。院長先生のお話では、息子さんをはじめてこの病院に連れておいでになったとき、奥さまもご主人さまも、この山が気に入られたという話でした。それはたしか十二月の中頃でしたね。私はあのときは、まだ別の病院にいましたが、冬の雑木林がお好きですか」

「ええ、私も好きですから、そう申しあげたかもしれませんが、よくおぼえていません。この方は、もともと好きです」

「若葉の頃はもっといいでしょうね」

「とてもよいところになると思いますので、あそこでお暮しになることをおすすめしたい、と考えています。もっとも、これは一般の話で、ご両親さまにとくに申しあげているわけではありません。どちらがたおれられても、配偶者の方がナンギされることですから。よくお考えになったらというだけのことです。

それからまた、今の病棟の穏やかな患者さんも、移っていただくことが可能です。

ご両親は、きくところによると、二、三十年前から、登山をなさったり、軽井沢の国有林の中の別荘に毎年お出かけになっていて、ほとんど日課のように裏の高原をお二人そろって歩いていらっしゃったようですね。高原といっても登りの道ですから、気をそろえて、意志力をもちつづけなかったら出来ぬことだ、といっている人もいます。この病院にもよくお見舞いいただいています。そのさい、いつもご一緒でいつも話題になっていますす。現在は、病気をもっておいでのようにきいてはいますが、行動を共になさっているのは、むしろ以前より以上にもお見受けします。ご両親のような心がけの方が、お入り下されば、ほかの方も希望がもてる、と思うかもしれません。くりかえしますがどうぞ、皆さんにも夢と希望をもたせてやって下さい」

11

「先生は、ぼくらの見るところ、限界点に達しています。先日岐阜羽島のプラットフォームに出る階段で奥さまはころばれて、くるくるまわりながら落ちて行かれ、先生が起して立たせました。ぼくらが近よって手助けしたときに手に血が生々しくついていたので、傷口をさがしてみると、どこにも見当らないので、どうしたのであろう、とみんなが思い、ご本人も、どうしたのだろう、第一どうしてこんなことになったのであろうと、不審がっておられたようでした。

あのときは、ぼくら一行だけでしたが、もしほかに客がいたとしたら、おそらく違った展開になったと思いました。奥さまの負傷も違ったようになったし、あとから昇ってきた連中も、不意をつかれて落下するような事態になったかもしれません。

ついでに申しあげてみますと、先生ご夫妻が岐阜羽島駅を発たれた日、長良川の一つの支流であるイタドリ川の方に遠出しまして、奥さまのお好きでいらっしゃる温泉へご案内し家内がお守りしました。もちろんぼくら男連れも露天ブロにぼく自身が案内しました。柵がなければ露天ブロのすぐ向うが崖になっていて、イタドリ川が流れているのが見えるはずです。前方に三角形の山がそびえていて、その向う側が、二年前にごいっしょして、郡上八幡から白山登山口まで参りました、あそこ、あの八幡です。ぼくらはそんなことを話していました。あの八幡では、美人の湯というのがあるのでそこへ奥さまを案内して行きましたが、あいにく日曜日で車がジュズつなぎにつらなっていて、それから岐阜に向って帰りみち、ぼくらは、先生も子供の頃、お母さまに連れられてお参りなされた〈弘法さま〉へ車を向けたことを思い出していました。奥さまはその途中、手洗いのあるところはないか、といわれるので、何分ぐらいならしんぼうしていただけるかおききしますと、二十分ぐらい、とおっしゃいました。ぼくはでは、十五分ということにして、弘法さままで待って下さい、と譲歩していただきました。先生も既にご承知の如く、岐阜は山の方も平野の方も、どこを掘っても温泉がわき出ています。先生は、『それは大ゲサだな』といわれましたが、おおよそはぼくのいうとおりです。日曜日には市民は殺到します。ぼくも温泉は大好きで、たぶん血圧が低いせいでしょう。ぼくらはご夫妻が岐阜へ講演にお出でのときは、新しく掘られた温泉のある地へ案内してきました。それはひとえに、奥さまが、

『岡田さん、わたし温泉大好き』

と、娘のようにはしゃいでおっしゃったからです。ぼくは、この大好きにはウソイツワリはないと信じて、そのことを思うと、車の運転のしがいがあって、家内に案内地図をしらべさせて、この一種のピクニックの計画をたてています。

ぼくは、ご夫妻の常宿となったルネッサンス・ホテルの近所のご夫妻のお気に入りとなった呑み屋でおつきあいしてのんでいるとき、

『ぼくは奥さまにせめて二十年前にお会いしていたかった』

と申しました。ぼくはどうしてそんなことをいっていたか、忘れてしまいましたが、無性にそういいたくなったのだと思います。

ぼくはあの夜だったか、

『先生はアメリカに滞在していたとき、どうしてアメリカ女性と仲良くなられなかったのですか』

と、いうと、先生は、

『きみなら、そうなったかもしれないな。ヒトそれぞれですよ。もしあなたが、そういうのなら、あなたの特徴をいかした小説を書いたらいいですね』

とおっしゃったことをおぼえています。

(あなたの魅力は、あなたがいちばんよく知っているのでしょう。それより、あなたが携帯電話で、奥さんと話をかわしていたときは、ほんとに思いやりがあって、忘れられない。あのとき奥さんは各務原のスーパーか、デパートかで、古本市を開いていたのだそうで、その古本を引きとりにぼくらと別れてから車を走らせたようで、その古本をつめた段ボールの数は、おそろしいほどだったようです)

ぼくがあえて申しあげたいことは、あのイタドリのスーパー温泉でぼくらが露天ブロに入っていて、山下さんが、次男の方が、一種の出来損いといわれても仕方がない、といったことを話題にして、長男が、『あんな男にしたのは、オヤジさんの育て方の責任だ』というが、そんな区別をしたおぼえはないのになあ、となげいていましたね。

あのとき、奥さまは、湯上りのシャワーを浴びようとして、熱湯を身体にかけて悲鳴をあげ、そのホースはあたりの人にかかるところだったという話です。

それから、先生も知っておられたかしれませんが、『平光善久を偲ぶ会』のとき、奥さまは手洗いに二度立たれ、そのまま戻られなかったので、司会の黒田淑子さんが、さがしに行かれたところ、一度は庭の方に出ておられ、あとの一回は、時間をかけて、ご自分で戻られました。

ぼくの申しあげたいことは、何か安心して任せられる介護人をつけられるか、それに近い暮し方をお考えになる時機にきたのではないかということです。これはご夫妻ともどものためであり、まちがいが起る前に手を打つというイミです。あのときの血はどこから流れ出たものですか。ぼくが気になるのは、どうしてあのような事故が、階段で起きたかということですが」（小島注。この数年、岐阜での小島の行動は、その大半が岡田啓の寸暇を惜んでの尽力のおかげである。たとえば、さきほど名をあげた詩人の平光善久宅に保管してあった小島信夫の著書そのほかの資料は、岡田の助けで各務原市の図書館に一時的にあずけられ、目録は主として、岡田啓によって作成されている。平光はそのときには存命中で、あった）

12

「今のところ、奥さんの、新薬による効果はいいように思えます」

と、地元のメディカル・センターの先生はいった。(それは数ヵ月前のことだ)

「というのは、奥さんは以前は、空中に浮いているみたいで、視点も定まらないところがありましたよ。ここへおいでになっても、他人のことのような顔でした」

「あら、そんな失礼な顔でしたの。だって私自身のことですもの」

「そうおっしゃいますが、そういうご自分のことという認識からのがれようとしていたので、たとえば、このカゴの中にバッグや帽子などお入れになり、ご主人もカバンをお入れになりますね。以前は、お帰りになるとき、そのままということもありました。そこでご主人が、ここにあなたの持物がおいてあるよ、というぐあいにいわれていましたよ。それがこのところ、ご自分で荷物をとりあげるばかりでなく、ご主人のものまで、とって持たせるというようになさっていますよ。帰るとき、二つのドアのどちらを通って帰るのがよいか、ほんのちょっと思案の様子があって選択をしています。いつもそうであるとは、いえないかもしれないが、こうして私が見ていると、自分はどういう立場にあるのか、考えておいでだ、ということが分ります」

「あら、私って以前はそうでありませんでした。そりゃたいへんだ。いよいよバカになったのか、なっていたか、だわ」

「バカだ、なんて、いわない方がいいですよ」

　と夫はいった。

「そういってみるだけよ。バカだなんて思ってはいませんよ。でも、先生のこと、主人のこと、ここで働いていらっしゃる人たちのこと、ちゃんと眼にとまる気はします。でも、すぐ忘れてしまうんでしょう」

「奥さん、忘れたら、もう一度、こんどのとき、ああそうだったか、と思えばりっぱなものですよ。何より、奥さん明るいのがいいじゃありませんか」

「たしかに明るくなったわね。あなた自分でも分るの」

「それから、さきほどレントゲンをとってみましたので、その結果をいっしょに見ることにします。これが脳を輪切りにしたもので、この後頭部の傷も別に治っています。今日とったのと、前にとったものをくらべてみますよ。だいたい変化した様子はありません。よろしかったですね。それから一月から服用していただいている、この新薬ですが、いま十二人の方に投与しています。その中では、奥さんが、いちばんあらわれはいいようです。何より、さっきもいったように明るくなられたのはいいことです。奥さん、これはクスリのせいというより、お二人でいっしょに話したり笑ったり、ここへお出でになって、二週間に一度はかならず私の話をきかれるというのが、まあ大事なことではないでしょうか」

「それから、ここに糖尿病の検査の結果のことは、内科の先生の話では、こんなに早く数値の結果が出るとは思わなかったと、いうことですが、数値表を持ってきました」

「ああ、そうですね。たしかにずっとよくなっていますね。奥さんよろしいですね」

「先生のおかげです」

と、彼女は反射的にこたえた。

13

〈断固たる処置〉をあきらめようとはしないと思っていた。

「私って今まで事故を起したこと、一度だってある？」

と、彼女はいった。

医者にそのことについて相談しなかった。無事故というのは、つい最近までのことであった。彼女は息子の入院先きへも、片道、一時間半かけて車を用いた。そのとき夫は助手席にいて、ハタからみると十年前と同じことをしているように見えた。その距離を乗りこなすということは、もっと長い距離をも無事であるということの証拠のように見える。

七月の末が近づいてきた。断固たる処置を云々と書いた原稿をわたしたあと、何日もたっていないある日、高速道路にのる所沢インターへどんなふうに行けるか、ためしてみようと思った。なぜそうするのか、彼本人もよく分らぬところがあった。もしインターまで無事であったとしても、そのあとのことはどうであろう。彼の中に、車で行くことの出来ない口実を作ろう、としているところがあるように思えて、妻をあざむこうとしているような気がした。

インターで苦労するのだから、もう止めようという意図があるとすると、それはナビゲーターとしての助手席の彼のことであって、運転専門の彼女にはほとんど無関係なこともいえる。そんなことに、彼女はだまされるだろうか。決してだまされない。彼女の判断力や分析力は決して衰えていないどころか、ときどき彼は妻からからかわれることがあった。それはとても正確なので、彼女の脳神経の病気とは別個のことであるのかもしれない、とかねてから思うところがある。(いずれにしても彼女は三、四年前まであんなに曲芸師のように清瀬の林の中のまがりくねった道を車といったいになってしまっているように運転していて、それを見ていると、あの記憶を病んでいる同一人物とは思えないといったところがあった)

14

どうしても軽井沢の山小屋へ行かなければならない、と思っているわけでもないし、その理由もない。そういうふうに老夫婦は思っている、と考えてもいいのであろう。たぶん、それにちがいない。そういうことを突きつめるのは、自分たちではむずかしい?

いろいろのことを、といってしまってよいかどうか分らないが、考えあぐねていた。

前に池袋の眼科へ手術に行ったとき、今と同じように考えあぐねている(?)と、若い作家は、メトロポリタン・ホテルに宿泊の案を電話でいってきた。いま考えると、妻に身体でおぼえさせて、安心を引き出すというネライだったように思えるふしがないでもない。その方法はとりやめにした。

直接かんけいはないが、たしかどこかで、哲学ノートのようなものの中で、彼はそう書いていた。それはワープロで打って送ってきた。そうでないとうまく読めないからだ。地図というものは、自分の経験では、いわゆる上から見た、つまり五万分の一の地図のようなものと、メモふうの、どこの角には郵便ポストがある、ガソリン・スタンドがある、というようなものと較べると、すくなくとも、第一回めは、前者の方が役に立つ、と、書いていた。誤解をまねくといけないから、口にしないでいたが、彼は自分は子供の頃から秀才であった、といっている。といっても学校でよく出来る、と思われているようなものではない、という。

「何を証拠にそういうのか」

ときくと、

「一部の友人や、先生、もっと早くは、祖父母たちにそう思われていた。ほかのイトコたちとは違う子供だ、といっていた。たとえば、〈坊《ぼん》さんカンザシ買うを見た〉というようなうたがある。何故坊さんがカンザシを買ったのか、の答えとして、自分の坊主アタマに突きさすためだ、とぼくがいったとすると、クラスのものは信じた。アイツがいうんだからそうだ、といった。もっともぼくひとりではなくて、一種の哲学者というべき友人がいて、その男も、ぼくと同じことをいうだろう、と思う。ぼくと彼とが二人そろっていえば、もうクラスのものたちは信じるでしょう」

その友人が電話をかけてきた。ある共通の仕事の打合わせのためで、そういうコトバをつかっていいのなら、〈大道ヤシ〉みたいにみんなの前で身をさらすことである。

電話は、妻によって夫であるぼくの方へまわされてきた。こういうことがスムーズに行われるのは調子がよい証拠といってもよいだろう。老いた作家はどんなにうれしいだろう。するともともと自信にみちたところのある若い作家はぼくにこういいつつある声がきこえた。いくらかハシャイできこえたのは、彼が発見をしたよろこびに、ちょっとひたっているショウコかもしれない。それは冷淡と親切との中間のような内容にきまっているといっていい。

「いま奥さまの声をきいていると、とてもあかるいですね。ぼくは車の運転は大丈夫だと思う。なぜ大丈夫かというと、脳の記憶装置というものと、〈彼は一言一言ゆっくり、くぎりながらいう。相手の無神経によってかき乱されると、吃ってしまう、という〉泳ぐことだとか、自転車に乗る行為だとか、は、身体の記憶によるもので、脳の作用ではない。

これは、ぼくの考えでは、車の運転の場合と同じなので、高度の技術のように見えるが、決してそうではない。それを実行しているものにとっては、同じはたらきなので、たぶん、誰もそのことには気がついてはいないと思う。ぼくが、ここまでいうと、たいていの人たちは、じっとぼくの顔を見る。それは犯罪者を見る眼に近いこともあると思う。ハッキリいうが、基本的には同じことなのだ。おそらく医者が一番ダメだと思う。前にも申しあげたかもしれないが、脳神経の研究は、まだまだよく分っていない、というより、誤解の域を出ていないかもしれない。

これでやめますが、ぼくはくりかえしますが、基本的にいわなくともいいくらいだが、端的に申しあげると、大丈夫だということです」

これほど長々としゃべったのではなかったかもしれない。

〈断行〉のイミは百八十度変るかもしれない。〈若い作家〉がいったというのでもないのだ。彼女自身がくりかえし、くりかえし説得しようとして絶望的になるくらいであるのだ。彼女の運転は荒いが、それはたいていの女性の共通点である。

彼女の免許証は、金スジである。山男で建築家の山口につれられて書きかえに行った。金スジである、ということをいうと、微笑した。「これからも気をつけなくっちゃね」といった。なぜ連れられて行ったか、というと、ほんとうは自分ひとりで行けるのに、そのようにはからってしまったからだ、という。それ以上のことはやめにしよう。

七月二日、冷蔵庫のものをつめこんだり、最小限度の衣類はきものその他、を積むだけで、中央高速道の国立《くにたち》インターをめざして出発した。五つの選択肢からえらんだのだ。残りの四つのことを思うと、胸があつくなり涙が出た。それは〈若い作家〉の責任ではない。ほかのことのためなのだ。彼女に対して甘い態度というのでもない。そのことについて、老いたる作家は語らねばならぬ、かもしれない。

「河口湖方面と新宿方面とあるが、どっち?」

と彼女は夫にきいた。充分分っているが、記憶係りにきくことに決めておかなければ、行く先々、めんどうだから、だというかもしれない。

車は先ず最初の目的地の標示である、河口湖へ向った。もちろん〈河口湖〉方面ということにすぎない。

「この車、いま、新宿方面へ走っているのね。これでいいのね」

と、彼女は念を押すようにいった。それは恐るべきことのように見えるが、たぶん、そうではないのだ。すくなくとも、〈若い作家〉がきいていればそうこたえたことであろう。

15

ウイリアム・サローヤンのことを、イギリスの短篇作家ベイツという人が、「大道ヤシ的」な語り口だといったことをぼくは前にいった。そのことについて書いたベイツの本は、見当らないと思っていたら、「世界短篇文学全集」という本の『アメリカ篇　十四』(昭和三十九年刊)の月報にちゃんとぼくが書いているのを発見した。彼のいっている「大道ヤシ」とはこういうことである。

「彼はアメリカのサン・フランシスコに住むアルメニヤ系アメリカ人で、いわくありげな模様のあるケンランたるカーペットをおびただしくひろげて見せた。それをひろげて見せながらしゃべり立てて、アメリカ人を煙にまいたのだ」

と先ず述べている。この傍点のところに注意してもらいたいと思います。こんなふうにつづけているので、ここも注意して下さい。

「場所や場面や時などはどうでもいい、シカゴだろうが、一皿十セントのスープだろうが、一九三六年だろうが、同じことだ。話はけっきょく何も起らずにすんでしまい、……(略)最後に読者が口を出して、そのカーペットの品質は、と伺いを立てようとすると、彼はいつのまにか品物をまとめて、抜目なく姿を消してしまっている」

こんなふうにして、ぼくは講演で話したわけではなく、さっきもいったように、あとでベイツの文章の引用を見つけてこうして分ってもらおうとしているのだ。

前にもいったように、小説家になろうと思い立ったとき、サローヤン青年は、二、三時間タイプライターを打ちつづけて、ハイ、これまでといって終りにする、というふうに書こうとした。それ以上長く書くと、はじめに何を書こうかと考えることになる。そうすると、彼の中で書きたいと思っていることに、ほかの人のいいそうなことがまじってきたり、ついどこかで締めくくりをつけたりしようと思ったり、あげくのはて、O・ヘンリイがそういうふうにして効果をあげていたが、その落ちのつけ方が同じことになってしまう、というふうに思ったのかもしれない。ベイツがいっているようにもっとくわしく話せとか、その云分が正しいというのなら、その説明をしてみろ、といおうとすると、さっさと荷物を片づけてさようなら、をする。追いかけて行くと、大道ヤシは商人宿に入ってしまう。それ以上追及すると、それなら、二階までついてこい、そこでじっくり話してあげよう、その代りいくらか、お金を出しなさい、というかもしれない。もしかりに、話してくれるとしても、おそらく、サローヤンにしろ、大道ヤシにしても、また別の品物をカバンの中から出して、宣伝をはじめるくらいのことだろう。

ぼくは今、ぼくが訳した短篇をたった一つ残っているものの導入部だけでも紹介してみよう。みなさんは、

「なあんだ、そんなものか。あなたのありがたがってみせたりしているのは」

と、がっかりするかもしれない。それでもやってみよう。「私」のオジの話だ。このオジが「私」と同じアルメニヤ系の人間であることはあとで分る。サローヤンの中にはよくアルメニヤ人が出てくる。ときには日本人も出てくる。彼の「大道ヤシ」的話をしているときの「サクラ」にはアルメニヤ人が立っているということを想像させるような気配があ

る、ことが分るでしょう。

「私のオジのメリックはおよそ百姓にしては最低だった。自分だけにしか通じないような得手勝手な想像があまりにゆたかで、詩的でありすぎたのだ。彼のほしいのは美だった。彼はその美を植えつけ、それが大きくなるのが見たかったのだ。私自身も、ある年、百本にあまるざくろの木を、オジに植えつけてあげたが、それはこの世に詩と青春とがあった、なつかしい昔のことだった。私もジョン・ディア社製のトラックターを操っていたが、オジも同じくそうしていた。それはまったく純粋な詩であって、農業などではなかった。オジにとっては、植物をうえて、その生長をみるという、そのようなおもいが好ましいだけのことにすぎなかったのだ。」

「いいたいことは、みんな分ってしまっているじゃないか。このオジのような人物はよくこの世にいるし、第一、小説などには扱われるじゃないか」

「それはそうだ」

「ではこのあと、どんなことがでてくるのだ。失敗する話でしょう」

「まあ、そうだね」

「しかし、あれだね。きいていると、何とかいうトラックの会社の名が出てくるのは何となく面白いね」

「それだけでもこうしてサローヤンを宣伝しているぼくとしてはうれしいね」

「それでどんなふうに失敗するのだね。沙漠みたいなところに土地を買って植えつけたのかね」

「まあそうだ。そこにどんな生物がいて、どんな植物が生えているというふうなぐあいだ。そのことについてオジと少年とが会話をしはじめるということだ」

「そんなことがあり得るということぐらいは分るさ。それがどうしたのかね」

「現場へ行って実地見物をすると、そういうものがあらわれるので、そのことについて、二人がどんなやりとりをするか、ということが書かれている」

昭和二十四、五年のころ、ぼくの友人は、これらの短かいものを読んで、

「アメリカふうセンチメンタリズムだね。センチメンタリズムというものは一般に危険なものであるが、そんなことは百も承知で横眼で眺めながら、耳を傾けていると、ダマされるね」

といった。

ここでぼく（小島）は読者にいってみるが、冒頭のところで、タネをみんなあかしていたことを、ふりかえってみてもらいたいと思う。なめてかかる気になったことを考えてもらいたい。そこが大道ヤシ、サローヤンのつけめで、ある。

ぼくは今このホンヤクの文章を引き写していて、ぼくにしては、なかなかいい訳だと思う。といってもサローヤンの文章はとても易しいし、できれば訳などで読まない方がよい

のだが、それにしても、ぼくは誰かに下訳を依頼したのだろうか。ぼくはあとでサローヤンの長篇『人間喜劇』（晶文社）というのを紹介することにしている。それもつい先だって思いついたところである。この本の方は、その昔、田中小実昌さんに依頼した。彼の書く小説は文章が易しい。彼の訳していた推理小説も読みやすいし、それに横田基地へどういう仕事か忘れたが行っていてストライキのときなど旗フリをする小説などかいていたが、いつおぼえたか、会話が上手だった。

小実昌さんを、ぼくは「コミチャン」と呼び、ぼくのことを彼は、いつになっても「センセイ」と呼んでいた。「コミチャン」のことはあとでまた話すかもしれないが、彼自身が新宿で大道ヤシをやっている時期があり、人相の図をかいて道に拡げてしゃべっていることがあった。そういう仲間の組合があったり、その親方みたいな人もあるということであった。あるとき、彼は富山へそういう仕事で出かけていたということをいっていた。昭和二十四年頃にぼくの建てたばかりのせまい中野の家によくやってきてくれたが、それ以前に彼は東大の哲学科の出身であって、大道ヤシをやっているということで有名であった。が、彼がぼくの家へやってきても、小説をかいていて、読まされるようになってはいたが、しばらくのあいだはそういう噂さえも知らなかった。サローヤンの『人間喜劇』のホンヤクを依頼したのは、彼の大道ヤシの経験のこととは何の関係もなかった。彼のオヤジさんは、牧師でカリフォルニアにいたそうで、彼は哲学の小説ともエッセイともつかぬものをかいて、評判がよかった。それからお父さんの晩年をかいたものも評判がよかった。お父さんは牧師として順調に行っていたというのではないが、ほんとうに神の存在を信じているアカシとして奇蹟が生じたことがあるというような小説であったように思うが、ぼくの思いちがいかもしれない。だからアテにはならないが、彼はお父さんを尊敬していた。そしてそのお父さんが奇蹟として信じていたのは、ある信仰上の友だちが、夢に見たとおりにお父さんを訪ねてきたということであり、書き手であるコミチャン自身もその人が訪ねてきた姿を見ていた。というようなものであったと思う。

話を前にもどすことにするが、「ざくろ園」のオジの何年ごしの収穫はほんのわずかであったがそれを売るに当っての見当ハズレの執着はいちいち書かれていて、そこが面白い。これもほんのわずかのざくろの林はいっとき残っていた。その林にどんなふうにこだわり、どんなふうに生長させようとしたか、そのとき、どんなふうのしゃべりようをしたか、ということや、少年がそれから小説家になろうと思い立った、とかまだ小説家になろうとする前だったから、ほんとうにはオジの気持は分ってはいなかった、とか、そんなことが書かれていてそこで作者はハイ、サヨウナラをしたのだったと思う。以上のように、ぼくはサローヤンのぼく自身が訳した易しい英語の「ざくろ園」のことについて書いてみたが、面白いとぼくが思う、こまかいオジと甥っ子とのアメリカ語でやりとりする会話をこれといって何も紹介することはできなかったのは残念である。そしてぼくには今、沙漠の中に切りとっても忽ち生えてくるサボテンだとか、無数の小さい（たぶん）生物のいくつかが残っている。たった一行書いてあったにすぎないオジが財産をつぎこんだという沙漠の一部分の背景に光っているシエラネバダ山脈の姿などが眼にうかんでくる。

ここで読者は、今回冒頭に引用した、文章の中の傍点を打ったところの一つである、アルメニヤ系のこの作家がアメリカ人の前で店をひらいて見せ、語り終ると、品物を片づけて姿をくらました、というところを思い出してもらいたい。

16

そもそもぼくが、ウイリアム・サローヤンのことを話し出したのは、ぼくがアメリカの小説などをひいきにして若い日本人たちを大ゲサにいうと、たぶらかそうとしているということをいわれたことに端を発している。その人は、もちろんぼくもよく知っている小説家で、一口にいえばお互いに敬愛しあっていた間柄で、おそらくそれゆえに期待をうらぎるようなことをしてくれるな、という忠告であっただろう、と思う。そこでそれに対して、ぼくはアメリカ文学をかいている小説家たちは、必ずしも政治家と同じ考えを抱いていたわけではなく、アメリカ人といっても、たとえば、追われるようにして移民してきた人の子孫であったりする人も色々いて、たとえば、ぼくが昭和二十四、五年ころに新鮮な作家と思った人は、こんな人である、といって話題にしはじめたのでありました。そのひとり、サローヤンという人は、短篇を何百とかいていて、そういう作品の面白さは、一口でいうと、「大道ヤシ的」であるといった点である、という人がいて、そうきけば、たしかにそうであるとぼくが思ったことがあった、というのである。それなら、なぜ「大道ヤシ的」であることが作品を新鮮にしているとしたら、どうしてであるか。そのことは、もうちゃんと述べてきたような気がするが、どうもまだふれていないようでもある。それならそのことはどうしてもいわないことには、何もかもぼくのいうことは、受け入れてもらうわけには行かないであろう。

たぶん、それはこういうことであろう、と思います。

大事なこととか、何とかいうことは、いわゆる問題的なものの中にもないとはいわないが、たとえそうであるにしても、それはデリケートに、たとえば、人間と人間とのあいだの、会話のやりとり、大きな声もまじってくることがあるとしても、それはおだやかな、小さい声に戻るというぐあいであり、大事なことは、ぐあいのいいある情況のときにひょいと、タイミングよく出てくるものであるとぐあいがよく、そういうことは、長々としゃべってみたとしても、説教的にならないほうがよく、長くなりそうになったら、その場面を変えて、その間に夾雑物が迷いこんでくることもあり、じゃまするようで、じゃまにならずついに〈イチズ〉にならないようにし、そうしてそんなことを人々に述べようとするときには、ひとりでしゃべるのではなく、相手がいる、つまり大道で品物を売ろうとするさいには、相手が何人もそこにいて、何かコンタンがあるな、と疑いをいだいて、時によると、疑いながら様子を見ている、という、必ずしも気心が分りあえていない、ただ物見高い人々の群れであるというわけである。そうして細々としたことを、たとえば、何々会社のトラックターとか、何とかいう生物だとか、「毒をもっているか」とおそるおそる眺めていると、相手の生物も、じっとこっちを見る、あるいはふるえている。これは有毒であるか、ときくと、甥っ子は、「食べて毒か、というイミですか、咬みつかれるときのことなのですか」というというような、タワイもないようなやりとりのようなものが色々とつづいて、はじめから分っている失敗が、いざとなると、失敗ということで終ってしまいたくない、とこだわる、とか、そういうことのあとでもっともらしいことを、「大道ヤシ」がいったにしても、それも必ずしも信用が置けず、そのどさくさにまぎれて屁をひって姿をくらます。

以上のようなこと、——そのものが新鮮なかんじをあたえる。説教とはちがう、ところが重要であるが、それにしても、ほんとうの上手な説教者はどうせ、説教をぶちこわして姿をくらます。

「それなら、お前さん、名古屋、と何のかんけいがあるのですかね」

と、読者は、あるいは名古屋の人も多く出席している、「中部日本ペンクラブ」の会員の人たちは、おききになるであろう。

「ぼくは、ひょっとしたら、いや、大いに、名古屋のことを考えているような気もします」

17

サローヤンの『人間喜劇』は、一九四三年に書かれていて、前に話した処女短篇集が一九三四年に出ている。数えてみると十五冊めの本である。あと二年で戦争が終るという年で、海外版のポケット・ブックの表紙かトビラかには、ユリシーズという四つの坊やが通りすぎる貨物車に向って手を振っているところの絵がかいてあるが、その一番あとの無蓋車にひとり黒人が乗っていて手を振っているところもあったのが、最初の章の部分に当っていて、黒人は次のような歌をうたっていて、ユリシーズはそのことをおぼえているようになっている。その歌はよく知られている次のようなものだ。

もう泣くのはよそうよ、お前
ああ、今日はもう泣かないでおくれ
歌でもうたおうよ、なつかしい
ケンタッキーの故郷のために、
遠いかなたの、なつかしい
ケンタッキーの故郷のために、

遠いかなたの、なつかしい

ケンタッキーの故郷のために

黒人は、手を振りながら、「故郷《くに》に帰るところだよ、坊や――おいらのところにかえる

んだ！」といっている。

第一章が「ユリシーズ」で第二章が「ホーマー」である。ホーマーはユリシーズ坊やの、十四歳の兄で学校のひけたあと電報配達をしている。規則では十六からということになっているが、とくべつである。電報局には、シュプランガーさんという局長と、グローガンさんという年とった酒好きの電信手がいる。ユリシーズ、ホーマーの家は、マコーレー夫人という未亡人と姉のベスがいる。長男は兵隊になっている。彼らの住んでいるのはイサカという町である。どの田舎町にもあるような店があり、悪童がおり、ホーマーの通っている学校があり、停年まぢかの古代史の女の先生がいる。ホーマーの配達する電報の中には兵隊の死亡通知がある。マコーレー夫人は口には出さないが、息子の死の予感がある。どこか遠いところで戦争は行われているが、どこの田舎町でも、そこに住む人たちには、すべての人がよい人であり、そうでない人がいるとしても、町がよい町であることにはまちがいがなく、生きて帰ってくる兵隊がいるとすると、その町ぜんたいが、自分の家そのものであり、自慢のところである。目下不幸な人がいるとしても、――その人がよそものので、たまたまその町にきているとしたら、それは友だちになり得る人であり、自分の

家族も同様である。何かのときに、ひとりでにむかし口ずさんだ讃美歌をうたうことがあり、年配者は子供に期待をかけ、それは当然のことである。それは、彼らが同じところに住む人間であり、その土地はそんなふうにしてきたことで成り立っているからである。戦地では兵隊は故郷の話、家族の話をし合う。そんなわけで、ホーマーや、ユリシーズの兄のマーカスはいっしょにいる友人に、妹のベスのことや弟たち、亡くなった父のこと、それから母のことなどを語り、そういう家族をもたない友人にベスといっしょになれば、きみも、妹もきっと仕合わせになる、きっとベスはきみを好きになる、という。マーカスの死亡通知の電報を、ホーマーは家へ届けることができないが、母は息子の死にはおどろかない。マーカスの友人はイサカにやってきて、マコーレー家の入口の階段のところに腰を下している。それをマーカスとまちがえるほどだ。……彼は死んだマーカスの代りとして自然に家の一員となるであろう。そのことは分りきったことの如くである。……

ぼくは今、この本の序文を紹介してみたいと思います。省くことができれば、そうしたいと思う。

「タクーイ・サローヤンのためにこの物語を

ぼくはこのところ、特にあなたのために、ある一つの物語を書こうとしてまいりました。なぜならぼくはこの物語を特別いいもの、ぼくの書き得るかぎりの一番いいものにしたいと思ってまいりましたから。そしてついに今、少々駈足気味でしたが、とにかくぼくは書いてみました。時期尚早の感はありましたが、ほかのものを色々書きつくしたあと、さて次は何があるか、どんな手腕や、書きたいものが残っているか、分らないので、ぼくは時間を急ぎ、ぼくの現在の手腕を書きたいものに賭けたのです。

やがて将来誰かすばらしい人が、この物語をアルメニヤ語に翻訳してくれて出版の運びになれば、あなたにも読み易いものになるでしょう。（略）最初にこの材料を書いたのは、ぼくなのですが、もしそうならば、ぼくはお聴きすることを約束しますし、他の人達にはほとんど知られていないし、またそのためにこそ、あなた以外の誰にも、その真価を知られていない、ぼくらの国語の美しさに瞠目することを約束いたします。いずれにせよ、この物語はあなたのものです。あなたが愛読して下されば、と思います。特にあなたのものであり、またぼくら家族のものである、あのきびしさと軽やかさの混合を以って、できるだけ分り易く書きました。この物語が十分でないことは知っていますが、そんなことが何でしょう。あなたの息子がこれを書き、このようにその意図がよろしき以上、きっとあなたにはこれで十分だと思って下さるでしょう。W・S」

ここでもう一度、ベイツの言葉を思い出すことにすると、

「彼はアメリカのサン・フランシスコに住むアルメニヤ系アメリカ人で、いわくありげな模様のあるケンランたるカーペットをおびただしくひろげて見せた。それをひろげて見せながらしゃべり立てて、アメリカ人を煙にまいたのだ……」

ついでに二十八章「図書館」にはこんなところがある。ライオネルという子は、頭の弱い子である。

18

「ずっとみんな――そしてこれも、それにこれも、ここに赤い本がある。ずっとみんな。そこに緑の本がある。ずっとみんな」

とうとう、年とった図書係のミセズ・ガラハーがこの二人の男の子に気がついて、彼等の方にやって来た。しかしこの女の人は小声でいったりはしなかった。まるで、図書館の中になど全然いないように、あたり前の声でいいだした。これにはライオネルもびっくりし、何人かの人も読んでいる本のページから目をあげて見た。「何をしてるの、坊や？」とミセズ・ガラハーはライオネルにいった。

「本」ライオネルはそっとささやいた。

「どんな本をさがしているの？」と図書係はいった。

「みんな」とライオネルはいった。

「みんな？」と図書係はいった。「それ、どういう意味？　一枚の図書カードでは四冊以上は借りられませんよ」

「それも借りるつもりはないんです」とライオネルはいった。

「じゃ、いったいぜんたい、本をどうしたいの?」と図書係はいった。

「ただ、ながめていたいんです」とライオネルはいった。

「ながめてる?」と図書係はいった。「本をながめるのに図書館はあるんじゃありません。本の内容を見たり、その中の絵を見ることはできるけど、いったいぜんたい、何のために本の外側をながめるんです」

「それが好きだからです」とライオネルはささやいた。「いいですか?」

「さあ」と図書係はいった。「いけないという規則はないけど」彼女はユリシーズを見て、「それにこの子は誰?」といった。

「ユリシーズです」とライオネルはいった。「ユリシーズも本は読めないんです」

「あなたは?」と図書係はライオネルにいった。

「いいえ」とライオネルはいった。「でもユリシーズは読めないんです。だからぼくたちは友達なんです。ぼくが知ってる字が読めない者は、ユリシーズだけです」

年とった図書係はちょっとの間、この二人の男の子を見て、心の中で、胸がすっとするような悪口に非常に近いなにかの言葉をつぶやいた。これは彼女の図書館での長い年月の経験のうちでも、まったくはじめてのことだった。「つまり」と彼女はとうとういった。「たぶん字が読めないっていうだけのことでしょう。私は読めます、過去六十年間、本を読んできました。だけど、それだからといって、私自身に大した変化があったと思えません。さあ、行って、好きなように、本をながめなさい」

「はい」とライオネルはいった。二人の友達は、神秘と冒険のより偉大な領域へと進んで行った。ライオネルはもっとたくさんの本をユリシーズに指した。「これ」と彼はいった。「それから、向うの。それに、これ、みんな本だよ、ユリシーズ」彼はちょっと言葉をきって、考えこんだ。「こんな本には、いったい、何が書いてあるんだろう?」

19（道行《みちゆき》）

「私って、高速の左側を走ると、いつも東京へ向っているような気がするのね」

と老いたる小説家のこれまた老いたといっていい妻が運転しながらいった。こうしてハンドルをにぎっている姿を知らぬ人が見たら、彼女の脳の中の状態に気がつくことはないだろう。彼女は夫も老いているとは思ってはいないのであろう。二日に一回ぐらいは彼女に年齢をきいてみる。そうしないより、そうした方がよい、ということをお医者からいわれているけれども、そういうときには、今日はじめてふしぎなことがらに出会ったような顔をする。にんげんが解せぬことに出会ったときには、こういう顔をするのか、と思うが、それは、見ることのできないアタマの中のことについてである、という特別の表情であるようにも思える。そしてその表情は、おだやかな、楽しいアソビをしているときのような、ひとことでいうなら、無邪気なものである。そして自分の中にいいしれぬ宝物がかくれている、というのと、いくぶんかは、変調をきたしている徴候であるということかもしれないといったものとのまじりあったもののようである。

「あら、どうしたのかしら、年齢《とし》がぜんぜんわからないわ」

と微笑さえも浮べている。そういうぐあいだから、これをもとに色々の意味ぶかい、というか奥ぶかいというか、そういうヒミツがあらわれるかもしれない、というふうなさぐりの状態にも見える。そのとき彼女は安心をする。その安心はどこから起ってくるのであろうか。何を根拠にそうなるのか。年齢を少くいってはいけない。それなら、少いとはいくつぐらいのことであろうか。

「七十五」

「ちょっと多すぎる。この八月で七十三になったのですよ」

「そうか、誕生日すぎた。免許証のことを忘れていた!」

「それはもうすませた。何度もくりかえし気にかけていたのに、このところ心配していないというのは、もう書きかえが終ったことを心得ているからですよ。それだけ、あなたはよい状態なのだよ」

こんなことをこの頃はいっている。しかし彼女は夫の言葉に疑念をもとうとはしていない。

「それでは、あなたはいくつ?」

「ぼくははずかしながら、すでに八十五ですよ」

「八十五？　それ、ほんとう。じゃもうすぐ死ぬじゃないの。それはたいへんだ。どうしたらいいのだろう」

　国立インターを入ると、忽ち渋滞である。八王子まで三十分近くかかった。その前に石川というところへ来た。

「石川というのはあの石川台のあるところで、あのやぐらは、多摩大橋へ向ってやってくるときにいつも見ているのじゃないか。ホラ、あの石川台の石川だよ。あなたのよく知っていた石川さんの石川だよ。ホラ『多満自慢』という酒の醸造元でもある。ほんとに広かったんだな、あの石川さんの地所は、高速道路にまで名前がついているんだからな」

……

「やっと小仏峠を通ったよ。高尾から相模湖へ向って山口さん夫妻と降りたことがあっただろう。あのときは正月三日だったから、峠には雪があって、その雪は、国立の家から見えたものだが、近頃見えないね。陣馬高原から小仏峠へやってくる道は、ぼくらは三度ばかり通ったね。あそこまで行ってみたら、林を切ったあとでそこに雪がつもっていたのでべったり白く見えたのだ」

「あなたって、よくおぼえているのね、どうしてそんなにおぼえていられるの。とくべつおぼえるようにしているのね、きっと」

別なグループと、相模湖や藤野近辺の山にものぼった。藤野へ降りたのは、往きとは異なる道へ降りたので、そのグループは、ハリキュウの桂さんのところの助手たちや、その友人たちであった。藤野へ着いたとき、ふいに妻の気分がわるくなりそれは昔から〈鬼のカクラン〉といわれている病状だと夫婦できめていた。それは結婚した頃から、よく起った。はき気がし苦しんだ。それが彼女の、気の毒に、当時唯一の病気であった。それが起きると、彼女は夫の世話をするどころか、夫の世話になるというのか、それよりも、一人前でなくなり、それは再婚した彼女の屈辱でもあった。元に戻るのに時間がかかった。彼女の友人と車で旅行したときも、彼女は仲間外れになってひとり、山の中の木蔭で横になっていた。現在、彼女の女学校時代の友人は五人いるが、そのなかで、記憶に異状が起っているのは、彼女ひとりであり、ときどきそのことが分るときがあり、分るまでには時間がかかり、決して認めようとはしない。

「たとえ、そうであっても、そんなことは、大きく考えなくてもいいと思うよ」

そんな云い方を認めてしまうことがどうして出来よう。彼女はそこで当然ながら夫に向って抵抗した。夫に対して従順でありたいと思い、夫にきらわれたくないと思うから抵抗せざるを得なかった。認めたとしたら、その後のことは、一筋ナワでは行かないにきまっていた。夫の中にはそのときに、

「それみたことか。ようやく分ったのか」

といった思いが噴出しそうになったし、じっさいに噴出した。

「どうして私に憎々しい顔をしてみせるのよ。時々あなたは、私にそういう顔を見せたわ。それだわ、その顔だわ」

〈その顔〉を見せてしまうのは、きまった理由があるので、現在の記憶のもんだいとつながりはあるとしても、直接はかんけいのないことかもしれない。答えはたとえ不十分でも、二人でくらして行くというのよりほかに方法はない。

彼女が明るい表情になり笑い出し、不安が消えそうになるのは、たとえば、二人で藤野で降りたさい、渓谷の川べりの宿で食事をとりいっしょにフロ桶につかってガラス窓をあけたら川向うの梨林の枝をおろしている男の人がこちらをみている、といって面白がったときの話である。この話は同じパターンの一つであるが、それは一方において不安のタネである。おそらくそれは、年齢をこえてしまったことなのに、わだかまっているので、年齢がわかったからといって消えるようなものではないように思われる。

大月までの中央高速が開通してから、しばしば、古い笹子トンネルを抜けて韮崎の方へ向った。韮崎のまちの角をまがって右へ折れ少しずつのぼって、いくつかの町を通って須《す》玉《だま》へ出るまでにも、古い街道の思い出がある。それは関越が開通する前の二十数年前の高崎へ出るまでの、東松山から、熊谷を通って行く同じような畠の中の砂ぼこりの道と同じような、まだ中年になったばかりの頃だったので、その思い出は語るに価することである。熊谷あたりに一つ抜け道があり、そういうものの発見は彼女の得意わざである。その得意わざの話は、とてもむずかしいけれど、いい方によっては、よい材料であるように思われる。もし、深入りしたり、心がけが甘くなったりして墓穴を掘るようにならぬかぎりは、何かしらぐあいがよい材料である。たわいもないことだが、要するに彼女が元気でカンをはたらかしてほとんど自在に道をさぐりあてて自信をふかめつつあったということで、そういう満足感さえ忘れているが、バクゼンと現在も少しも昔とは変ってはいない、という気分で、貫き、彼女の存在はあると思っているようである。しかしそれらの時間もイメージも消えていることは確かである。

現在、国立の家の近所に、魚屋があると思っている。魚屋がうかんでいるとき、彼女はどこにいると思っているのであろうか。そのような店はずっとなく、あったとしてもスーパーに魚屋の代りに、魚の売場がある。しかし、それが魚屋が姿をあらわし、いったんそうなると、すぐ近所のコンビニに行くつもりで、ガードをこえて南口へ行き、きまってある一つのスーパーに行き、それと同時に持っているノートを見ようとしない。その魚屋が一つの障害となっている。その障害をのりこえるというか、それをふり払うことができなければ、それを踏み台にして打開して行く道はないのだろうか。

「道が見えないのがいけない」

と彼女はいう。たしかに街の中の道は、国立の家のヴェランダにたって確認しようにも個人住宅やマンションが目白押しになっていって道はもともとないようなぐあいで、道は街の中に埋もれてしまっている。それに東西南北という方向もまた埋もれてしまっている。どうして一望のもとに見晴し、店屋がヴェランダに立っていて指さすことができるようになっていないのだろうか。

そんなぐあいで、現在老いたる夫婦は（彼女は老いたる夫婦と思っているだろうか。そしてまた、前にもいったように、こうしてハンドルをにぎって、道なりに自在に運転している姿を見たら、誰が彼女が重要な欠陥をかかえているということに気づくであろうか）石和に一泊して帰り、塩山から大菩薩峠の麓を通って多摩湖に出ようとして、やめた。雨降りになりそうだったから。それで笹子トンネルをこえてやがて最初のパーキング・エリアで休みながらモニター・テレビをのぞいていると、オウムの麻原が逮捕されて河口湖をへてこちらへ送られてくるところが、うつった。

「あのとき、ぼくらが彼の先導役をつとめた」

というと彼女は、

「そうそう、そういうことがあった」

「そのうち、前へ行く車はしばらくよけて下さい、という声がきこえたっけ」

「そう、そう、そういうことがあった。あれは私たちにとっても事件だったわ」

と彼女はいった。

山小屋からの帰りに増富温泉へ寄ったことがあった。温泉村から先きは川上へつながっていたことをはじめて知った。川上のソバをよく食べた。川上からほど近い三つの県境の山に日本航空の五百三十人ほどをのせたジャンボ機が衝突してほぼ全員が死亡した。ある夕方（と思うが）山小屋のすぐ上を爆音が通りすぎて、ほんの五分後に大きな音がした。佐久平を曲りくねった道をあがって左へ入ると川上である。そこから千曲川の源流が走ってきた。今いった曲りくねった登りを、かつては一気に上るのでたいへん危険だった。東京からの道はそこを下って佐久平へ入った。そこまでくるとドライバーの妻は、まだ誇らしげで、それもムリもないほど若やいでいた。それでも、それなりに疲れて小山の麓へ車を寄せて、昼寝をした。

「あれはここだった」

と、彼は指さした。しかし、今日現在は、ふしぎなほど疲れを感じていないので休む気はなかったし、また今ではその場所もなかった。

やがて登って清里についた。そこは、思い出のある店が二軒あった、はずで、そのことを示そうとしたが、すっかりあたりは変ってしまっていて、その店の姿はなかった。

清里へくるまでに道路わきの大きな店へ入って昼食をとった。

「私ここまでどうしてきたの」

と彼女は問いかけた。

「あなたが運転してくれたおかげで、ここまでうまくやってくることができた。あなたの運転できたのだよ。ホラ、あれがうちの車だよ、あなたのよく知っているナンバーでしょう」

「ほんとに、そうだわ」

と、彼女はいった。

「そういうことは、私なんかにもよくありますよ。疲れると急に何だかわからなくなることってありますよ。軽井沢までいらっしゃるんですから休まりますよ」

と店の女主人がいった。店には老夫婦以外に一組も入っていなかった。

「どうしてこんなにさびれているんだろう」

と、彼はつぶやいた。

途中、空中に見なれない橋が望まれた。あとで分ったことだが、長野へ通じる高速が、出来ているので須玉が終点ではなかった。

20

私は中部日本ペンクラブで「名古屋と私」という題名で講演をした。そのときどんな話をしたか、ということを書いてきた。それを再現しているうちにその場では思いつかなかったり、いろいろということができないようなこともあって、それを補ってつづっているうちに、横道へそれるようにもなった。

私は名古屋に住んでいたのは、十代の終りの頃のほんの一年ぐらいのあいだで、名古屋弁というのも耳にしていたが、別に気になることもなかった。あとになって、名古屋弁がテレビドラマなどで扱われるようになってから、一種、卑俗な面ともいっていいところが強調されるように思った。そんなことは、とり立てていう必要もないし、名古屋の人々は別に不満にもかんじてはいないかもしれない。

私が戦争直後、郷里の岐阜のある宿屋の女中部屋に一家四人で住まわせてもらっていた、ある日、客用の大きいフロに入っていると、相客が話しかけてきた。その人は商売人で一仕事をしたあとのようで、こんなことをいった。

「名古屋の商売人にはルールがない。関西の商人はもちろん東京の商人にしてもルールがある」

「そのルールがない、というのは、どういうことなのですか」

「売り値を決めてから、もう一度値切りはじめる」

「でも、そういうことは、それほど特別のことではないと思いますが。それにそのときの事情があるのではないでしょうか」

「そういったことではない。それに値切るということだけをいうわけではない」

「それはどういうことですか」

「そうだね、一言では説明がつかないね」

それ以上話は進まなかったと見えるが、五十何年もたってもおぼえているだけではなく、その間ずっとおぼえていた。

名古屋に十何年住んでいるある人がこんなことをいう。岐阜に育って東京で仕事をしていたような人だ。

「そうですね。これだけここに住んで、もう気心も分っていると思いこんでいたあげく、あるとき、やっぱりほんとうは、別の世界に住んでいたのではないか、と思うことがありますね。しかし、たとえば、芝居なんかでも、この名古屋で成功したものは、全国どこへ持っていっても通る、ということはいいます」

どういう点において、気心が知れることは出来ていなかったのか。どうして名古屋でだけ、格別なのであろうか。その点と、それから、もう一度値切ってみせることなどが、さっきいったところの、「名古屋で成功した芝居は、どこへ持っていっても大丈夫だ」ということと、つながりがあるのでしょうか。

「卑俗」であるということは、散文的であるということと、もちろん、同じではない。「散文以上に散文的」だというとしても、それでは不十分だ。トテモ、トテモ、不十分だ。

大分前にテレビドラマをみていると、ある料理屋の娘さんが名古屋弁をつかっている。彼女は何かにつけて、積極的で若くて、コック長みたいなことをして女将《オカミ》などからも信用されている様子である。彼は標準語をつかっている。彼女がその男性にせまっている。それはその男性が好きであるだけではなく、もっとほかに理由があるのかもしれない。彼は首をタテにふることがない。すると、いっそう迫る。別の場面では、女将は使用人にいってきかせるとき、標準語になっている。キゼンとしたときには、その方がよい、というようになっている様子である。こんなことは、脚本家が安易にそうしたのである、という人もいるし、そういうふうにいうシキタリがあるようにも思えるが、それなら、それ相応の理由があるにちがいない。一般に、名古屋を舞台にしてドラマが作られるとしたらキゼンとした女将は、むしろ名古屋弁を用い、東京もんが、東京弁をつかい、それは、どっちかというと、東京ふうの、その独特の欠点をふくんだ扱いをしてもいいわけである。（いま東京ふうの欠点、といったが、とくに欠点というほどではなく、むしろ好ましい点かもしれず、すくなくとも、本質的な欠点というものではない……）そういうことは、あまり見かけないように思える。名古屋弁をつかう名古屋人の存在感をまるごとあらわすということは何か不都合なことがあるのだろうか。

私はたまたま、あるテレビドラマをもとにして右のようなことを述べてみましたが、また尾張のある町の出身のある若い人によると、親類の人たちが寄合うと、誰それがもうけただの、誰それが損をしたの、といった話ばかりしてうんざりする、といったことを、彼のおふくろさんが口にするということだそうである。といっても、そうしたことは、別に尾張のある町においてのことにはかぎらないように思える。鳥取県であろうが、島根県であろうが、私の郷里の岐阜県であろうが、どこでも、とくに現今は似たものでしょう。それとも、尾張の場合はそうではない、ほんとうに、きいて身体中がモゾモゾするようなかんじになる、といおうとしているのかもしれない。しかも、そのモゾモゾする、しかたにしても一筋縄ではなくて、とてもそれ以上説明することを止めにしたい、というようなことなのであろうか。ほんとうは、もうけたとか、損をしたとかいいながら、その云い方のかげにかくれているものはあって、それにただのアイサツにすぎない、というのであるならば、そのアイサツは大阪あたりのアイサツとはちがう、もっと奥ぶかいものがあるのだろうか。奥ぶかいといってしまうとキレイごとになってしまったりするが、普通のイミで、奥ぶかいのではなく、実は、その反対で、あくまで、浅さや、表面にただよっているていどの、一種の膜のようなものに近くて、つい先日、高山の中学（高校？）を卒業された、あのノーベル化学賞になった白川さんのいう、金属のうすい膜のような、つまり、電気を通すことのできる性質と、どこか似たような実質をそなえたものでないとはいえない。

ずっと前、そう二十年以上も前のことになりますが、当時四十代の若い人たちがある出版社から『文体』という季刊誌を創刊したことがありました。その雑誌の編集同人のひとりである、古井由吉さんがある号の責任者であったのだと思いますが、軽井沢の字浅間山の私の山小屋に原稿をとりにきてくれました。私の小説は連載で、あとで、『美濃』という題で本にしてくれました。古井さんは、両親がそれぞれ美濃の出身であり、古井さんは東京で育ったのですから、息子の古井さんが生れたのも東京だと思われます。何しろ、夏は、あの浅間山の麓は、国道は混雑することがあるので、古井さんは五千円かけてタクシーでやってきたのですが、おそらく運転手が道に迷ったせいもあるのだと思います。

ようやく〈山小屋〉に着いて私の顔を見ると、

「えらいめにあった。五千円かかった」

といいました。

たぶんタクシーを待たせてあったのですから、帰りも軽井沢の駅まで乗って行くのですから、メーターの表示が五千円であったので、往復にすると一万円かかることになるということであったかもしれない。

「それでは、帰りは車でお送りします」

といってみたか、どうか分らないが、考えてみれば、同じタクシーで帰っても帰らなくとも、同じ料金ということにもなるのですから、もともと軽井沢の駅まで原稿を持って行ってもよかったのに、というふうに私は呟いたかもしれません。

「いや、編集費から出させますから」

と、彼はいったかもしれない。ただ、いかにも遠かった、ということをいいたかっただけだろう、と思います。しかし、もともと、わざわざ同業者にメイワクをかけなくとももっと早く原稿を仕上げて、送っていればよかったのに、すまないことをした、と思いました。

　何年かあとになって、私のためのある会があって、三十人ぐらいの出席者のひとりであった古井さんが立ち上ると、

「小島さんの『美濃』をよむと、その文体が理解しがたいほどややこしくて、ぼくのオジやオバたちが上京してきてしゃべっているコトバになやまされることを思い出しました」（あまり正確ではないが）というので、おどろきました。

　古井さんは、担当者であり、ゲラ刷りを読んだりもしなければならないはずで、読みとばすわけにも行かず、原稿をとりにきたときに加えてもう一度タメイキをつかねばならないことになってしまったことを後から想像し、申しわけないことをしました。当時の私の原稿の字は、今よりもっと読みにくく、私本人が、よみとれない箇所も度々あったので、まことにまことに恐縮しました。古井さんの会席のスピーチをもう少しおぎなうことにすると、たぶん、「オジやオバが上京してくると、父と母とを合せて忽ち妖気にみたされてしまう」というイミあいだと思います。妖気が立派すぎるというのなら、毒気ということにしてもいいし、もっとほかの云い方をしてもいいのですが、それは遠慮します。いずれにしても、名古屋は岐阜の比ではない、つまり尾張は美濃の比ではない。では何が比では

ないか、というと、たいへんむつかしいと思います。

21

これはもちろん、名古屋での講演の一部分ではないが、シドニー・オリンピックのマラソンで優勝した高橋尚子が、最初スパートをかけて、三人で抜け出したときのことを、

「あのときまで高橋さんは抜け出すときをねらっていたあげく、よし、というわけでスパートをかけたのですか」

と、きかれた。すると彼女は、

「抜け出したく思うまでは、まあ、トコトコついて行こうと思っていたのですが、あそこまできたら、自分の身体が行け行け、といっているような気がしたので、自然と身体のいうままに身をまかせたのです」

どこに岐阜弁の気配があるとも見えないようであったが、「トコトコついて行こうと……」というところは、どうやら、その気配が見えた。

私が昭和五年ころと思うが中学生だった頃、愛知一中の校長の日比野なにがしという年輩の先生が長い距離の走り方を教えにやってこられて、トラックの先頭を駈けつづけられた。その走り方は、地面からホンノちょっと上のところをこするかこすらないかのかんじで実演された。

22

きました」
「私のコトバはビタミンを含んでいるので、どうしても、私はこのコトバで小説をかいて
といったそうであるのは、シンガーというポーランドから一九三五年にアメリカに亡命してきた作家です。この人は私より十一歳年上で、前にお話したサローヤンより、また四つ五つ上のようです。近いうちにヒットラーが押し寄せてくるというので、前にアメリカにきていた兄をたよってやってきたそうです。私はサローヤンは終戦直後に知ったので、そのあとのことは、お話したとおりです。サローヤンの『人間喜劇』は戦争中に発表されたもののようでした。ハッキリしたことはいえないが、あの作品はお母さんにささげられていたのだと思います。彼女の名は男か女か分らないのですが、何しろ父親は、あの『人間喜劇』の中の父親と同じように早く死んでいるので、「息子」と序文の中でいっているのは、母親に呼びかけているのであった、と思っています。この小説は、誰かにアルメニヤ語にホンヤクしてもらって、それを読んでもらいたいと思う、としつこいかんじでのべていました。そうして彼サローヤンは直接にはアルメニヤ人の子孫として、アメリカ人に、大道ヤシのように話しかけ、自分の作品を売りこもうとしているところがあり、ある人は、それを「大道ヤシ的」だといい、それは新しい小説のかきかただといっていたとい

うことも、私はいったつもりでいます。

シンガーは、アメリカへ渡る前にもうひとかどの作家だったそうです。アメリカへはユートピアの夢をえがいてきたのだそうです。それを吹きこんだのは、兄であったのか、それとも多くの先人たちがいろいろの国々からアメリカへ渡ってきたように夢をいだいていたのだが、ゲンメツを味わったといわれています。

私たちのつかってきたコトバには、ビタミンが含まれているといったのは、ポーランドあたりにかぎったことではないがイーディッシュ語というユダヤ人のコトバでした。彼はイーディッシュ語は、もう死語になってしまったと思いはじめていたのですが、やがて仲間もふえ、イーディッシュ語の新聞雑誌などが出るようになり、それらにかかわるようになりました。

彼は沢山の短篇をかき、童話もかいています。私はこの人の作品は最初の頃のものを早い時期に一つ二つ読んでいましたが、彼がノーベル賞になった頃からあとに手に入るものはたいてい読みました。

私の友人の佐伯彰一さんは、ニューヨークでだったと思いますが、このシンガーにあったことがあるが、なかなか、喰《く》えないオヤジさんだった、と私にいいました。私はこの喰《く》えないというのが面白くて、そのことをそれ以来シンガーのことを思い出す度に思い浮べています。

喰えないというのは一筋ナワでいかない、とか、言を左右にするとか、ハグラかすとか、いろいろのことが考えられますが、彼は短篇集につけた序文の中でくりかえし同じようなことをいっています。

たとえば、こんなふうです。

「人々は私に、きみの書く人間は、みんな変っているが、どうしてああいう人を書くのだ、ときかれるので、私は、いやあ、私のまわりには、あんな人ばかりです。そしてこの作者の私もまた、そういう人物たちのひとりなのです。ですから、私はそれらの人々のことを書くことで十分に生き甲斐をかんじているし、そういう人は次にもあらわれるので、それを書くのに忙がしくて、現代作家たちが、いろいろ新しい形式にくるしむようなことは、私には無縁のことです」

以上の文句は、いくらか私ふうに書いたものかもしれませんが、だいたいこういったものです。

このシンガーという人はイーディッシュ語で小説を書いていて、私どもが読むのは、彼自身が訳したものとか、彼を愛する仲間の作家たちの訳のようです。ビタミンが含まれているというコトバや文章は、もちろん英訳されたものにもあらわれていて、そこにも含まれていると彼がいっているビタミンはかんじられると思います。登場する人物の多くは、イーディッシュ語を用いているのではないでしょうか。彼が何をいって、日本の佐伯さんをケムに巻いたのか、想像するのは楽しいことです。

私は自分が年寄りになったし、年寄りになってから彼の多くの作品をよんだこともあって、老人の男女が登場する小説なども興味をおぼえましたが、私は、その中である一つの短篇を紹介しようと思います。

これは一九七〇年代の頃のノーベル賞をもらうちょっと前に書かれたものというもので"Passions"という短篇集からとられたものだということだ。ポーランドのある町での話だ、というふうに始まっている。ニューヨークへやってきてから三、四十年もたって書かれたと思うが、じっさいに書かれたのは、ポーランドにいた頃かもしれない。しかし、おそらく短篇集が出た頃に書かれたものであろう。異国にきて生れ故郷に近いところに起ったハナシというふれこみとして、まるで童話のような、というようにしてはまったく大人のハナシなのである。こういうものをニューヨークにおいて書いたのだ、と思うと感慨ぶかいものがある。表面上の語り口は、ありふれたように見える。むかし、むかし、というハナシの始め方のようである。

ルーブリンから遠からぬラシュニクという町に一人の男とその妻が住んでいた。彼の名は、チャイム・ノッセンといい、妻の名は、タイベールといった。彼らには子供がなかった。もともと子宝にめぐまれないわけではなくてタイベールに彼女の夫は、一人の息子と、二人の娘を産んでもらったが、三人とも幼くして死んでいた。百日咳が一人、ショウコウ熱が一人であった。その後タイベールの子宮は干からびてしまって、何をしても利益がなかった。祈ってもダメ、呪文をとなえてもダメ、クスリをのんでもダメ。悲しみにチャイム・ノッセンはこの世に生きる気持も失った。彼は妻に近づかぬようにし、肉食をたち、もはや家ではなく祈禱の家のベンチに眠った。タイベールは両親から引きついだ乾物屋をいとなんでいた。そして一日中家ですごした。左手に物尺、右手に大バサミ、前には女用のイーディッシュ語の祈禱書を置いて。チャイム・ノッセンは、背の高い、やせた男で、黒い眼をしてヒゲを生やし、何不足のないときにでもいつもムッツリし、無口であった。タイベールの方は、小柄でかわいらしく、緑の眼をし円顔であった。全能の神から罰せられたとはいえ、彼女はあいかわらずほほえみをうかべ、気易く、両頬にえくぼを浮べていた。今では料理をしてやる相手は誰もなかったが、毎日ストーブとか三脚台に火をもやしたり、自分ひとりのために、いくらかのオートミールだとかスープだとかをこさえた。……といったぐあいに色々とつくろいものをしたり刺しゅうをしたりするさまが書かれ、悲しみにとざされることのなかったことが語られる。つまり、夫とは正反対の様子なのである。ところが夫の方は、ユダヤ人特有の祈りに必要なものとかパンの一きれだとかを背負袋に入れて家をあとにした。人にどこへ行くかときかれると、「眼の向くままによ」とこたえた。

以上のようなぐあいにして夫は二度と帰ることはなかった。夫の姿を追わなかったわけではない、ということもちゃんと書かれる。

　シンガーの小説には、夫が家出をしてそのまま帰ってこないといったこととか、何年も帰宅せず、どこへ行っていたかというとエルサレムへ行っていたとか、これに類するハナシが出てくる。

　この短篇のタイトルについてまだお話ししていなかった。タイトルは、「タイベールと彼女の悪魔《デーモン》」といいます。

　次のページの半ばほどになると、既婚婦人たちが、月のない暗い夜、ベンチに腰をかけて、おしゃべりをするところまで進みタイベールが、少女が悪魔にさらわれるハナシをするようになっています。彼女はどこかで読んだそのハナシをこまかいところまで暗記しています。物語をきく婦人たちは、恐怖のために、身体をすり寄せたり、手をにぎりあったり、おまじないで魔よけにツバをはいたり、こわさをごまかすために声を立てて笑ったりした、と書いてあります。彼女らはタイベールに、微に入り細に入り問いかけたりしていると、アルコーンという一人の男がそっと立ちぎきしている。彼はたまたまそこに通り合わせたのでありますが、彼の足音はきこえなかった、そのわけは、彼のハキモノの底が抜けおちていたので足の裏で歩いていたのであるようになっている。

　この男は、教会の小使をしていて、ほかに学校へ通う子供たちを連れて行って、父兄から、ダチンになにがしかのものをもらうというくらしをしているのですが、彼は教会で道化の役をして人を笑わすということもしている。

「彼はタイベールが、そのハナシをしているのを、足を止めて耳をすませた。闇は深く女たちは恐しいハナシに夢中になっていたので、彼には気づかなかった。このアルコーンという男は、道楽もんで、邪悪な淫乱な計略でいっぱいだった。たちまち彼はいたずらなプランを立てた」

アルコーンは、タイベールの家に忍びこみ、このように脅迫する。

「タイベールよ、声を立てるな。もしお前がわめくと、わしはお前を殺すぞ。わしはデーモンのハーミザーといい、暗闇と、雨とヒョウと雷と野獣を支配する。わしはお前が今夜しゃべっていた若い女をさらう悪霊であるぞ。そして、お前があのような悦びをもってあのハナシをしたので、わしは地獄からお前の言葉をきき、お前の肉体に対して慾情をおぼえた。……」

このあとの脅迫の文句は小さい活字で十数行つづき、彼女は夫のある身だと説得力の弱いことをいうところがあって、アルコーンの次の言葉がひき出される。

「お前の夫は死んだ。わしはその葬列にもついて行った」

そのあと彼の説得は次第にやさしくなり、それも、ひきつづいて悪魔の住む世界における愛の話になるようです。このようにして彼女はアルコーンのものとなり、毎週水曜日と安息日の二回彼が訪ねてくるのを待つようになり彼女は女としてよろこびを回復するように語られていると思ってもらっていい。しかし彼女は彼の顔をあかるみで見ることがない。もし見るならば、彼女は彼が何者であるかがわかってしまうからです。

私はこの「タイベールと彼女の悪魔《デーモン》」というハナシにおいて、タイベールが、地獄の生活を、ききただすところへうつって行くのですが、これは非常にきわどいところにさしかかる。彼女は地獄において彼に妻がいるのか尋ねたり、それだけでなく彼は向うの世界のことについて（彼女もかなりよく知っている）笑わすようになり、私はさきほど先きを急いでしまったのですが、妻のことについては、どんなふうにこたえたか、ページをくってさがしてみなくてはならないのですが、タイベールとアルコーンは非常に似たところがあるなあ、と何となく分るようになったことを思い出します。

佐伯さんがシンガーとニューヨークであった印象を、喰えぬオヤジさんだと話してくれたことは前にいいましたがあわただしくこうして辿ってくると、このアルコーンという男は、シンガーその人とも似ているように思われます。

私の紹介した分は、全体の三分の一ぐらいに当り、これからあとをお伝えすることは打切りにすることにしたいと思います。

シンガーにかぎったことではないかもしれないが、シンガーも旧約とか、ユダヤ人の説話集といっていいかどうか分らないが、数えられぬほどの分量の訓えの本があり、『タルムード』といわれているようなもの、それから民話、そういうものを、彼はその小説の中に応用しているといわれています。そのほか、カバラもたしかに、応用されているものが、いろいろあるようです。ユダヤ人の牧師にあたるラビは、そういうものを勉強しているそうです。『タルムード』の説話はもちろん、説話といっても当然のことながら「訓え」であるでしょう。しかしシンガーの喰えないところにこだわるなら、このタイベールと、同時にアルコーンとタイベールのこのやりとりの中にたっぷりと含まれていて、しかも彼らがイーディッシュ語を話しているということ、それからシンガーがまた、イーディッシュ語で書いているということは面白いと思います。

23

私は実はもう一作、シンガーを紹介しようと考えていました。この作品も、さっきの小説が書かれたのと、それほど時間がはなれてはいないでしょう。それはこういうタイトルのものです。

「サム・パルカとダビッド・ビシュコーバー」というのです。この二人の名前は実は同一人物であります。私は今、このストーリイについて大略だけでも語ろうとして、――もし今、そのことにふれておかなければ、きっとあとでナアンダ、同じような話ではないか、シンガーというオッサンは同じようなことばかり書いていたではないか、といわれるかもしれません。しかし、私はそういうことも、なかなかユカイなことではないかと思います。ひょっとしたら、シンガー自身、あまり、そのことには気づいていなかったかもしれません。

この小説はサム・パルカという中年の男は赤らがおで、禿げていて、というふうに冒頭に紹介されていて、この男が「私」という若い作家に伝記を依頼するといったハナシです。ちょっとあとに、「私」にはライオンのようにうつった、ともあります。この依頼者はあまりに大きな声でしゃべるので、聾と思っているのではないかともいっています。

こういう風態のサム・パルカが、「ここに千ページの原稿がある。金に糸目はつけない。もしきみがこれをもとに書いてくれて評判がよかったら、ボーナスをつける」などといったあと、「これは私の伝記の何分の一にすぎない。しかしそこのところを書くわけには行かないのだ。なぜかというとそこの部分の登場人物のヒロインが、読むと困るのだ。彼女は本が好きで、彼女が手にすることのできる本はすべて読むという人である。その人が私の伝記を読んだとき、わしがどういう人物であるかを知ってしまう。本当は、そこの部分がなければ、あとはガラクタにひとしいというわけだ。それで私がおさらばということになったら、そのときはきみは書き足してくれ。その分の金は相応に支払えるよう遺言しておく」

そのあとサム氏はこういう。

「さてどこから始めようか。私は信仰ぶかい家に生れた。……私は貧乏な少年だったが、村にきた本の行商人からストーリイ・ブックを買ったり、借りたりした。一ペニイを手に入れることができると私は読書につかった。アメリカへやってきてから一週に三ドルかせぐと私はさいごの一ペニイまではたいて本を買ったり、イーディッシュ劇場のための切符を買ったものだ。そのころは役者はまだ役者であった。棒切れではなかった。……きみが私の本を読むと私が結婚にはめぐまれなかったことを知るだろう。ヒドイ女だった。……」

それから働いて働いて百万長者になった次第を語ってみせる。それが少しも幸福でもなかったことなど、

「もっとききたいか」

「もちろんですとも」

「いま話した分だけでも、ゆうに一冊本になる。それを書くとき、文章の飾り立て方がわかるさ」

「飾り立てるってどういうことですか。あなたが話して下さったことも十分いい話です」

「そうか。作家は飾り立てることが好きだからな」

こんなふうにしてサム・パルカはヒロインとの出合いの話を始める。

「私が四十二か四十三になったとき、私はまぎれもなく金持だった。金というものはいったん流れはじめると、とどめることはできん。私は家を買った。クジを買った、莫大な利

益をおさめた。私は株も買った。一夜にして値上りした。当時税金といったって知れたものだった。私はリムジンを所有した。ありとあらゆるチャリティに小切手を切った。今では女たちは私のまわりにむらがった。蜂が空にむらがるようにな。私は一年間でも使えないほどの愛を一週間で得たものだ。……（そうしてこうサム氏はいう）そこで私は私の金のことを知らない女や、私など貧乏に思うほどの金のある相続人の女に会いたいものだと思った。こういうことを、ポーランド語で何というか分るか。ソーセージは犬のためのものではない」

「とつぜん奇跡がおこった。私はブロンズビルのブレイク・アヴェニューに古い家を手に入れた。今日では、ブロンズビルは黒人やプエルトリコ人で一杯だ。当時はイズラエルの土地だった。誰も生命を救うための福音を見つけることはできない。私は新しいビルを建てたいと思った。それには借家人を追い出さねばならない……」

「私はその家のドアをノックした。しかしブロンズビルではノックの意味を知らなかった。私は錠にパンチをくらわし、ドアがあいた。そこで私は、故国の家としか見えないほどの部屋を見た。もし私がブロンズビルにいることを知っていなかったら、私は自らがコンスコウォラにいると思いちがえていただろう。白ペンキを塗った壁、板張り床、中味のはみ出したこわれたソファ。臭いまでもがコンスコウォラからのものだった。フライド・オニオン、チコリイ、カビくさいパン。ソファの上には、クィーン・エステルのように美しい少女。一つ異なる点はといえば、エステルは緑がかっていたということだが彼女は白かった。碧い眼をし金髪で美人だった。彼女は移民して、着いたばかりの頃の服をきていた。長いスカート、ボタンつきの靴、そして彼女は何をしていたか。ストーリイ・ブックを読んでいた。その名は――碧い唇をしたシャインデール。私はその本を向う側（祖国）で何年も前に読んだことがある。私は自らが夢を見ていると思った。だが夢ではなかった」

「私は自分がこの家の大家であるといおうとしたがいわなかった。ある力が私をとめたのだ。……」

サム氏はミシンのセールスマンといつわった。そしてその部屋に出入するようになった。

二人の名前のついた題名のあとの方は、この貧しいセールスマンということになった仮りの名で、その日から彼は何年ものあいだそうで、その家はこわすことがなくビルに建てかえることもない、というふうに進んで行くことは、私が長々と引用したところと思い合せると様子が分ると思います。

自分の正体をついにあかさないという点でいうと、アルコーンもこのサム氏も同じである。

24

「名古屋と私」の講演で、ポーランドから亡命してきた小説家、シンガーの、「タイベールと彼女の悪魔」のことを語りました。シンガーはイーディッシュ語というユダヤ人の言葉で故国にいるとき小説を書いてきたが、アメリカのニューヨークへ来てから、もうイーディッシュ語が死語となっていると思い、めいってしまっていたのですが、仲間たちの新聞があり雑誌類も出来て、彼は、自分にとっては宝物であるイーディッシュ語で書きつづけることができる喜びで主として短篇を発表するようになった、ということも話しました。

　このあと、聴衆の中の一人の男の人が手をあげて、

「先生はこれから名古屋とかんけいのある、お兄さまの登場する小説、についてお話し下さると思いそれを楽しみに待っていました。先生は、さきに、悩ましい女性、というようなことも口にされましたが、あの女性とは、先生の小説『女流』の女主人公のことをさしてのことだったのでないでしょうか。私どもは、そう沢山の人ではないにしても、かなりの人が読んでいると確信しています。あの女性というのは、もちろん実在の人物そのままに書かれたわけではないのですし、先生も、これにはモデルはないと考えて下さるとよいともつけ加えておいでですが、由起しげ子さんという女流作家がモデルであることは、誰

も気がついたそうです。由起さんは戦後復活の芥川賞に、名古屋の小谷剛さんと同時受賞になった人です。先生の『女流』に登場するのは、昭和八年の正月ごろ、あるいはもう少し前の十二月の終りごろかと思います。

そのころ、先生のお兄さまに当る甲田良一、かりに今もし実名を当てはめることにしますと、小島勇さんということになります。ついでに由起さんといってしまいましたが、小説においては、菅野満子ですね。当時二十一、二歳の画学生がその美術学校での先生に乞われてスケッチ旅行に出かけるあとの留守宅にいわば用心棒としてやってくるというふうになっています。といっても小説は、そのところから始まっているわけではありません。いったいどのようにして甲田良一は、正月からその家にくるのかと申しますと、夫のスイセンを受けた良一に上野あたりに、人物の検分にやってきます。このことは『女流』に書かれていないのですが、別の小説では、そうなっています。彼女が夫に依頼したのか、夫の方が積極的にスイセンしたのか、分らないようになっていたと思いますが、いずれにしても、しっかりした身づくろいして、画学生に会っていたようです。こうして良一は夫人のメガネにかなったのですね。あとあとのことを考えると、この対面は既に悩ましいものとして、先生は扱っています。

私はこの夫人、――この画学生より一廻り年上の――が、良一に書送りはじめる書簡を見ると、その文面が画学生の心をゆさぶるようになって行ったのが、分ると思います。そして、そのことは、生活を共にしていた弟の謙二——気楽にいってしまうと、ここにいらっしゃる小島先生もまた、同様であったと思われます。そこで私は、小島先生はメイワクに思われるかもしれませんが、ごしんぼう願って、朗読することにします。

今日私は家にもどって子供たちの顔をしばらく眺めていました。私の心は半分ほど子供から離れてしまっているということが、いたいほど自分に分ったのです。ふしぎなものです。最初にあなたと夜おそくまで応接間でお話しているときに危惧がありました。でもあの時は私には自信があったのです。あんなに可愛い、私の子供に私の愛情がとどかないのはどうしたことでしょう。ママよ、ママよと私は子供達に呼びかけて頬ずりをしてやりました。子供達は癇の強い子ですので、私が子供の部屋に行く回数の少ないことや、私があなたとお会いしていることを知っているように思われていたのです。しかし今日は私の方が、子供達と離れていると感じたのです。

私の身体にはあの何か草の匂いがついているので、さっそく湯に入りたいと思いました。ねえやはうっかりして湯をわかしていませんでしたので、私は声を荒げてしまいました。あのねえやの道野が私を横眼でちょっと睨むので私はぞっとしました。私がしていることは悪いことだとは思いません。それでは私が可哀想です。あなたにも申訳けありません。でもねえやの眼までこんなふうに思えるのでは、がまんが出来ません。私が悪いのでしょうか。私は悪いのは夫だ、とこう思っている自分がおそろしいと思いますが、でも本当なのです」

25

このあと、少し省略させてもらいまして、こんなふうに続きます、とその質問者はいった。

私は子供のそばにしばらくいてやりました。すると明夫があなたの名をよんだのです。私はかわいい子、と心の中で叫びました。お父ちゃまじゃなくてあなたの名をよんだのです。でもそのかわいさが、私にはつらくもありました。でも、こんなことあなたに申上げてお仕事のじゃまをしてはいけません。私は自分をきたえます。この幸せと苦しみをよく見つめてみたいと思います。

主人は帰るのがもう二、三日のびたといってきました。私が家へ帰ってきたとき、ねえやがだんなさまからお手紙です、というので、私はよけい動揺したのです。いつも御手紙です、というだけの子なのに、よけいなことまでいうのですもの。

主人はあなたのことを愛しています。私とおなじように愛していますわ。その主人の愛情は裏切らないでしっかりはげんで下さいまし。私のエゴイズムかしら。

このあとしばらく省略、そして次の書簡にうつります。

お別れの日の丘の上で「どうして僕が消え失せてはいけないの」と分りきったことをきいたりなどして「ではなぜあんなにまで私を愛したの」とおききしたくなる。でもあのとき二人で丘をかけおりたこと、本当にうれしいことでした。もう私は何も考えません。こんな思い出を胸の表面に浮べていたら、本当にやせて支那のお伽噺のように消えてしまいそう。今度の日まで胸に鍵をかけて当り前の人間になって生きます。現に今朝は小さい人を連れて用事で一寸出てそれから、勉強とお洗濯をしました。こうして白いエプロンをして眼に涙を一杯ためて、お手紙を書いているとき、私は神様、なぜあなたは私達をこんな目におあわせになったの……と恨みたくなります。

恐しかったのね、でももう大丈夫。

いちごとミルクどっさり召し上れ。

質問者は、なかなか質問に入らず、次の書簡へと移った。

今ピアノの譜を見ているうちにダンスミュージックの本なのに、モロッコの女達の強く物哀しい曲を感じてしまいました。こんどお会いしたとき弾いてみましょう。あなたは私の血を変えてしまいました。私が心に秘めていたあのこと、十二の時に母を失った悲しさ淋しさをあなたに打ちあけ、あなたに私の母の慈愛をかんじました。でも、ほんとにあなたはお優しい方なのね。あなたの眼をあの私をしっかりと抱いてくれた胸を腕を思うとき、私の自棄であった傷心の生活も、みんな償われる。

それから大へんなお願い。是非々々きいて頂きたいのです。あの豊島師範の前とかで買って下さったノートブックね、もうなくなりかけました。あと十五日分ほどしかないのです。一月はあるかもしれないけれど、でも、あのノートでなければ使う気がしないのです。今度忘れないで廿冊程買っておいて下さいお願いします。きっときっとお願いします。一冊でもいいけれど、一生分買って下さい。私の方からお別れすること出来ません。どうしてそんな悲しいことできますか。

月に一度お目にかかれば私はうれしい。きっとそれでやって行けると思います。あなたにはいとしい弟さん、大事な御両親お友達がいらっしゃいますように、私にも夫と子供がいます。でも、がんばりましょう。ひたかくしに隠しましょう。見つかれば、ただの見苦しい事件になってしまいます。誰かが何かいったら、好きな人があるといって下さったこと、思いだす度にうれしく思います。いい方ね、あなたって。私はそれだけでもいいと思ったりしているのです。

つづいての満子の手紙。

コウダクン
ヨクマアコンナニ　ナガイオテガミガ　カタカナバカリデ　カケタモノダトボクノオカアサンハビックリシテイタヨ　ソシテ「ホントニイイコニナルノデスヨ　ソシタラ　キット　モットモットアキオ　ミツヒコヲカワイガッテクダサルデショウ」トイウトコロヲヨンデ　コウダクンハ　コンナコトオッシャルケレド　オカアチャンハ　イイコデモ　ワルイコデモ　カワイイトオモウココロハ　モウ一パイデス　コウダクンニハオヤゴコロナンカワカラナインダロウトイッテイタヨ　ドウカシラ　ボクハ　ソンナコトナイトオモウケレドネ
コウダクンハモウ五十二チモシナイトボクンチヘキテクレナイノデスッテ　ボクガッカリシチャッタ　コノテガミカキチガイダトイインダケレド　二十五日デイイデショウ　ソノトキボクハ　オオキクナッテイルヨ　ゴハンヲタクサンタベテ　ボクオカアサンニイイフクヲコシラエテ　モラッタヨ　トテモシックダト　ミチノガイッテタ　デモオカアサンハアンマリイソガシクテ　ヤセテシマッタヨウニオモウ　コンドクルトキ　ミルクトタマゴヲモッテキテアゲテクダサイネ　イチゴハマッカデタベルノニイイソ

ガシイ　ボクハチカゴロオシイレニハハイラナイ　コンドコウダクンガクルマデ　ワルイコトハモウシナイ　ダカラハヤクキテチョウダイ　マタシバフデタコヲアゲテクレナイカシラ　ボクコナイダネ　サンパツシテカワイクナッタヨ　オカアサマハサキニカエッテオシマイデ　ネーヤガオムカイニキテクレタ　オトウチャマハオソクカエッテキテ　コウダクンガキタノニルスデキノドクダッタトイッテタヨ
　マタオテガミチョウダイ　ボクハハジメテオテガミモラッテトテモウレシイ　ダイジニシマッテオキマショウ
コンドデンシャヤキシャノエヲカイテチョウダイ　コウダクントコノガッコウオモシロイノ　イチドミセテホシイナ　ボクモハヤクガッコウヘアガリタイトオモイマス
デハサヨウナラ　オカアサンカラモヨロシクトイウコトデス
オトウサマ　テイテンスイセンニナッタノシッテル？
コウダクンノユービンフソクゼイ　二センレトラレマシタヨ　コンドハ　十二センホドトラレルヨウナオテガミクダサイ

26

「では質問させていただきます。謙二は菅野満子の書簡を全部読んでいましたか。その書簡は兄の良一の書架からでも盗み出してひそかに読んだのでしょうか」

「謙二は全部読んでいました。半分は謙二自身がうつしとりました。もちろん良一がある部分から許しました。私は彼女が良一に愛のしるしとして、それも年上の女の恋のしるしとして手渡した黒バラの花を押し花にして日記のページにはさんでいたものも、その手がきの書簡集の中にはさむことを思いましたが、そのまま目次のページに残しておきました。その代り彼女が吸っていた女性用のフィルターつきの細巻きタバコのある部分をひろげて貼りつけました」

「その書簡は、満子の手紙そのものでもいいものだと思いますが、どうして書きうつしたのですか。彼女の文字は魅力的であったと謙二は語っていますが、どうしてそれを残さなかったのですか」

「良一の話では、彼女は焼きすてることを強くのぞんだからです。だからもう残っていない、と彼女は思っていたことでしょう、しかし、謙二は彼女に見せた、小説に近い手記を彼女に手渡したとき、彼女の手紙がそこにつかわれているのを見て、おどろいたかもしれないが、私には分りません。しかしそこに出ているのは二、三の手紙ですし、謙二の創作といっていいものですし、おそらく読者がよんで眼を見はるところがあるとすれば、それが彼女の手紙そのものが残されているものだろう、と思います。たとえば、〈お別れの日の丘の上で〉から始まる手紙などはそうです。しかし、ああいうところは、彼女の創作でないとはいえないと思います。いずれにしても、あの手紙はもっとも迫力のあるものです。彼女は彼女の家に泊るようになったときから、一週間のあいだにおそらく彼女が朝は夫が目をさます前に起きて一分のスキのないように化粧をしている、と良一に語ったりしているとかそのほか、知名な夫の先輩画家たちへのあいさつの手紙などは、夫も敬意を見せないわけには行かないほどのものを書いて出していて、たいへん面目をほどこしていた、という良妻ぶりを誇って見せていたようです。そのことは謙二の手記に書きとめてあります。もちろん賢母である、ということも同じように語っていたようです。あるいは恋愛的な表現についてもおそらくまったくそうではなかったのではないか、と思われます。どうして黒バラをおくったりしたのでしょう。謙二は、黒バラを邸の裏か、あるいは謙二の眼の届かぬところで、二度めの黒バラを手渡そうとするところを見てしまったか、あるいは、良一から直接にきいたりしていたようです。彼女は良一に私たちは〈同志〉だと度々書いています」

「私は読者として謙二は良一のかげから、夫人にあこがれていたと感じられるのですが、そのことは、良一は感じていましたか、また満子は感じていましたか」

「感じていました。良一は最初からほとんどの夫人とのことをすべてもらしていて、共感を求めていたので、この得がたい経験と苦しみをそのままにしておくこともできなかったし、ヒミツといいながら、みんなに分ってもらいたいという気持は、こうした一種の恋愛事件の場合に起るもので、弟はかっこうの相手であったと思います。当り前のことですが、弟の謙二は、充分に受け入れ、そうして自分が置いて行かれている立場で、鋭い眼を放っていたことでしょうが、満子の満足するていどには、そ知らぬ顔をしていました」

「良一の教え子のひとりである礼子という女学生に、謙二は満子からの書簡を見せるところがあったようにおぼえていますが、彼女は、良一を愛していることになっていますが、良一の死後、満子の家に女中になって住みこんだのですね。やがて謙二の妻にもなりますが、良一のことを忘れることができなかったようですし、やがて家を出て行き倒れになるのですね。これは作者小島の創作ですか」

「もちろん、ここに限らず創作は全面にあります」

「謙二はどうして、これほど満子に執着するのですか」

「それは作者にも分りません。おそらく謙二にもよくは分らぬところだと思います。『女流』にしろ何にしろ私は読者として何故か知らぬが、心にのこるのは、〈豊島師範の前の〉文房具屋で、ノートブックを二十冊ほど買っておいて下さい、というようなところです。おそらく大学ノートだと思います。いったい彼女は手紙を書くとき、ああした大学ノートに書き、それからあらためて手紙において一瀉千里のいきおいで書いたのではないだろうかと想像します。彼女は〈勉強〉というコトバを何度かつかっています」

「〈同志〉〈勉強〉というコトバが謙二にとって印象的であったということは、どうしてでしょう」

「〈同志〉〈勉強〉ということを、満子は忘れずに生涯つづけようとした、ということを謙二は皮肉な眼でみたり、愛著をもって見たりしています。こういう少年は、好ましいものではない、と彼は心得ていたのでしょうか。たぶん、こういう少年は率直に物をいうことはなかなかむつかしい代りに、満子のことは、自分が一番よく知っているとも思っていたのでしょうか」

「そうであるかもしれないが、大学ノートを買っておいてくれという文面がこの少年には忘れられないというふうになっていると思います。嘲弄に近いものなんか、どっちにしたってあまり意味がないのでしょう。当時池袋にあった〈トシマシハン〉というひびきで人によく知られていたその学校の前の文房具店で買い求めたときの良一の姿を、彼女はよくおぼえていたか、良一からきいてその姿を思い浮べたりしていたのでしょう。そのときの一冊を使い終るときが近づきつつあった、ということ、そういうことなどを含めて、あの手紙の文面が少年をひきつけ、そういう役を自分もしたいと思い、女学生に話したり手紙のその部分を見せたりしていたのだろうと思います。この少年はどんどん古くなって行き、良一と満子との手紙のやりとりが終ったあとも、生きのびて行き、そういう場面をトツトツと語ってきかされた女学生にも、その場面を再現するほかは、死んだ良一に近づくことは出来ない、という気持が生じてきたということかもしれない。謙二は、満子に見せる手記のなかに、そういうヒミツを書きこんでいて、たぶんもう忘れてしまった満子に思い出させようというふうにも見えます」〈お別れの日の丘の上で「どうして僕が消え失せてはいけないの」と分りきったことをきいたりなどして「ではなぜあんなにまで私を愛したの」とおききしたくなる。でもあのとき二人で丘をかけおりたこと……〉

こうした文面の手紙を挿入した「手記」を見て、大人になった謙二を、意地が悪い、夏の日私の家の二階で兄弟が寝ているのをのぞきみしたとき、弟が生臭いケモノのように見えたと満子が思ったとしても、それは、彼女の手紙の、音楽がきこえてくるような文章のせいであって誰の責任でもない。もしいうのなら、それは満子の中の恵まれた能力のせいだ、というふうにもいえる。〈ケモノ〉は〈バケモノ〉ということもできよう。しかし、そういって何になるのだろうか。そういうことを口に出して本人にいうことなんか、はずかしくて出来るものではない、とかつての〈少年〉はいうだろう。こういうことをめぐっては、子供も大人も区別はない。かつてはそういうことを書くことができたが今は、その人間とはちがう、ということがいえるだろうか。どうしてか、というと、あのときの少年の兄、ああいう会話をかわしたあと、無責任（?）にもいっしょに丘をかけおりた、ということでごまかした（?）二人の相手のひとり、良一はそのあと三年たたぬまに死んだのだから。

それと全て正反対かもしれないが、さきにきいていただいたアイザック・シンガーの

「タイベールと彼女の悪魔」を私は思い出しますね。〈悪魔〉といつわった、ユダヤ教会堂の小使で、そこでの結婚式のさいの道化役、そして小学生を学校に引率して行く男。裏のなくなった靴をはいていたので、夜陰に乗じて、今や後家となった乾物屋の（悪魔の話の好きな）女主人の家に忍びこみ、自分は悪魔であるからさからうことはできぬ、といい、週のうち五日はそこに住んでいる悪魔の世界の話を微細にわたりきかせることで、閉じた子宮をよみがえらせる話。なぜ彼女が悪魔の話が好きであることを知ったか、とか、子供をすべて死なせ、その悲しみの中にあってしばらく教会のベンチで寝ていた無用とも思えた夫は祈禱書だったか、それに似たもの一つをもって逐電してしまったとか、そういうタイベールと後家を口説くことのできた男。功績があるとはいえこういう男が生きのびるはずがない。彼はカゼを引いた。悪魔はカゼを引くことがない、ときいている、と彼女は不審気にいう。彼はそこでいいわけをする。その〈いいわけ〉がどんなものであったか、私は、この短篇のページをくってみなければならない。私はこの大事なディテールを失念したからだ。

名古屋の、そして一部は岐阜の聴衆のみなさん、それから読者の方々、どうしたら女の心を開かせることができるか。あなたの夫は、あなたが、ある病気になったとしても、放り出して逃げようとなど、めったにしないどころか、いっそう楽しみの中で生きて行こうとするだろう、ということを、どうして伝えることができるだろうか。

国立
くにたち

1

老小説家、私、小島信夫の年譜は、郷土の詩人、平光善久が作成し、書誌のようなものにして、台本は彼の座右にあった。ところが善久（私たちは、ゼンキュウと呼んでいた）は一年半ばかり前に亡くなった。それよりも十年以上前から、年譜のことは忘れるようになった。私は以前は私自身の書いたものは、すべて送りとどけることにしていたが、私自身おこたるようになり、彼も請求しようとしなかった。本を送っても、署名をおこたり、そのうち郷里へ行ったときに、などと横着なことをいうようになった。たぶん、お互いに気の抜けたビールのような関係になっていたと思う。その一つの原因は、私の書いた『美濃』の中の主人公が善久であり、その小説のはじまりは、私の年譜作者、善久に対する妄想であり、その妄想の中で善久が、小島の文学碑を作ってあげようとしても、岐阜人の喜ぶようなことを書いてくれないと困る、とつぶやいていることになっていたことであった。それはたわいないことだから、郷里の知人は、そうだ、そうだ、と許してくれるぐらいに作者は思っていた。もちろん作者は紀念碑が建つことをのぞんでいたわけではない。この『美濃』以後、善久も私も忘れてしまったのかもしれない。ほかの登場人物は十人以上にのぼっているが、この本が終りに近づくまでに、ほとんどが亡くなっており、生存中の人たちもぼつぼつ亡くなって行った。もうこの世に残っていて、昔ふうにいうならば〈生き恥をさらしている〉のは、作者であった、小島だけとなった。

私は郷里へ出かけると、急いで用を足すと、善久の家に泊るというようなことが多かった。それはたいへん異常なことかもしれないが、それが自然に行われ、それ以外の方法をとることができなかった。その代り私は善久の周辺から小説の材料をもらった。たとえば、「釣堀池」である。彼らは小説を書いたり、詩を書いたりなどしていない人たちで、善久が最も愛していた連中だったと思う。善久は、近江の方から釣堀用の鯉などを乗せた桶といっしょに車で戻ってきた。短篇「釣堀池」は長いこと本になりそびれていたが、ほかの同様の憂目を見ていたものと合せて、寺田博が短篇集をこさえた。私の『別れる理由』の中に、あやしげなフイルムを、乳のみ子を抱いた奥さん方も仲間に入ってみる場面がある。誰のつてがあったのか思い出せないが、そうしたフイルムを押収する係りの婦人警官が、映写機といっしょに持ちこんできた。善久の隣家ではシーツを用意した。三巻ぐらい映し終ったあと、

「もうよろしいですか。よかったら、もう二巻ありますが」

と、婦人警官はいった。返答がないと見ると男連中が、

「もう満足したそうやで」

といった。電灯がついてそれから用意されていた持ち寄りのものを食べた。

横道へそれるが、「釣堀池」を書いたときは駿河台の「平和荘」とかいった崖の上が一階になり、崖下から見あげると四階か五階の部屋がみっしりと並んでいた宿の一室を新潮社がとってくれた。私の原稿を特に欲しがっているというわけではなかったと思うが、その頃はそうしたことが少くなかった。同じ頃に、私は「十字街頭」という短篇を、講談社別館の十二号室で書かせてもらった。私の妻は、いよいよモルヒネをつかうことになりました、と医師から告げられた。当時、それは、みんなホッとする合図であり、あと十日の生命《いのち》だという宣告であった。

さっき横道にそれるといったのは、「平和荘」では、気をつけないと、トイレに立ったルスに、川端さんが部屋をまちがえて寝んでおられることがある、とききかされた。

2

こんど『うるわしき日々』を文芸文庫に入れてもらうことになって、さっそくに年譜が欠けていることに思いあたった。考えあぐんだあげく私は「名古屋」にも登場する岡田啓

に依頼することにした。

「略年譜であるのだから、ぼくが知るはずもないと想像できるところは、先生にあらかじめおぎなっていただければ、何とかなると思います」

「この数年は、ぼくら夫婦はしばしば岐阜へ出かけていて、そのかんけいの仕事が終えたあとは、あなた方四、五人と密なるつきあいをしてきたし、とくに帰京の列車には見送ってもらっているから、そういうところは、あなたの方がよく知っている」

「平光さんの作成による年譜に手を加えたり訂正したりしたいところはありませんか」

「何もありません。その点は心配無用です」

「それでは、今までの分の中でどのくらいの割合でカットするか、検討してみます。一応先生は、年譜のことはお忘れになってけっこうです。一段落したところで、相談します。先生、ぼくはいつか小島信夫を小説にしようと企んでいます。その意味からしても、年譜をまとめておく必要はあると考えていたので、ぼくの方を中心とするのはたいへんありがたいのです」

　いずれ岡田のことは、私は紹介することになるであろう。島尾敏雄を愛する人は、昔から私に云分があるという顔をしている。岡田は島尾のファンというより愛していると思う。かつて綜合誌の編集者で、小説も評伝もやっていた、非常に親しかった人が、島尾が日記の中で、夢の中で私にうなされたと書いていますよ、といって私をおどろかした。島尾をなやますようなことをいったことがあるのだろうか。岡田は吉本隆明さんのファンであり、時に上京して訪問しているといっていた。吉本さんは、小島さんとは思想はちがうが、文章はよく理解できる、とか似た点があるとかいっておられた、といっていた。岡田のいうことが事実とすると、岡田もまた吉本さんと同じであるといいたいのであろう。私も岡田の苦労を思って、おぎなうことになるらしい部分を書いて送った。出来上った略譜は、うまく仕上ったようで死んだ平光善久も安心したかもしれない。岡田は善久さんの得がたい理解者ともいうべき存在で、私の『美濃』の書評を岐阜の新聞にのせたが、作家の無礼さを咎めていた様子であった。このことは、機会があったら読みなおしてみなければならない。岡田ははじめて草平記念館での会のあと、草平の研究家根岸正純さんに紹介された。そのとき岡田は暗い表情で私の方を見つめていて、普通の判断では、私に気にくわぬところがある、といいたいのではないか。そういうことがあっても私はふしぎではない、と思う。私には思いやりがない、といいたいのかもしれない。同じことは島尾とのことにもなかったとはいえない。夢の中で小島にうなされたとすれば、こうしたことであると思った方がよいかもしれない。

この三年間のうちのあるドライブで、岡田は私に、妻が、私の「アメリカン・スクール」という初期の短篇の中の女性は、作者にヤユされていて気の毒だ、作者は思いやりがない、といっている、といっている。そうしたことは最近の小説にはない、といっている、とのことである。私は、あの短篇の女性に対して思いやりが欠けている、といわれたことも、自分で思ったこともない。転んだ拍子にハイヒールのかかとがちぎれたとか、箸を持ち合わせなかったので、主人公の伊佐が貸してやるところなどが、それに当るのかもしれない。妻がそういい、それを夫の岡田が車をおりて歩いているときに、そういった。妻は若い妻で、前の妻を私の前の妻と同じ病気で失っている。その妻とのあいだの遺児を二人で育ててきており、新しい夫婦のあいだにも男の子がいる。ききちがいがなければ、すべて男の子ばかりである。彼の女姉妹の葬式のときに、その夫が車の事故で亡くなったり、それに類することがほかにもある模様で、彼は母親のめんどうをみてきたので、どこか人間としてすることはしてきた、という自信に支えられている模様だ。遊び人ふうであった父親は、外で、別の女のところで死んだ、というような小説を、私は最近よむことができた。私は彼が小説を書くつもりであったことをはじめて知った。彼が私に注文があるという点が、いつか私のことを小説に書くということと同じ線上にあるように思われる。

3

昨年、文学賞の授賞式のあった翌日、岡田啓がはたらきかけた平光善久を偲ぶ会が岐阜市長良の厚生会館といったような建物の中であった。その当日だったかまたそのあくる日だったか、岡田のグループは、私のよく知らない長良の雄総《おぶさ》山の近辺へ連れて行った。

ない。

「子供の頃、この山でキノコをとったことがある」

と、私はつぶやいていたが、誰の耳にもとどかなかったにちがいない。私たち夫婦は互いに一段と声をはりあげ、しっかりと一語々々区切っていわないと通じない。口のぐあいがわるいのか、耳がそれほどきこえなくなったせいか、眼が見えないせいか、よくは分らない。

「先生」

と、岡田は呼びかけた。

「この土地はどうですか、ぼくは先生の家をここに移築しようと、ひそかに考えていたのですが」

「そう」

話はそれ以上進まなかった。

「ぼくは国立へ行ったことも、先生のお宅へも行ったことがないのですが、家の前まで階段をのぼるのだそうですね」

「そうですね。今はコンクリートの階段で、数えてみたら六十五段ほどありました。下の通りからカギ形にあがってくるのだから、実質は相当の高さになるでしょうね。これから話すことは、あなたが最初ではないし、あとでふれるように、あるところに書いたこともあるので、あとでなあんだ、と思うことがあるかもしれないが、まあ、きいてください。

ねえ、ほら山口さんの話だよ」

　と、私はいつもそばにいる妻にいった。

「山口さんて、あの建築家の山口さんのこと?」

「いいや、山口瞳さんのことだよ」

「ああ、そう、忘れてしまった。でもきいているうちに思い出すかもしれないわ」

「岡田さん、あなたもきいて知っていると思うが、あの階段ができるまでは、まったくの山みちで、雨が降るとすべった。それで、いろいろ細工してコンクリートの正方形の板などを買ってきて、みちに並べておいたりして、板が少しでもくずれるのをふせぐために適当な大きさの木の板などを打ちこんで、ごまかした。ぼくのやる、いいかげんのその場かぎりの仕事で、あんなことをするなら、ちゃんとした人に頼んで大谷石の階段でも敷いてもらえばよかった。あの頃はすべてにそんなぐあいで、いつも上の空だった。あの頃だけのことではない。どっちかというと、この頃になってやっとそういうことは変ってきた。ぼくの家にくれば分るが、山みちは下へくだっていくが、敷地の大部分は平らで、その平らな敷地にそって鉄のフェンスが張られている」

「それは最初からそうだったのですか」

「そうだね、フェンスの内側は池だった。図面でも書かないとちょっと分らないかもしれないが、池の真中を斜めにアプローチが玄関へ向っている。今はヒサシが張り出していて、雨つゆはしのげるが、以前はアプローチを傘をさして歩いてくる。アプローチは、コンクリートで出来た踏石の上を通る」

「岡田さんにはあまり関係のないことだから、早く山口瞳さんのことにしたらいいわ」

「その通りだ。要するに、山みちからぼくの家をのぞこうとすると、足もとが傾斜しているし、さっきのコンクリート板は道の真中あたりに並んでいたから、すべるみちにしっかり足を踏みつけなくてはならない。まあ、きいて下さい」

見たこともない人に説明すると、このくらい手間がかかる。〈あなたは移築してくれるという案を立てているかもしれないが、今はなしているようなことを含んでいない。ぼくの家なんてものは、ほとんど意味をなさない。つまり、ただの家なんてものではないのだから、……〉そんなことさえこの老作家は、やっと相手にしてくれる人を見つけては、過度の要求をつきつけ、好意をせびろうとしている。

その頃――といってもどのくらい前のことか勘定してみなければ分らない。そう、私がまだ六十歳になるかならぬかの頃だったと思う。なぜかというと、私たちが軽井沢に山荘をこさえるようになる前のことであろうから。その理由はあとでのべる。

とりあえずいわねばならぬことは、私どもいつもというわけではないが、基本的な生活のベースとしては、うら悲しい気分でくらしていた。夏であったか冬であったかどちらであったか知らないが、春とか秋とかであってほしい。夏であれば、太陽は北の方へ移動し、その庭の池の水を照す。これは重要なことであるが、さっきから話題にしている池もフェンスも私の家の北にあったからである。

夏になると、池は沸き立ち、青ミドロの淀みがだんだんと拡がりはじめ、私どもの自慢のたねであった、睡蓮が昆虫に茎を切られたようにたおれ、そのままくさって行く。睡蓮の色も一種類ではない。私どもが、住んでいるその家の中でいくつか、気に入っているものといえば、その池とそこに咲くその花であったからである。玄関のドアは、最初はアズキ色で、金色の鉄のハンドルで、たぶんメッキがほどこされていたのだと思う。そのハンドルは私のまちがいでなければ、現在も同じもので、新橋駅を第一ホテル側で下車して改札口を出て、右手にガードをくぐって走っている大通りを歩いてきて、昔の日本銀行を思わせるような建物に出会う。そこが有名なドアとか錠の専門店で堀とか堀何とかという名の店である。私は昨年、知人たちと待合わせ、（その中には建築士の山口さんというのも入っていた）かねてからつきあいのある弁護士とか大日精化といううえのぐ会社の男とか、えかき関係の人物と待合わせるために田村町の中華料理店へ行こうとしていたときのことで、国立に現在の家を建てたあと、一度訪ねたことがあったことを思い出した。家具附属品で立派であるというものが、私の家にあるとすると、ドアのハンドルだけだといってよい。

私は小説家なので自分の気に入ったもののことは、くりかえし書いてきた。アズキ色のドア、金色のハンドル、それらのものは、もともと私や当時の妻、それから現在の妻にしろ、好みではないであろう。それが何故か人間が変ったようにそういうものを気に入ったように思いはじめた。

私と前の妻とは、悲しみの中で何かを求めていた。少々悪趣味であろうと、どうであろうと、眼先きが変ったり、〈こんなへんなぐあいのもの〉といったものにひかれるようになった。私は今は悲しみといい、さきほどは浮かぬ気持でいたといったアイマイなことを口にしたようだ。どちらもほんとうのことであるが、先きへ急ぐとしよう。

私ども（私と亡妻）は、サンプルとして二軒を見てまわった。一軒は音羽町の台地に四百坪ぐらいの広い芝生の中に建った平屋で、向い側に、小日向台町の鳩山邸がのぞまれた。鳩山邸はそれ以前にも眺めたことがあるとすると、あのあたりでは、向い側にのぼればどこからでも容易に眼に入ったものなのであろう。見るたびに鳩山一族のことが浮んだ。私の大学では卒業のさいの銀時計組に鳩山さんの一族からイトコ同士の二人がえらばれた。私は音羽町の台地に立って、このように広い敷地を所有しているのはどういう人なのだろう、などと思った。しかし、その敷地には平屋が建っていて南面の広い庭に二つのプールがあったようにおぼえている。プールのことなどは、どうでもよいが、北面の玄関の前に池があり、そこに睡蓮が色とりどりの花を開いていた。そうした北の方角には私がよく仕事のことで泊めてもらった別館があったはずだから、方角にまちがいはない。その池があり睡蓮が咲いているので、その池が立体的に見えた。どのくらいの深さだとしたって知れたものである。せいぜい五十センチまでであろう。池の向うにドアがあった。色は忘れたがブルーであったような気がする。別にヒサシがあるわけではなく、ただ無造作に平屋がはじまっているだけである。私は何か重大なミスを、思考の上でやらかしていたのであろうか。私のそばにはやがて世を去る運命にひきずられている妻がいて、私とまったく別の考えをいだいていたとしたら、私に目くばせをするなり、首を振ってみせてもよかったはずだ。彼女も国立に土地をさがしあて、そのあと一、二ヵ月たって設計士をきめ、このようにその設計士の作品を見にきていたのであったのだから、精神的にすっかり参ってしまっていたというわけではなかった。私がアメリカへ滞在していたことがあるといっても、別にカリフォルニヤのプールつきの広い敷地あたりを見てまわったり、泊めてもらっていたわけではない。私が泊めてもらっていた家は、中西部のアメリカの伝統的な農家であって、アコガレをいだくようなものは別になかった。ソマツといっていいほどの二階屋であった。私がアコガレていたのは、家屋のことなんかではなく、別に色彩をドアに施したような家などではない。私のいたのは、いわゆるドライ・ステートというもので酒をのむことのない百姓たちで、広い農地にはトウモロコシ、といってもほとんどが家畜用のそれで、スイート・コーンはかぎられた畠に作っているだけである。どの家も白ペンキをぬってある。色彩など考えたこともないという家ばかりである。私の最初に泊っていた家では二階の三畳間にあたるせまい部屋で、私は一時もっぱら、アイオワの大学の図書館で借り出してきた、アーミッシュやメナナイトのような宗教に属している人たちが、戦争中どういうふうにして戦争に協力しないですんだか、そのために、どのような迫害を受け、例によって時の大統領に嘆願書を出して、男は森林で材木をきり出す仕事をし、女は看護婦となっていた様子が書かれてある本を読んでいた。私はアーミッシュの人の家には泊っていたわけではないが、メナナイトの人の家には一ヵ月いた。

いちめんのトウモロコシの畠で四十になっていた私は百姓の主人に、

「働いてみるか」

といわれて大カマをもって雑草を刈ったりした。

私は一ヵ月たつと次に泊るはずの別の宗派の百姓の家にほとんど自動的のようにして荷物を車にはこびこんで移っていた。家によっては屋根のような形をした棚が地面から建っていて、七面鳥がそこにどうもうな表情をして、主人に案内されて近づくとにらんだ。動物は豚ぐらいで、決してゆたかであるとはいえない。私がいいたいのは、もし私がアコガレるとしたら、彼ら夫婦、家族の平凡な生活であった。平凡な生活だからアコガレたというわけでもない。

私はバラ色の生活をアコガレたわけではない。私は普通の生活がもう一度、自分の力で工夫して創り出すことができるはずだと思ったというていどであった。さっき三畳間相当の部屋のことを書いたが、そこに小型の古い扇風機があって、スウィッチを入れる、ゴトゴトと鳴りはじめるが一向に熱風は涼風になることはなく、そのほかの農家にはそういう扇風機さえなかった。彼らは私の部屋に、とくべつに扇風機を用意してくれたのであった。

　普通の生活をいとなめば十分であるというが、普通とはどのていどのことであるかが、いくらか分らないようになっていたかもしれない。私は小説家でなければよかったのだ、といいきかせたりした。私がロックフェラーの招待でアメリカへきていたのは、新進の小説家として、日本国内のアメリカをよく知っている、ある女性評論家のスイセンによったのであった。

「あなたは小説をかくのをやめてもらえないかしら」

　と、妻がいったことがあった。これは帰国してからだったかもしれない。そうとするなら、私は帰国してから、すこしもそれ以前とは変らず、泊りがけで宿屋とかアパートとか新橋第一ホテルだとか、小説家専用といってもいいような比較的安い宿だとかに泊りこみ、そういう仕事を終えると、今度は学校へ勤めるために、走るようにして駅へ走って行き、夜は小説論をかわすために話しこんでなかなか家へ戻ってこないのであった。とくべつに執筆の機会が多いとか、流行していたとかいうようなことではない。家庭のダンランをつづけるということはたやすいことではない。小説家であったからではないのかもしれない。私は小説を書いていたから、まだ時々自分ふうの楽しい気分になり、自分ふうの夢にふけっていたかもしれない。

妻はひょっとしたら、普通の教師の生活をしていたら、自分たち家族はこんなことはないのかもしれない、もし生活費のもんだいならば、何とかなるのではないか？　二人の気持さえも寄りそうことがあれば、それはそれですむのではないか、と思っていたのかもしれない。それはほんとうであろうか。昭和三十一、二年の頃のことである。妻が次々と前の部屋をこわしたり台所を改造したり、次々と信用金庫から金を借り出したりしてきたのは、夫が小説家であるがためであろうか。

私は四十になったばかりであったが、どういうわけか脳を緊張させていたようであると思うようになっていた。私は決して妻をきらっていたわけではない。私は好きとかきらいというようなことを問題にしているから、というのとは別のことだ。大きな声で笑うというのは好きではないが、うつびょう的であるよりはいい。大声あげて笑う方が大声あげて泣くより勿論よいことだ。私はどこかにこういうことを既に書いているかもしれない。四十になったといったが、もうそれより五年も前に、私の身心は病んでいた。私はずっとそのことを気にしていたし、妻もまたそうであったに違いない。私が多忙であり、能力をこえてそうであるのは、妻のあるときに、はじめて口にした、

「小説家であることをやめたら」

というのは、思いあまったというか、考えに考えたあげくのことではなかっただろうか。私はこう書きながら、すでに『抱擁家族』の中に書いていると思う。

何故か私の夢の中でカフカが『審判』の中で、

「ジョセフ・K」と呼ばれるところがあったようだったが、私が裁判所で、

「K!」

と呼ばれたとき私は自分の罪を認めるところがあったから、おののくようなところがあったのだ、というふうに私は書いている。私ががんセンターで妻に同行したときの、

「あなたがた夫婦の性生活のことについて質問します。ハッキリと返答して下さい」

という部分にはそういうことが分るようになっている。

私はアメリカに滞在中も、そのことを忘れるはずがない。私は神に罪をおかしているというのではなく、もっとほかの云い方ができたら、そうした方がいいと思いつづけている。誰かに罪をおかしているとすれば、それは妻に対してである。あるいは、一個の人間として男として私自身に対してであるのかもしれない。

私は性に関する小説は比較的多く書いている。「黒い炎」という小説を、私はアメリカ行きの前の夜書き終えている。その日は先輩でやがて小説を書きはじめた作家が、山形から上京してきて家へ泊り、私はその小説、いや、そうではなく、同じような内容の別の小説（いまタイトルを失念した）を講談社の『キング』にのせるために書いていた。「黒い

炎」は『群像』に発表していたような気がする。昭和四十三年頃に書きはじめ、長く続けることになってしまった『別れる理由』の中の第二巻ではないだろうか、そこでは『真夏の夜の夢』のアゼンスの森の女王とロバの場面のあと、性についての場面が出てくる。「馬」の中の新築のとなりの部屋で馬と妻との会話にきき耳を立てる部分に相当するといえばいいえる。

4

私は道草をくってしまった。

私は設計士の作品である音羽の台地の屋敷で、平屋の北側の池に色とりどりの睡蓮が咲いているのを見て、それが私をひきつけるのは、その水の深さのせいだと思うところを読んでもらった。しかし、正確にいうと、水の深さのことが気になる、というべきかもしれない。南面の庭のプールは小さなものではない。十メートルと五メートルといった長方形のものであろうと思う。そのくらいのものでなければ、寝室あるいはリビング・ルームから水着になって、夫妻が、あるいは子供を連れてとびこむなり、水に身体をつけて準備運動して、徐々に泳ぎはじめる、そうして向うの壁に辿りついて引返すにしても十メートルは必要である、と思われる。いったいアメリカのカリフォルニヤあたりのガラス窓の多い家の庭のプールというのは、どのくらいの大きさのものだろうか。なぜ私がこんなことをつぶやくかというのは、やがて、この私が自分のせまい庭にプールを作ることを思い立ったということをいうためのことがあるためである。

たしか、イギリスうまれの××××というアーティストがいる。おそらく今でも健在であろう。私なんかよりずっと若い、息子の年齢であると思われるからである。そのアーティストのことは私がアメリカに滞在してたり、その後何年後に、その存在を知ったというようなものではなく、ずっと、ずっとあとのことなのであるから。

彼はグラフィック・デザイナーというべきだったかもしれない。クレオンでカリフォルニヤのリビング・ルームからタオル一枚まきつけたままで、こちらに背を向けてから庭の方を見やっているらしい作家である。私はそれを一冊の彼の文章ものったもので見た。またそのすこし前であったか、どこかの美術館で、イギリスの現代画ばかりあつめた部屋があった。都美術館であったかもしれない。今思い出したが、私が失念したアーティストの名は、ホックニイというのである。ホックニイはプールの中で泳いでいるか、あるいはとびこむときかに、水がゆれて紋様を作り出すところがかかれてあった。それを見てもプールの大きさは正確には分ることができないであろう、と思う。

いずれにしてもプールのことは別として私がひかれていたと思えるのは、くりかえしいうように北面の玄関先きの庭の池のことである。たぶん、その家にもアプローチがあったと思う。それから逆になるが今の国立の家にも依然として面影をとどめているレンガ造りの塀があったはずだ。その塀は、ていねいに焼いたレンガで柔らかみとか暖みとかが感じられるもので、それは職人的な手をかけたもので、自然さが十分に残っているものであり、レンガは変色もしているだけでなく、既に塩をふいているように見える。くりかえしていうが、私の国立の家の玄関に立っているレンガ造りの塀はそうしたものである。冬になると石が冷えてレンガは割れて欠けた部分が池の中に落ちる。落ちたカケラが水の中の底に見えるくらいだから、水深はさほどにないことが分る。

このレンガ塀がなかったとしたら、そのとき私たち夫婦が見た家の玄関先きも、いうに足らぬものであったにちがいない。そのレンガ塀が池の水の中にどっしりと沈んでいるということがなければ、睡蓮があのように意味ありげに見えたであろうか。

それだけではない。おそらく水中から顔をのぞかせている、アプローチが、一枚々々のあいだに水が当然見える。そうしてレンガ塀と池と睡蓮と、アプローチが人待顔にあるからこそ、軒のヒサシさえない入口のところのドアがブルーの色に、金色（たぶん）のHORI製のドアのハンドルをアクセントとしてホックニイの瀟洒でデリケートな作品の中の紋様とかハンドルに代る何ものかでカリフォルニヤにはない世界を作っている。

5

さきほど、妻、アイコさんが、

「建築家の山口さんではなくて、国立《くにたち》の小説家の山口瞳さんのことをつづけて話してあげたら」といったことを書いた。

小説家の山口さんが、問題の小島家の家の北側の公道である山道から、フェンスにつかまって家の中をのぞいていたときのことについて彼女は夫に注意をうながした。そのとき、私たち夫婦は岐阜市の長良にいて、小島家を移築する計画のことから始めたのであった、と思う。前回にもあるていど述べたように、岡田啓は、なるべく早めに岐阜に居を移して、岡田や、友人たち五、六人の昔から小島とつきあいのあった歌人や、画家たちのヒゴを受けるようにと、計画をしていたのだが、私はせいぜい長く生きたとして、あと十年、妻は脳を病んでいるので、もしスピードをあげて生ける人形となってしまったとすると、専門の介護者をつけてやらねばならない。この老夫婦のメンドウを何かにつけて見てやるのは、自分たちしかいないと決めてかかっているのであろう。彼ら岐阜の連中も七十前後のとしになっている。いずれにしても今の国立の家をそっくり岐阜にもってきて、そこに住み、その家がそっくり記念館となれば、色々の難題が一度に解決するかもしれない。アイコは、ほんとうに、そういうことをのみこんで、夫に注意を促したわけではない。その折々に脳の中のある細胞の残された能力をはたらかして、そういっただけのことである。彼女自身が岐阜に移り住むということを思いもしないにちがいない。

山口瞳さんは、私よりほぼ十歳年下で、『江分利満氏の優雅な生活』を昭和三十八年に発表して、直木賞になった。その年の十一月に、私の前の妻は他界し、翌年の三十九年の一月に私は下北沢のアパートでアイコと知り合い夏には、既にもんだいの国立の家で互いに再婚し、その秋が、オリンピックであった。町名はともかくとして、国鉄の技術研究所が研究していた新幹線は、走るようになった。

山口瞳さん――私はときどき江分利満氏と呼ぶかもしれない――が、いつ国立近辺に移ってきたかしらべてみなければ分らない。まだまだ川崎あたりに住んでいた頃の〈優雅な生活〉を書いたのが、あの小説である。

正確には、何年の何月ごろ私の家をのぞいたのであろうか。思うに彼はその頃には、国立だったと思うが、マンションか借家かに住んでいて、これから新しい家を建てようとしていたのではないだろうか。

私はさっき、山口瞳さんがのぞいていた、といったようなおぼえがあるが、山口さんの家族がのぞいていたのであった。夫人も坊やも、もうひとり女の子などもいっしょにフェンスにつかまっていたのであろう。山道は雨が降ればいつの季節にしろよくすべったが、その季節が思い出せない。冬であれば、池は凍結していたので、ひょっとして私が手を省いていたら、部厚い氷がはりつめていた。いよいよ池のまわりにヒビが入り、もっと放置すると氷は盛り上ってくる。そういう状態のときに、その家族はのぞいていたのであろうか。それとも遂に主人であり、夫である私が意を決して、どうしてそういうものが、たまたま道具箱にあったか分らないが、非常に重い金槌で氷を割っては割っては山道か、その向うに空地になっていた草原へ向って放りなげていた。こういう経験のない人でも想像がつくと思うが、自分の身体もいっしょに放り出されることがある。もしそういうふうにして冬ではあるが、氷が山道に散在しているとすると、のぞいている家族の足もとは、氷の破片の上に立っていることになるので不安定になる。もし彼らが初夏に近づく頃にいたとすれば、スイレンが色とりどりに咲いている。スイレンが池に咲くように球根を入れた記憶がないところを見ると、果してどうして花が咲いていたのであろう。すくなくともネライをつけた色の花というのではなく、ひとりでに予期しない色の花も咲いていた。その花はいちばんの盛りにとつぜん茎が切られたようにたおれ、水中に沈んでしまう。毎年くりかえしているうちにただの池の水になってしまったと思われる。出来れば花が咲いているときに、江分利満氏の家族が花ごしに家の中をのぞいていてくれたら、どんなによかったであろう。

私は岡田啓に、スイレンの花の向うに、彼ら家族がいた、と話したような気がする。地獄もあれば極楽もある。こういう多彩さは人によっては〈栄枯盛衰〉と呼ぶかもしれない。もし移築するならば、どうしても、池のあるときの小島家を再現してもらわねばならない。池は北側に作るべきではない。そういうことはまあ誰でも心得ている。その心得を忘れてしまったようにして北側に作ったこともまた、忘れてはならない。出来ることなら、その山道も——やがて苦闘の末に石の階段になったのであるから、家の附属物として、そのすべり易いナンギな道、ついでに公道で、その下には下水道が走っている石段も——移築せねばならない。

私はついさきほど、大谷石かそれに似た正式の石材で山道を石段に変えてしまってもよかったのに、実行しなかったといったが、それは実行しようにも出来なかった。私の家の敷地のすぐ下に当る持主もまた、山道とかんけいがあった。つまり私の家の北側を通っている山道を降りて行くと、下の家の山道を通ることになる。その部分は、既に大谷石の階段になっていて、大谷石の階段から、玄関へ入ることになっている。私も、私の家の北側の山道を降りる誰であろうと、その下の隣家の石段の厄介にならなくては降りきることはできないのである。簡単にいえば、私の家の北側といったが、私の家の前といった方がよいところの道を通る人は、否応なしにその隣家の石段をふんで下の道路に辿りつき、それから、左右に分れた道を、たぶん左へ折れて二軒めの坂道へ辿りつき、そこからのぼっても降ってもよいが、思い思いに……たぶん降って行き、そこで思い思いに……たぶん国立の駅の方へ向うのであろう。

思い思い、とか何とか、うるさいことをいった理由の一つは、私の家の前を降りて右へ行くと袋小路になってしまっているからである。そこに通せんぼをするように、土手内という、意味ありげな会計事務所をしている人の家が立ちはだかっていた。たぶん大きな看

板が見えたのであろう。つい先だって、兵庫県の奥まったところに住んでいる娘が手伝いがてら、老夫婦の様子を見にきたとき、

「お父うさん、どうして新宿の会計事務所まで出かけて行くのですか、土手内会計事務所というのがあったじゃないのですか」

といった。

娘は三、四十年前のことを鮮明におぼえていた。五年前にとつぜん、妻は彼女の分担であり、得意であった経理の仕事を放棄してしまい、放棄したことも忘れてしまった。青色申告を思いつき、丹念にその仕事を、毎日のようにつづけ、楽しみにもしていた。将来、中国や東南アジヤの留学生のめんどうを見るために、中国語を習ったり、長年やっていた英語の勉強から、ワープロを打つことから、何もかも一時に放棄してしまった。おかげで、夫の方が、彼女の記録を押入れの中からひき出してにわか勉強して、彼女をつれて新宿の事務所へ赴くという、ぐあいになっている。そんなことより、土手内会計事務所をおぼえていたことにおどろいた。たぶん山道をおり、他人の家の石段をおりなければ、駅の方へ向うこともできないということをおぼえていた、という証拠であろう。

6

こうして長々と書いてきて、けっきょく、読者には何もわからないという有様となった

のは、一口にいうと、下の隣家から私道が始まるということなのである。同じ一本の山道でありながら降ろうとすると、他人の家の私道を通らなくてはならない、ということである。私の家の北側の通路である山道は、公道である。公道というものは、私が勝手に手を加えてはならないのである。だからこそわが小島家では、その山道に、コンクリートのうすい板を順々に並べて、通行人にせめてものサービスをしていたのであった。その板は、しばらくするとはじけとんで実にぶざまな景色となった。それは、まことに恥かしいことであるが、現在でも、息苦しい気持になる。山道ぜんたいを芝生にしてしまおうとしたこともあるが、それもうまくは行かなかった。しかし、本気になってやれば、芝生にするくらいはできたかもしれない。どうして芝生にしなかったのであろう。そうすればよかったかもしれない。どっちにしても、もうすんでしまった話である。

それで、さっきの北側の池のことであるが、私は冬のことは別として初夏がやってくるのを、楽しみに待っていた。実をいうと、それだけでも池の存在価値はないことはなかった。その頃になると、スイレンが咲きはじめる。池の中にスイレンの根がはびこっていたからだ。その根にヒキガエルの卵がからみついていて、花が咲きはじめる前に、小さい蛙がむらがってとびはねるようになった。それ以前にジュズつなぎになった卵が浮きはじめていたような気がする。この小さい、小さい蛙と、ジュズつなぎの卵とはつながりがあるように思えた。蛙はとんで行ってしまって、池には残らないみたいだった。蛙というものは、オタマジャクシの時期があるのに、そういうものは全く見られない。そして何ヵ月もすると、ヒキガエルがあらわれた。スイレンのかげから何かを見ていたり、岸にはいあがってじっとしているので、そのままに放っておいてあとで見に行くと、姿を消していた。夜になると、啼声がしたり、ドアをあけると、足もとにじっとしていた。これらの生き物はどこからやってきたのであろうか。冬のあいだ親たちは草原に穴を掘って眠っていたのであろうか。太陽は冬至になると富士山の右肩から沈みはじめ、お彼岸になると小仏峠から陣馬高原の方に移り、大菩薩峠の平らな尾根をすべるように移行して三頭山の三つの山の山頂の中ほどのところに沈んだ。いつも待っているわけではないので、何ヵ月めかに気がつくと、そこまできているというだけで、ある日、眼があけられないほど、強い日差しとなって大岳のあたりにあざわらうように姿をあらわし、長い一日を休むヒマもなく声さえあげて、池の水を青ミドロに変えてしまうのであった。とうとう私は、いつものように一橋をカバンをかけて速足で、休むヒマなく歩き、谷保の駅までやってくると、南武線がフォームに横付けになる前に階段をかけ上ったり下りたりして、乗りこみ、それから二十五分間、小田急の登戸駅に着くまで、おとなしくじっとして時をすごした。谷保まで二十五分から三十分かかった。そのあいだ、ひたすら歩きつづけ、あとで時々江分利満氏のことを思いうかべることもあったが、それ以外は全く何も考えなかった。それから小田急に乗り換え、次の駅の向ケ丘遊園で降りると、駅で待っている学校のマイクロ・バスに乗りこみ一息つくのであった。バスの中では、電車の中以上に、何も考えなかった。バスが出発したあとだということが分ると、疼く虫歯をかむような思いで歩きはじめ、溝川の土堤を辿り、丘をのぼりはじめ、あとから出発したバスにあざわらわれながら、そこでもう一度、虫歯をかみしめる思いをし、校門をくぐり、やがて階段をのぼり、その校舎を作るのに中心となったはずの同郷の先輩の堀口捨己先生のことをちょっと考え、教室の学生の姿や、教師の声などを気にしながら、研究室と称する小さい部屋のドアのカギをあけ、そうして長椅子の上に仰向けになり眼を閉じるのである。ある日、青ミドロの池の水をビンにつめて、農学部の山本大二郎という教師の部屋を訪ねた。

ついでにいっておくと、教室のことにふれたが、私だけではないが、私は長いあいだ教師をつとめてきた。私は二足のワラジを実に長いあいだはいてきていて、まだまだ、その途中にさしかかったところであった。私は学校を出ると、すぐ教師になり、十ヵ月後、誰でもそのつとめをすることになっていた、別のおつとめをして、中国に行き、五年近くたってまた教師になり、いつも、いつも学校の先生であった。これもついでにいっておくと、私は会席に出ないかぎり帰りみちも、全く同じコースを辿り、速足で歩き、家へ帰るまで、何も考えなかった。季節によっては、いくらか暗くなりかかっていたぐらいのことで、ほかは何も変りはなかった。あとですくなくとも帰りは、いっしょに歩くことにしていた若い友人は、花が咲き終えた桜の木の並木の下は、毛虫がおちてくるので、気にしていたが、私はそういうこともあまり気にしなかった。

しかし、生徒や学生たちがいっせいに教師の方を向いていたり、教壇の上で何かしゃべっている教師の声をきいたりすると、自分自身が、あと何分もすると、そういう立場にいることが、考えられないほど、気になるのであった。そういうことが出来るということが信じられないので、どうしてこういう職業をえらんだのであろう、と思った。私は教室そのものや、その中で約束ごとを実演している集団に、敬意をいだいた。私はたまに講演をしたことがあり、いわゆる成功したと見られることは、一度もないが、そのときのこととはあまり関係なく、自分がそこにいない教室というのは、今さっきふれたようなぐあいであった。だから、どうだ、というほどのことをいうつもりはないが、それでも、時間がくると、急いで廊下を走るようにしてチョーク箱片手に教室へと向うのであった。そうして私は何十年のあいだ、休むことなく、ずっと〈先生〉であった。おそらく同僚の教師たちが、私が教壇に立ってしゃべっている光景を見たら、私自身が感じたようなものをかんじたにちがいない。

山本大二郎さんは、細菌のようなものの先生であったと思う。そうでなくとも青ミドロの話を持ちかけたとき、そのようなことなら、見当がついている、という様子であった。そんなことより、蜜蜂の生態についての研究をつづけており、それは、本来の研究とは無関係であるということが、生甲斐と思えた。大二郎先生は、杉浦明平のイトコであった。

社会的なもんだいに関しては正義感をつよくもっており、あとになって浅間山にかぎったことではないがブナの原生林などを伐採して、植林をしていることを憎んでいた。一方において奥多摩の山の植物を写真に残すために山へ入っていた。そうしてさっきいった蜜蜂の生態は綿密にしらべて、その結果の論文を下さった。夫人はまた国立のとなり立川という多摩の入口に当る大きい市《まち》に住んでいて私と同じ南武線を利用して通勤していた。夫人はまた植物を育てるのに情熱をもやしていて、一度訪ねたことがあったが、庭はその成果そのもののように思われた。

あとで私は江分利満氏のことを書くつもりでこうして文をつづっているが、私が自分の住んでいる国立やとなりの立川市ぜんたいの中で、興味の対象となっていたのは、この二人だといってよかった。とりわけ大二郎さんは、いいかげんなところは、みじんもなく、笑うことがあっても、冷笑するときぐらいではなかっただろうか。それでも私が三つ四つ位の仕事のことをきかされていたのは、私は紙一重のところで冷笑をまぬがれていたことの証拠かもしれない。蜜蜂の生態についての研究の中でどういう点がそれまでにないものであるのか、私は本気になってしらべてみた。そして考えさせられるようなところが、たしかにあったような気がした。ここの点が新しい発見だというふうに書いてあった。たしかにそのとおりであっただろうが、それをめぐって話し合ったりしたおぼえがないのは、どうしてだろう。この頃テレビで、雀蜂のことについて三種類の生態と、そのすざまじい生存をかけてのたたかいを知った。雀蜂は私も現在までにかなりのかかわりあいがある。あとでふれることになるかもしれない浅間山の小屋にも書斎の軒下に巣を作っていて、斥候の役をしている大砲のような長くて太い胴をした種類の雀蜂と睨み合いをしたことがある。斥候は働きバチが充分な収穫をもって帰ってこないと巣の中へ入れない。働きバチの行動半径は三、四百メートルぐらいで、再び追い出されてしまったものは、そのまま外で死んでしまう。あの鋭い眼をした雀蜂は斥候というより歩哨というべきであったかもしれない。しかし雀蜂の生態は最近はおどろくほど研究が進み、すべて映像化されている。これらは分り易く、通俗的であるのかもしれない。大二郎さんの研究は、もっとある好みをふかめようとしたもので小説の場合にでもよくある、人によってはひとりよがりと受けとられる種類のものであったのだろうか。もし私のファイルの中にしまってあったら、もう一度よく見てみる必要がある。大二郎さんは、さっきもいったように、杉浦明平さんのイトコである。それに息子さんは、大学の神学科に通っていて、確実に勉強をしていき、もちろん古代聖書のようなものを原語でよむことができるだけでなく、ラテン語はいうまでもなくギリシヤ語も相当に出来るときいていた。私には日によって、あるいは季節によって気分によって思うように身を入れて文章をよんでいないことがある。あとで大問題として読者に伝える必要があるのは、私の脳が勝手に緊張しすぎていたり、身体が――とくに右の半分が――こわばっていて、文字を書く場合にも、どうしても歪んでしまうので、悪筆の原因にもなっていた。必要があって前に書いた原稿をみると、自分でも読むことができないので、おどろいた。ずっと前からそうである。その点私は不健康なニンゲンである。

7

それにしても大二郎さんは、どうして専門外の蜜蜂の生態の研究に没頭していたのであろうか。

池の青ミドロは、原因についてはいくつかの解釈ができるということは分った。強い西日によるものだけが原因であるとはいいがたい、という。コンクリートにもんだいがあるかもしれない。

「小島さん、もし西日のことであるならば、あなたが家の西側を覆っているという話であるヨシズでとりまいたら、どうであろうか。あなたは冬のあいだは、池の凍結から逃れるために池の上に竹をはりめぐらし、筵をのせていると誰からかきいたことがあるが、池を暖房するよりそのていどにした方がよいと同じように、夏は、いまいったようにして、一日も早く夏がすぎるのを願うにこしたことはないではないだろうか。あなたはそもそも文学とはそういうものだといっているつもりではないのですか。もしあなたがスイレンのような花のことや、池の深さのことや、池の部分の立体的効果のことが気になるなら、何かほかの方法があるのではないだろうか」

「その方法とは、どういうことですか」

「どうせ文学的なこだわりなのだから、ぼくの知ったことではない。あなたの家や、そのあたりのことは、よくは知らないが、国立というところは、一橋大学ができた時分とあまり変っていないないしパチンコも遊び場もない、文化的なところだから、あなたの家や、あなたみたいなニンゲンが住んでいるだけで意味があるのではないですか」

「ヒキガエルが青ミドロを食べて、水をきれいにしてくれるということは、考えられないでしょうかね」

「…………」

「青ミドロの原因がよく分らないから、何年かすると、消えてしまうということは考えられないですか」

　それには返事はきかれなかった。

　池の水があるあいだに、江分利満氏とその家族がフェンスにつかまりながら、何か話し合いながら、何か大事なことであるようにそこから見える家ぜんたいに眼を配っていた。私は、その家族は、新しい住居を建てるべく、マンションに仮住居しているようにきいたことを思い出した。北の壁は石綿が張りめぐらしてあって床に近い下の部分だけがハメ殺しの窓になっていた。その構造は現在もそのままである。ハメ殺しの窓の下の枠は手のこんだ仕組みになっていた。それは強い北風にくりかえし吹かれているうちに雨水が家の中にしみ出してくることを予想してカギ型に喰いこませた木枠が、どんなに執拗に攻めてきた水の浸入もはねのけてしまうという、もしそれが成功するならば、それだけで気持が和らぐことのできるはずのもので、成功を信じてもよいほど、巧妙にできていた。もし完ぺきでなかったのなら、その精巧さは笑うべきものといってもよいということになる。そのしみこみの責任は雨漏りの場合と同様、次第次第に住んでいる家族の上にかかってくる。現実にはふしぎなことでも何でもなく、きまってそうなるようである。

一度かすかにでもしみこみがはじまると、無防備そのものにさらされた。私は既に「家を建てる記」という文章をある家庭雑誌に連載していたこともあり、その雑誌の編集長は、エブリマン氏と鎌倉アカデミーあたりでの同窓であったかもしれない。私はその編集長にある理由で敬意を表していたし、今いったように彼とエブリマン氏とは知人であった。たとえば「アカデミー」のことは外してもそうであった。

私は「家を建てる記」でどのていどに新しいその家のことを書いていたかおぼえていない。しかしエブリマン氏は、ただ散歩をしているうちに、たまたま、表札を見て坂の途中で足をとめてそろってフェンスにつかまったのであろう。願わくばまだ青ミドロも発生する時季の前、初夏の頃であってほしい。そしておそらく梅雨どきで、山道はすべり易い有様であったが、毎年一応、花をひらくスイレンの花の向う側に彼らの上半身が見えていたと思いたい。

エブリマン氏自身も、私が家の中から彼らの姿を見ているということは、全く気づかないでいた。夜間は家の中から外は殆んど見えなくとも、家の中は何もかも見えた。その反対に昼間は家の中から外の景色は丸見えであった。そのようなことは、もしエブリマン氏が「家を建てる記」をていねいに読んでいたとしたら分っていたと思うが、じっさいは二、三分のあいだ全く家の中に私と娘が見ているということは気づかなかったのであろう。今でも残念に思うが、私は外へ出て行かなかった。そしてあとになって大分後悔した。

エブリマン氏のフェンスにつかまりながら眺めた私の家に対する批評はどういうものであったであろうか。当時私は『江分利満氏の優雅な生活』を全部にわたってではないとして、愛読していたように思う。私はたしかめるために、編集部に、図書館から借り出してみせてくれるように頼んで二日後宅急便が届いた。私がある理由で頼んだ、阿部謹也氏の、『ハーメルンの笛吹き男』といっしょに届いた。必ず返してくれるようにという手紙が入っていた。

私はほとんど忘れている細部を思い出し、何よりも口絵写真に、エブリマン氏が中学生と思われる息子にかぶさるように顔を寄せて、二人いっしょになって笑っているのがうつっているのを見て、フェンスにつかまっている家族をハッキリ思い出した。夫人もまた、こんないい方をしていいかどうか分らないが、たいへんゴウギな人で、何ごとにせよ、少々の不幸なら、私にまかせなさい、といってくれるような人であるところを想像できるように思えた。エブリマン氏の父親という人もたいへんな面白い人物で、ある意味では、小型であるにせよ勝海舟の父親みたいな人物であるようにもとれた。何とかという同じ会社の——たぶん寿屋みたいなところにいる——何とかというユカイなアダ名をもらっている男が、なぜ、そう呼ばれるかが書かれていた。そのアダ名は、そこからきたもののようであるが、彼はメンドウな仕事、他人のいやがるような仕事を進んで引き受けた。そういうと、誤解をまねくかもしれないが、彼はほんとにそういう仕事をするのが好きであるというふうに書かれてあった。そういうことはきわめてさっぱりと書かれていて、ほんとうにそういう人物がいるのだから仕方がない、というふうに書かれていた。第一頁の子供のことからがそうであり、それは口絵写真のフンイキとよく似ていた。何でも息子は、道の隅のジャリのすくないところばかり歩くというところから始まるのであった。

エブリマン氏というのはそんじょそこいらにある平凡な人というイミであろう。優雅な生活というのは、少々の苦労はあっても、何となく食って行っている、というイミかもしれない。章ごとにマンガがかかれているのも、私はうなずいた。

エブリマン氏はワセダを中退し、その後小出版社を転々としたそうである。洋酒の寿屋に入社し、宣伝部制作課に勤務、コピイ・ライター、『洋酒天国』編集部へ。川崎市に住んでいる、よく知らないが川崎市から国立あたりに住むようになり、その頃新居を作ろうとしていたように思われる。

　この題名は私の記憶では、それまでにないものであった。私は当時、作者をうらやましいと思った。こういう作者にくらべたら、私などは何であろう。エブリマン氏は、口絵写真で息子をからかっていっしょに笑っているような様子そのもので、私の家のフェンスにつかまっていた。ぼくはコピイ・ライターです。といっているように見えた。笑っていて歯がのぞいているのをおぼえている。当時いくらかハヤっていたがアタマは五分刈ていどであった。テレくさそうな表情にいつでも移り変ることができ、いうまでもないことであるが、自分の考えは容易にまげたりしない。気むずかしいニンゲンを微笑させたりぐらいは、いつでもできる。なぜなら、自分自身は気ムズカシイ表情をしていることはほとんどないからである。ベレー帽をかぶっているようであり、パイプをくわえるようであるが、それは〈コピイ・ライター〉とかんけいがあるかどうか分らないが、一種のコピイにすぎない。

8

　糸井重里もコピイ・ライターである。糸井とエブリマン氏とくらべるのは適当でないかもしれないが、彼の髪型はなるほどと思わせる。糸井に小説、『家庭団欒』というのがあるそうで、吉本隆明が、小島の『抱擁家族』とくらべて、その新しさをたたえていたことを知っている。私は糸井の小説を読んでいないが、そうであろうと思った。エブリマン氏と糸井とは似ているとはいえない、という人があるかもしれない。しかし、『……の優雅な生活』のことを考え、そこでエブリマン氏が扱っている筆つき、大道も横道も同じようにいくぶんマンガふうな表情で歩いている姿を思いうかべるとすると、糸井重里のダンランぶりは分るような気がする。

私は吉本隆明の著作をほとんど読んだ。理解するのに困難であるのもないことはないが、信用できるような気持を捨てたくないと思い、捨てたことも一度もない。この人物にかぎったことではないが、じっときいておいて、たえず考えてみるに価することはあるというふうに思ってきている。ずっと昔、昭和三十五、六年の頃かと思うが東京工大で吉本と同級であった奥野健男が、何かのときに、こういった。

「吉本隆明が、小島の家の家庭教師をしてもいいと思っている、といっていた」

といった。

私の家では、いつも金に困っていなかったわけではなかったが、ヨミウリ広告で募集した女中さんもいたこともあるし、友人に頼んで新潟県からきてもらったことがある。それから息子にも娘にもそのときどきに家庭教師にきてもらっていたことがある。そういうことを、どうして奥野が知っていたか、よく分らない。その頃吉本は、「言語にとって美とは何か」というようなものを発表していたようにおぼえている。「試行」という雑誌に書いていて、いわゆる文芸誌には発表しないというふうにいわれ、たしかにそのとおりであった。それにしても、どうして吉本隆明が私の家の家庭教師を志願したのであろうか。私の記憶では何か大いにおどろいて、家へ帰ったあと、自分の部屋に佇んでいたり、家の中を行ったりきたりして、その理由を考えてみたことがある。吉本さんは金に困っているのかもしれない。平素、どうして食べて行くことができるのであろう、とよけいな心配をしたことがないこともない。みんなの気がかりになるようなところが、彼にはあった。もちろん私は誰にも話さなかった。妻にも話さなかった。私の家に入ってきて、子供を教えながら、当時の私ども夫婦を指導しようと考えているのであろうか。それは全く分らない。今になって分ってきたというようなことではないが、忘れたことがない。私は奥野の造り話と、思ったことは今まで一度もない。

ある考え方をすれば、すべてが変ってくる。というようなことを呟いてみたことがある。もちろん、当時の吉本さんがそう考えているというので、その身になってつぶやいてみたのであった。もちろん当時まだ、『抱擁家族』は書かれてはいなかった。そういうものを書くことになるとも考えていなかった。

ずっとずっと後になって、吉本さんと対談をしたことがあったあと、

「ぼくも道端でメマイがして倒れかかることがあります。小島さんも気をつけて下さい」

と銀座のバーで語りかけてくれた。しばらくたって、

「小島さん、もうお帰りになって下さい。気をつかっていただかなくともいいですよ」

と、いうふうにいわれた。

9

まったく別のものといえば、その通りであるが、四、五日前から、私は十八世紀半ば頃のイギリスのヨーク州の牧師であった、スターンという人物の『紳士トリストラム・シャンディの生涯と意見』を思い出した。そして昨日寝る前に書架の中から見おぼえのある筑摩書房の『世界文学大系』21の『リチャードソン、スターン』の部厚い一冊をとり出した。

10

先々月は『紳士トリストラム・シャンディの生涯と意見』を書架から取り出して眺めようとするところで、私、老作家・コジマ・ノブオさんは終えることにした。コジマさんが書いている『国立』は、国立における、あるいは国立にかかわる、コジマさんの生き方と意見というようなものである、というふうにも今、思うようになった。私が取り出した本の訳は〈生涯〉というふうになっているが、どうも〈生き方〉というのに近いのであるま

いか。

　老作家は二ヵ月前から、家事というか身辺のまわりの生活というのか、とにかく繁雑さを増し、我を見失うほど疲れてきた。こういうときこそ、経験上、ペンを取って原稿用紙に向うと、そこに一条の光りがさしこんでくる、という空頼みをいだくのであるが、そうした従来の妙薬を服用することさえも忘れる有様であった。

『トリストラム・シャンディ』のエピグラフは次のような短かいものだ。もっとも長いエピグラフというものはないものであるが。

「行為にあらず、行為に関する意見こそ、人を動かすものぞ――エピクテータス」

　作者スターンは冒頭において、あの有名な次のような〈行為についての意見〉を話しはじめる。自分の父と母はひどい、そろって心得のない二人だった。それはどうしてか、というとこうだ。二人は彼を生み出そうとする営みをしていた。そういうものは、慎重に行為されてしかるべきであった。それは誰が見ても分ることだ。何故かというと、父親となるべき夫の体液を母親となるべき妻の体内に入れるということであるからだ。――こういうことを作者は長々と語る。（これこそ意見ではないか）スターンは、意見をいう相手に読者をえらんで話しかける。読者はいやおうなしにききやくにさせられる。営みがある時にさしかかったとき、妻はこういった。

「あなた、時計のネジを巻き忘れていない？」

そして夫は挫折した。こういう不謹慎の態度のためにその結果、生れた息子は恵まれた理性ある普通の――たぶん紳士となるべき資格を得ることがかなわず、死ぬまでそうした憂きめを見た。なぜかというと、……小さな精子という生き物は、その中に人間を成立させている、あらゆるものがそなわっている。それがしかるべきトンネルを誘導されて、ある奥深いところへとみちびかれる。それは大事な大事な仕事で、何の骨折も必要ない、ものと思ってはいけない。その営みの延長の新たな営みは、眼に見えないから、といってないがしろにしたり、忘れてしまうべきではないのだ。それを、この夫婦は無視した、と同じ結果になった。

今いったようなことは、読者よ、まじめに受けとらなければいけない。お前はどうして知っているのか、もちろん父親が、息子の私をつくづくと眺めながら、タメイキマジリに打明けたのだ。それだけではない。二、三章あとの冒頭は、そのしょうことして、叔父トウビィもまた父親から真剣に述懐されたのであるから。このようにしてこの叔父は身体と心とをもった一カタマリの人間の一例として登場する。それからやがてこの息子の出産にかかわるところの産婆のことが、語られる。こんなふうに、いいわけをしたり、証明したり、別の人間が呼び出される。

さっき、どうして母が時計のネジのことを口にしたかというと、それは父親が律義な人物で時間の進行についての関心が度外れて強かったからである。ではそのことを、どうして母が口にしたかというと、母が父のそのことを忘れてはいなかったからである。だから、母が注意を促した。それがどうして父を憤慨させたのであろうか。このようにして一つの事件を告げるということになると、次から次へと人間を持ち出してこなければならない。もし人間を持ち出すということになると、十分に話してきかせるために、色々の意見に対してこたえることにして、話は先きへ進むことはできない。誰も意見をもつことを咎めることはできない。いくらか変人であるせいかもしれないが、だからといって普通の、平凡な人間である、ということには変りはない。それなら、この小説は、どうしてこんなぐあいに進みはじめたのであるのだろうか。

営みを行うために慎重にしなければいけない。その営みの中に没頭しつづけて終らないといけない。たいていの人は無事に、没頭し終ることであろう。しかし、そうとはいいきることはできないであろう。何事が妨害しないともかぎらない。だからといって時計のネジを巻き忘れてはいないか、というような問いをどうしてしむけるのだろう。その父の一種の悩ましさ、というものは……父は彼特有の意見をはじめるであろう。しかし、トリストラムが出来損いの人間として生れてきたというのは父親なのではない。そう語るのは、その出来損いの人物であるトリストラム（スターンともいえるようである）である。この出来損いのトリストラムは、出来損いといわれねばならぬ理由として、体液のもんだいを持ち出してきたのであった。たぶんそれこそは、出来損いの出来損いの理由で、それならその〈出来損い〉とは、果してどういうことを意味するのであろうか。たぶん、それは……彼が〈道楽馬〉であるからだ。では〈道楽馬〉とは何であるか。疲れ果てたノブオさんの読みまちがいでなければ、弄りまわる、〈道楽馬〉のせいで、道楽とは、絵や文章に興味をいだいたり、したがって自分自身もかいたりする、ということである。もちろん〈道楽〉というところに、何かもんだいを秘めているかもしれない……人間というものは、平凡なりに意見をもち、困ったことに、同じことのくりかえしになるが、意見をもつ人間というもののほかは何もない。前にもノブオさんがいったように人間はただ、人間というようなものではなくて、一つのカタマリである。これも前にもいったように肉体をもち、心をもち、意見をいったって、行為をしないわけではなくて、そのうえでの意見をもっていらっしゃるところのものである。ただし、〈道楽馬〉という人間が、それに似たことを思わないとはいえないが、〈体液〉なんていうものは、誰も持ち出してくるわけではない。くりかえすが、（たぶん、ノブオさんの思いちがいではない、と思うが）それはトリストラムその人である。

〈道楽馬〉は、そういうわけで、ピット閣下に向かって献辞をささげる。第一ページに出ているこの文章は、トリストラム・シャンディが、第二刷のときに、どうか微笑をうかべながらお読み下さい、そうして政務にお疲れの頭をおやすめ下さい、という趣旨になっている。

疲れたノブオさんが、かすむ眼を拡大鏡に近づけながら読んだ中でも——七、八ページほどしか読むことができなかった——何度、〈奥さま〉という呼び声がひびいてくることであろう。

「奥さま、いかように私めをお叱りになって下さってもかまいません、しかし、これから申しあげることだけはほんの気晴らしていどで宜しいですから耳を傾けるという幸福を私にあたえて下さい」

といういい方に次に来る意見がもんだいである。トリストラムは、何度くりかえすであろう。〈女性特有の……〉という言葉を。それはスタンダールがローマの公爵夫人に訴える恋文の中に出てくるような気がする。〈女性特有〉という言葉さえも恋文の中にないとはいえない。

スタンダールはローマの公爵夫人の心を我が物にすることはできない。〈恋愛論〉も、最初十五部とか五十部しか売れなかったそうであるが、『トリストラム・シャンディ』は発売されると忽ち好評を博し、やがてロンドンの社交界にも迎えられた。

佐伯彰一さんがずいぶん前に、老いて疲れた作家にこういった。

「小島さん、スターンは、おかしな男ですね。あれはヨーク州出身の人間ですね。あの田舎のせいですね。ぼくは富山の人間で、あなたは岐阜の人間ですね。どうも中部地方の人間は、いうにいえない田舎者ですね」

ノブオさんは、こんなに疲れる前に夫婦で、つまり十年ぐらい前に若いカップルに案内されてヨークにもちょっと立ち寄ったおぼえがある。城も見た。一風変ったホテルの様子もたしかにおぼえている。そのとき、『トリストラム・シャンディ』のことは忘れていた。スターンは、アイルランドの血をもっているということも、よく知らなかった。彼の説教集は『トリストラム・シャンディ』と似た趣きがある、ということが書いてある文章をこんど読んだ。

「紳士」というのは、〈出来損い〉のように見えるが、紳士でないとはいえない、という意味であろうか。「トリストラムは行儀悪い人間のように見えても礼儀正しい、とくにご婦人に対しては礼儀正しい人物です。トリストラムは、女性を上眼づかいに見上げたりする、恥しがり屋の男です」という意味か。説教集を読んでみたいものだ。

同じ時代のリチャードソンは、これまた牧師であったが、いや印刷工場をもっていたのかもしれない。彼は女性の手紙の代筆をしたか、女性のための書簡集を本にしていたようにきいている。説教というより、手紙を書く以前に、女性の生の声をきいたり、出来の悪い手紙を読んで書き直してやったり、それらの書簡を基にして書簡集をあんだりしているうちに、金持の家に雇われた女中の心の動きを書いた。ぜんたいが書簡で成り立っていたのか、あるいは、そこに屢〻出てくる書簡（父親にあてたりした?）で出来ていたのだったか、忘れてしまったが、いずれにしても、彼の小説のもとは、いまさっき書いたようなものだったようだ。

『トリストラム・シャンディ』のもとは、ひょっとしたら、説教から生れたのかもしれない。

『センチメンタル・ジャーニィ』のセンチメンタルというのは今つかわれているような意味ではなかったそうである。松村達雄さんは解説でこういっている。

「人間は単なる物質的機械と見なすような冷たい、理性的な、唯物主義的なものに対して、やさしいあたたかい情緒を強調したのであるが、しかし篇中今は亡き托鉢僧の墓のほとりで、また狂女マリアのかたわらなどで流すスターンの涙には、感傷性の過剰がみられ、『センチメンタル』の意味にも一脈相通ずるものがある。こうした感傷性が随所に点在するユーモアによって救われているところにもまたこの作品の独自な複雑さがみとめられるだろう」

11

ここで『トリストラム・シャンディ』の第一巻第十一章に、ある未亡人に産婆になる資格をとらせるのに骨を折った牧師ヨーリックが『ハムレット』に出てくるシャレコーベになった道化?と同じ名前であるということについて長々と語られる。氏素姓はオランダ系ではないかとせんさくするところもある。ヨーリック牧師は、ドン・キホーテのやせ馬、ロシナンテみたいな馬に乗って教区の人々をなぐさめたり激励したりしに出かける。これは、先だって今村昌平の、戦争直後であったが、急病患者が出ると下駄をはいて、着物〈浴衣〉のまま駈けて行く医者の映画があったが、今や疲れ果てそうになっている〈疲れのノブさ〉は思い出した。このヨーリックの死について、こう作者は書いている。〈ツカレのノブさ〉というぐあいに、老作家のことをこれからこう書くことになるかもしれない。〈ノブサ〉というのは老作家の故郷では〈サン〉の代りに〈サ〉と呼ぶからである。

「ヨーリックは今〇〇〇教区の自分が管理した墓地の片隅に眠っています。——その上には何の飾りもない平らな大理石の石がおいてありますが、これはその友ユージーニアスが、遺言執行人たちの許しを得て、墓碑銘と挽歌と二つの役目をかねて、次のような三語が彫ってあるだけです。

ああ、あわれ、ヨーリック

(『ハムレット』の第五幕一場の句)」

このあとまた十数行の文章がつづいたあと、原書においては活字の代りに二ページ分が黒く塗りつぶしてある。このような無責任ともいえる行状に対して、当時の読者はどういう反応を見せたのであろうか。

(どうして当時のロンドンの社交界の婦人たちを喜ばせたのであろうか——)

ついでに真黒に塗りつぶしたページのあとの第十三章は、こんなぐあいになっている。

「さて、この散漫激烈(傍点は老作家による)な作品の読者が、例の老婆とお別れになってから大分長くなりますし、この世の中にそういう人物がまだいるのだということをお忘れいただかないため……」

引用はこのくらいにして〈疲れのノブさ〉の話、つまり山口瞳さんにかかわり、国立にかかわり、当時都内から国立へタクシーで夜中に戻ってくると、運転手がいった。

「お客さん、山口瞳さんを知っていますか」

「そう、いくらか知っている」

「ここは、山口さんの街でしょう」

「よく知っていますね」

「ぼくは、『男性自身』を愛読しています。あそこにこの街のこと、街のひとのことが出てきますからね。スシ屋さんがあるのは、どのあたりになりますか」

「もう少し前の大学通りを走っているあいだにいってくれれば、ここから左へ入ると近道になるかもしれないといってあげるところだったがな。運転手さんも御存知かと思うが、この街は、たしかに碁盤の目のように、まっすぐに走っていて、今はどうか知らないが、昔の京都の街のように平行に走ってはいるけれど、平行線の一つは斜めになっているから、はじめての人には、見つけるのにむつかしいですよ」

国立駅のロータリーを駅に沿って半回転して、ほんの二、三十メートルぐらいそのまま進行方向に走りつづけると、信号がある。そこを早目に運転手に教えてＪＲの中央線のガードにさしかかる。

「このガードのことは、山口さんは書いていましたか」

「読んだことはあります。山口さんが書く以前からぼくらは、このガードのことは知っていて、評判です。だから山口さんが書いているのを見たとき、とてもなつかしく思ったものですよ。それはぼくだけではない。知っていることが書いてあるのを見るのは、また別のことですから」

「それで山口さんはどんなふうに書いていましたか」

「その前にお客さんは、これからどっちの方に向うのですか」

「二つめの信号を右へ折れて坂をのぼって下さい」

「承知しました。お客さんのさっきの質問ですが、全くぼくら、同感ですよ。あんな広い

〈大学通り〉をやってきたあげく、あの低くてせまいガードでしょう。中央線の中でも、こんなヒドイガードは珍らしいですよ。しかし、山口さんは、なるべくしんぼうした方がいい。国立の人だってしんぼうしているのだから。三・五メートルの低いこのガードを改造しようとしたら、駅ぜんたいの構造を変えることになる。たぶん高架になるだろう。そうなると国立駅そのものを変えることにもなる。いったいあの駅は昭和二年に一ツ橋から商科大学を誘致したときに出来たもので、玩具のような、というかもしれないが、今ではJR中央線ぜんたいのシンボルみたいなもので、東京駅のそうであるように、これもそう

だ。国立駅は、教養のある人なら、どこかで見たことがあると思うだろう。あっこれは中世のイタリヤのロマネスクふうの教会に似ている。いたるところにあるがたとえばアッシジの教会堂などを思いおこす。あのささやかな駅の形、日がな一日乗降客を見守っているあの建物は、近頃どこにも出現して日本人のいやらしいところをさらけ出している、それこそ玩具のようなラブ・ホテルなどとくらべてみるといい。ぼくはいつか山梨県でホテル・サン・マルコという名を見たとき、高崎あたりで、ホテル・ビクトリア、ホテル・フィレンツェなどという代物を見たときとか碓氷峠で中華大使館という名のラーメン店を見たときのおどろきを忘れることはできない」

以上でそのときのタクシーの運転手からきくことのできた話はそれだけであるが、だいたい作家の家に近づくにつれて話が切れてしまうのは、山口さんの話題にするには、縄張りちがいで、たとえいうに値することはあるにしても、一種のつつしみを重んじて触れるのを避けているのであろう。ガードをこえてしばらくすると、もうそこは厳密にいうと国立市ではなくて国分寺市となる。〈ツカレのノブさ〉が住んでいる、度々もんだいにする家は、国分寺市に属しているのであって、国立市ではない。

老作家の想像では、大学誘致と共に忽然と国立市を成立させようとしたときに、国分寺町――当時は町という名さえついていなかったのかもしれない――と立川市だけで、商科大学のキャンパスのある一帯の地域は谷保町――たぶん谷保村――があるだけにすぎなかったのであろう。

国分寺市光町というもんだいの誇り高き欠陥住宅のある地名は、もともとは、北多摩郡国分寺町（?）榎戸新田五七八番地という呼名であった。その頃は、榎戸新田に隣り合せに平兵ヱ新田と戸倉新田があり、文字通り畠または山林であった。榎戸新田といったときには、字《あざ》榎戸新田といったぐあいで、町名はついていなかった。ほかの新田も同様である。ふいに字榎戸新田はたぶん榎戸町となったか、あるいはただの榎戸となり、何か忘れ物をしたように思っているうちに、大変化が起った。榎戸と平兵ヱは光町となった。住民の反対運動があるのかもしれないと思ったが、それ以上の音沙汰がなかったところをみると、考えこんでいるだけであったと思われる。もし、当時すでに国立に住んでいたと思われる山口さんが、国立ではなくて、国分寺に住んでいてくれたら、反対の声がきこえてきたかもしれない。小宮豊隆の『夏目漱石』によると、漱石の母方の祖母は榎戸新田の出身であるということである。五日市街道に榎戸という地名があるが、それとどういう関係があるかわからない。記憶によれば、榎戸新田というところ、とあったような気がする。たしか八代将軍吉宗の頃に羽村から多摩川の水を引いた、ようであった。上水道は、津田塾大学の南を流れていて、これは小金井から三鷹の方へと流れている。榎戸新田も平兵ヱ新田も、この上水道のおかげをこうむっていたと思われる。どうして新田の上に榎戸という名がついていたのであろうか。漱石の祖母は、孫の金之助とつながるまでどのような経由があったのであろうか。

榎戸新田以上に平兵ヱ新田という名称は面白さをもっている。平兵ヱ新田に、鉄道技術研究所があった。新幹線にひかり号という名がついたときに、そこから光町という町名が浮んだのだろう、といつしか思われるようになった。現在この研究所は、光町二丁目にある。今ではおそらく何分の一かの人は、この町名の住民が光町という町名をよろこんでいると思うかもしれない。たとえそうであるとして、ムリからぬことだ。〈新田〉のおもかげは今では殆んどなくなったといっていいからだ。

アイコさんは昨日も、

「これはずいぶん広いお屋敷ね」

と、いった。

「大きいわけですよ、あの鉄道技術研究所だもの」

「ああ、そうか。平兵ヱ新田というのは、どこだったたっけ」

この新田の名を脳が残していたとはおどろきであった。平兵ヱ新田は今や技術研究所あるいは、その所員のアパートそのものとなっている。

国立駅には北口というものはなかった。あの国立駅のシンボルでもある、傾斜の急な三角形の屋根をもった建物の裏側に当る部分は、北口とは無関係である。国立駅北口に改札口が出来た。時間になると、何の飾りもない北口に技術所員の姿があらわれた。次第に所員の数も増えたが、あまり目立たなくなったのは、アパートの住人が彼らを吸収しはじめたからであったと思う。北口の駅に沿った通りだけが、国立市で、北二丁目と呼ばれている。いずれふれることになるかもしれない駅の北口に次々と空を占領しはじめた集合住宅群は、Oさんという昔からの大地主のものである。Oさんはきくところによると、国立駅が出来るとき、その地所を提供したという。

12

駅のプラットフォームから、何かの拍子にふりかえると、線路ぎわから北口全体にわたって丘がつづき、雑木林やら松林のかげにボツボツ家が建っており、その中に不安定な家が見える。それは〈ノブサとアイコ〉が住んでおり、ひよわな二階の屋根も、一階のベランダも、たしかにハッキリと見える。危険を見こしてベランダに手すりをつけることにしたので、それは至れり尽せりをこれ見よがしに主張しているかのようである。ほんとうはベランダも、そう知っているから、ベランダといえるが、そうでなければ、家ぜんたいが作りかけか、これからこわすのを待っているとも見える。とても投げやりで、すべてにわたって無責任である。そう思えるのは、前にも書かれたことであり、度々くりかえされてきたことである。ヨシズがいっぱいに覆っているからである。じっさいは家が建ってから十数年にもなるが、決して見捨てられたのではない。フォームから見ていて彼は、やるべきことは、すべてやっている、と心の中で叫んでいる。彼はいよいよ、ある発見に向って進もうとしているのだ。ベランダは手をかえ品を変え何度修理されたものかしれない。前にもいったようにあるときはヨシズを二階の窓に背景としてベランダに欠陥がないような顔をして写真の被写体になって微笑してみせた。そのときは、修理にまだ希望をもっていた。微笑は体裁をつくろってみせているのでも自嘲でもなかった。持主の自分だけが責任をとるということは当然とは思ってはいなかった。といっても、設計士や工事にかかわった人たちに責任があると思っているのでもない。前にもいったように階下の北側のはめこみのガラス戸に暴風雨が叩きつけると、先回部屋の中に水がしみ出してくるということを書いたときも同じことだ。持主が責任をとるのは、そこに住んでいるからだ。水がしみ出せば、雑巾をもってきて拭きつづけなければならない。そういうことをするのは、そこに住んでいるからだ。なぜあのように、しみこませないために木を組み合せ、水をくいとめようとしたのであるのか。たとえ効果がなかったにせよ、それだけでも十分ではないか。家庭生活でも、そんなことはよく起ることだ。ベランダに屋根をかぶせるか、北側には雨よけのために広いヒサシをつけるか、樹木を植えるか、そうしたことをすればすむとしても、何故、そうしたことを実行したくないのか。二階の北面をのぞいて九〇パーセントがしめっきりガラス窓でおおわれているのは、冷房の設備をとりつけるからである。しめきっていることなんかは、いくらも方法はある。テントを張ってもよいし、西側には落葉樹を植えてもよい。決してしめきることがいけないというわけではない。

持主はひとり、いいきかせるように小さい声で自分に向ってつぶやくだろう。

「どうして窓をあけることを考慮の中に入れなかっただろう？」

なぜ自分にいいきかせるよう呟くのだろう。自分が設計士本人であるように。

読者はふりかえってこうおっしゃるだろう。

「そのうち、アルミサッシというものができたでしょう。あれは建築ぜんたいに及ぼすところの革命的事件であった！」

アルミサッシは持主本人が発明するわけではなかったから、予想もしなかった。

以上のことは、もうくりかえしのグチになるのに、なぜそうするのか。死んだ妻のキヨさんは、これに類することを、夫のノブオさんにくりかえし申し立て、そうしてとつぜん、大工を連れてきてあらたな工事を開始したのであろうか。彼女が彼といっしょになって、新しい家の建築にふみきったのは、同じことをくりかえそうとしただけだったのだろうか。いったい何をしたら、家というものは救われるのであろうか。そしてキヨさんが他界して半年ちょっとして、アイコサンが一年前に出来たばかりの家にくるようになって、キヨさんの延長を引き受けることになりかかったとは。

前にもいったように十年ちょっとたってからも、少しも家は立ち直らなかった。というより、家の持主は立ち直るすべを発見できずにいた。

その頃だと思う。アイコさんは、その頃、アタマの中に何があったか分らぬが、車に乗って西国分寺から少し南に寄ったふきんの府中街道を逍遥していた。これはたいへん不正確ないい方で、こう書いている〈疲レのノブさ〉もよく分らない。もちろん彼女自身もよく分らなかった。

その頃、軽井沢町の字浅間山という、地図でいうと、ずっとずっと浅間山の頂上に向って近いところに、藤石学者村と称する、失笑を買うかもしれない国有林の中の一劃に山荘のための地所を買った。買わねばならないハメになった。これもまた国立（正確には、国分寺町あるいは国分寺市）のもんだいの住家の場合とどこか似ていた。つまり、多少は新天地が開かれるかもしれない、ぐらいのことは思っていたかもしれない。

アイコさんは雨漏りのする国立の家の中で、これだけは、うなずくことのできる、〈アイランド形式〉の台所で何十人かの料理教室を開いてきていた。おそらくその形式の台所がなかったら、彼女は、その教室に踏み切ることはなかったと思われる。

国立駅のプラットフォームから、何かヒヨワナかんじは見えている、ヨシズを身体いっぱいに着て、当時もういたかどうか知らないがホームレスのようなかんじのする自宅を見て、あり余るほどの欠陥の中から、ヨシズをはねのけて弁護をしそうになるのは、何故だろうか。アイランド形式のこともある、それから北側の池のこともある。池に足をつけて立っている、ヘンにどっしりとしたレンガの塀のこともある。それから家の外はもちろんのこと、家の中にも林立する軽鉄骨の柱のこともある。そのヒヨワさのかげにある一種の堅実さは、どういったらいいだろう。ぶつかることを承知で立っている林はひょっとしたら、樹木のイメージさえかんじさせるものであったのだろうか。何度もいうが合板の壁面やドアを補うためにとりつけられた、あの有名な新橋駅そば、堀商会（？）という店の、何か小型の日本銀行を思わせるような建物の中で売っている頑丈なハンドルや錠は何を意味するのだろう。

なぜこのさい弁護するのだろう。あの頃のほとんどの小説も美術も建築も、いま長々とくりかえしたことは、似たところがある。

何故、何度めかの入院から帰宅したキヨさんがどうして、あんなことを口走ったのであろう。

「あなたはえらい人よ。ほんとにえらい立派なことをしたわよ」

たぶん、彼女は佐賀弁でそういったら、もっと感じが出るというつもりで、そういったのであろう。

何がえらいのか。

何がりっぱなことか。

家が建ってから半年たった頃だから、欠陥のことは何も知らなかったことだと思う。たとえ欠陥がほの見えたり、既にあらわれたりしていたとしても、彼女は気がつくことはな

かったであろうし、

「そんなこと、あなただったら何とかしてみせるわよね」

ぐらいいったかもしれない。

何ということか。彼女は身体を求めていたのだ。

どうしたら、あのことも、このことも、男は女を満ち足りた思いにさせることが可能か。あるいは、反対に女は男を満ち足りた思いにさせ得るか。箇条がきにしたようなことを、一つ一つこなして行くようなことができるか。一つこなしたことによって次のものがまたあらわれるのか。

アイコさんはどうしてそういう気になったのか、府中街道から左へ、つまり東の方の道を入った。車に乗っていたから、ほどほどの大きさの道である。その道は坂になっている。思うに下りになっていた。二十メートルも行ったとき右手の道より、もう下ったところに一軒の四つの屋根にかこまれた家を見つけた。

その平屋の右半分をかくすようにレンガの塀が立っていた。それは池の中に裾を沈ませているというようでもないし、そのレンガも、念入りに焼いたものでもない。その塀の奥には、あとで分ったことだが、たぶん暖房用の器械室があった。あるいは冷房用もかねていたかもしれない。

彼女はその家のドアを叩いた。塀は別としてその家とそっくりの家が、藤石学者村に彼女が建てることにした家だ。いまや〈疲れのノブさ〉は、そのあと、元来溌剌のアイコさんに連れられて、見た。その家は今いったように、学者村の、コジマ夫妻の家そのものといってもいいものであり、暖冷房を別にすれば、そうである。リビング・ルームの真中に、吹き抜けといってもいいと思うが、屋根裏の三角形の頂点から太い丸太棒が降りてきている。その柱はほんとうの支柱ではない。階段をのぼってたった一つある屋根裏の部屋にあがると、気を抜くと天井で頭を打ちつける。そこは、西国分寺の方の家では主人の部屋であり、設計の仕事をするのである。学者村の家では、そこが妻君の部屋である。どちらの家にせよ、階段の踊り場に当る廊下から見下すと、そこに立っていようが、テーブルについていようが、坐り机についていようが、舞台の役者がドラマの一コマを演じているようにも見える。もし上から見下していることに気がつけば、誰にせよ、文字通り忽ち演技を開始しないともかぎらぬ。家の中にもツイタテがある。どちらの家もそうである。その向うにはキッチンがある。そしてツイタテはカラマツ材を用いた。（これは学者村の方のことである）

その家の設計は、若い夫人の卒業制作である。といっても、その建築科の女の先生も、そうした吹き抜けの柱が立っているのは好きで、その流儀といっていい、という話である。障子とガラス窓と雨戸がある。その家の欠点といっていいかどうか分らないが、冷蔵庫の音も、洗濯機の音もすべてのキッチンでの音は家中にひびきわたる。それはあたかも、国立の家のキッチンでの音が、ダクトを通って二階へ運ばれるのと同様である。

その学者村の家は、アイコさんが料理教室でかせいだ金をあてたもので、彼女の名義となっている。

細長いテーブルがある。橋桁のようなものが二脚あって、その上にテーブルをのせる。いずれもかなり重たいものである。四角い机があり、それも重たい。実に重たい。それを運ぶときは二人がかりでもケガをしそうになる。その食卓には何脚かの椅子が必要である。慣れたからそう思っているにすぎないのかもしれないが背もたれのない、四角い椅子が五脚ある。軽いように見えるけれども、見たほど軽いものではない。

国立の家には、中野の家から運んできた、大きめゆったりとした籐のツルが土台となり枠になった二種類の椅子がある。もともと花模様であった。それで十年以上そのままの花模様のままであった。いってみれば、まあ古典的な、いくらか色香のあせたと見る人がいるかもしれない風情であったのでそれらをやはり籐のツルの枠にガラス板がはめられているテーブル、サイド・テーブルなどがある、その花模様を芥子色布地に変えた。皮革製のような大したものではないが、それがかえってよい、ともいう人がいるかもしれない。籐のツルの枠はすべて、うす黄色のものから濃褐色に塗りかえた。その家具屋は、国立の家へ当然やってきたことがあるにちがいない。家具屋の工場は、国立南口の線路沿いの道を立川寄りに三十メートルぐらい行ったところにあった気がする。かすかに家の中の様子もおぼえている。

その家の年輩の主人が、さっきいった学者村の五脚の椅子の腰の乗る台の模様替えをしたら使えるのではないか、とすすめた。どうして学者村の家の食卓のことがよく分っていたのであろう。アイコさんが教えたのであろうか。模様替えは、黒一色にしてくれた。その材料は何といったらいいのか、よく分らない。毛織のものかしら、それとも……学者村へ着くと先ず設営は、裏返しにしたその五脚の椅子をリビング・ルームに一つ一つ運び、それから橋桁を運び、その次にテーブルを運ぶ。

その五脚の単純な椅子は、もともと山口瞳さんの家にあったものだそうで、彼が新しい家を建てるに当って不用となったものである。

13

大庭みな子さんから夜、電話がかかった。

「『国立』は読みました。私も国立へおじゃましたとき、窓から西の方に山なみが続いていたことを、よくおぼえています。大山から始まって丹沢まできて、山なみに切れめがあるところに甲府行きの中央線が走っているということを教えてもらいました。もっともトシの受け売りです。トシの話では、小島さんは、厚木方面から山越えをして相模湖の方へ降りてくる山径があって、そこを奥さまがどうしても通りたい、とおっしゃっていると、いうことでしたが、それを実行できなかった、とのことでした。トシはこのことも思い出していて地図を取り出して昨日、説明してくれました」

「ぼくはそんなことしゃべったなんて、忘れていたが、冬は通行禁止になっているので、やめたのではないでしょうか」

首相官邸の園遊会のあと、津田塾あたりへ行ってみたいから、ついでにおじゃましていいですか、というので、電車で、国立駅までやってきた。途中、両夫妻は何の話をかわしていたか、思い出せない。北口に集合住宅は一つ出来ていて、丘陵というにはおとなしいたたずまいだが、大学通りを南へ下る方面を除いては、ぐるっと取りまいた形になっていることに改めて気づいた。東に見える丘は、南へ続いて甲州街道をわたってさらに南へと続くと、仙川という京王線の駅があり、安部公房の家があった。安部の家も崖の上にあるので、もしそのあたりから崖に乗ったまま西北の方にしんぼう強く歩いてきて（そのとき、やはり甲州街道をわたることになるが）中央線をわたって間もなく、先月号から口にしはじめたコジマ・ノブさの家に出合うことになるであろう。山口瞳の家にぶつかるのはムリかもしれないが、たぶん、駒田信二の家をかすめて行くようになるであろう。山口さんの家には未だに行っていないが、国立駅のあたりの低いところからのぼりにさしかかりながら、左右の家をのぞいているうちに、駒田信二の家の標札に出合って、思わず足をとめた。山口瞳が他界してから数年になり、駒田も山口の少し前に他界していた。駒田の家は、傾斜地なりに建っていて安心感が持てる。坂路はノブさの家と同様に北側についているが、舗装を施してあり、路の両側の細い溝にはフタがあり、隙間があったり、デコボコがあって足もとに気をつけないと怪我をするというようなことはあり得ないと思われた。私の記憶では、あの坂をのぼりつめたところを道が複雑にわかれていて不意に自転車はともかく自動車が現われると、よけようがなく危険であり、たしか曲り角の、もう一つ高いところにある家から、犬が監視していて、顔を合わしても合わさぬとも、あるいはなだめようとする前に吠え声をあげて、通行人に対してというより、主人が外へ散歩に連れて行かないのを訴える相手に通行人を選んでいるようにさえ見えたようだと思ったおぼえがある。いずれにしても、仙川方面から横に歩くことができたとしてその坂に達するまでに「たまらん坂」というのがある。それよりも、さっきもその名を出した甲州街道であるが、急に坂を下りはじめるのは、「つつじケ丘」と呼ばれるあたりだと思う。

ついでに「ノブさ」の家に近づきつつあるとき、駒田家近くの「たまらん坂」をわたり中央線をわたってくるとき、一つの大きい坂にさしかかる。これは白亜の大ぶりの建物で、今は「朝日生命寮」であるが、もとは「大分県寮」であった。蟹の横ばいを続けると「みふじ幼稚園」に至る。以前は一棟を大学受験生寮にしていたので、附近に何本もある坂道は、曜日によっては夕方になると、気合いとともにいっせいに頂上まで一気に駈けのぼる若者の姿が見られた。もう「ノブさ」の家はすぐそこである。じっさいはそこまで来てからが問題なのであるが、いまは、仙川の安部公房の家と、問題の私の家とが地層からすると地続きであり、西に向って崖をなしているということをいっただけである。

前にも国立駅のプラットフォームに立って、大ざっぱにいって北口の方向の右手の崖を見ると、私の家があることが分るといった。これで見当をつければ、ほぼ私の家に辿りつくことができる。私たち夫婦は、プラットフォームに立って大庭夫妻に、教えた。十年前あたりから、この方法は無意味となった。もし津田塾大学の方向を知りたければ、それさえも教えることは簡単である。何故かというとプラットフォームから横一線に欅並木が並んだ五日市街道がのぞめるから、東の方、つまり右手の方に視線を動かして行けば、大よそのキャンパスの見当がつかぬというわけでもないから。

五日市街道は、あきらかに私の家との地続きの丘の上にあり、並木の欅の丈が高いせいなのか、ふしぎにまるで台地に丸裸になったように見える。これも前にもいったように、玉川上水は、まちがいなく津田塾大学のキャンパスの南側を流れている。私たち夫婦は、津田塾のありかも、フォームの上から教えたようなおぼえがある。しかし、それは当時でもムリであったかもしれない。

「どうせ、すぐ近くですから。それに正門のある府中街道は、小金井街道と共に、このあたりでは、五日市街道や、青梅街道を横切る重要な街道ですから」

と、私はいった。

私の記憶では、季節は秋でもあったような気がする。でなければ、大庭みな子さんがいったような山なみはほとんど見えないからである。もしその季節であれば、大山から丹沢山系まで辿ってきたあと、その手前に見える「聖蹟桜ケ丘」を教えたいし、それから高尾山はともかくとして、そのすぐ北の小仏峠を名ざしした可能性がある。その峠が県境であって、そこを昔の甲州街道は通り抜けていた。その北に重信とか景信とかいう（何度おぼえてもすぐ忘れてしまう名前の）山があり、正月にはそこの南面の山小屋の芝生には、人々はたむろし、そこから高尾に向うか、藤野に向うか二手に分れる。たぶん、こんなことまで大庭さん夫妻に語りはしなかったと思うが、何かの拍子についしゃべっていたかもしれない。その理由の一つは、山を降りてきてコンクリートの立派な通りに出たとき、ひょいと跳びはねるようにして舗装路に立ったときの面白さを思い出したかもしれないからである。小仏峠に降りてから、奥高尾に入り、そこから高尾山のケーブル降車口に向うか、相模湖に急降下するかに分れる。

藤野へ向って歩いて行く……その途中の谷川べりに旅館がある。そのようなことは、大庭さん夫妻に語ったはずは万に一つもないであろう。何故なら、そこでの色々のことは、微に入り細に入り話すことは出来るが、それというのも、それは朝食後の今では「ツカレのノブさ」がアイコさんに語ってきかせる、節のないナニワ節というか、漫才というか、そうしたふざけた話の材料の一つであるからである。毎日のように話しても、

「アラ、その話はじめてだわ」

とか、

「さまざまのことがあったのね」

という述懐を引き出す材料である。

「私の母はどうした？」

そこでノブさは、度量がないため何度でも動揺しないわけには行かず、

「ずいぶん前に亡くなっているのだからね」

「どうりで。会ったように思ったのは夢の中でのことなのね」

「四十七年前になるのだけれど、生きている母親に会ったのは、いいことかもしれないね」

ずっと奥に平らかな大菩薩峠があり、その北に三頭山がある。さだかでないが、御岳山の奥と思われる大岳があり、そのあとは、何も見えない。鉄道技術研究所がかくしてしまっているからである。

何というさまざまな思い出であろう。思い出というより、話の種であろう。若い小説家は、こういった。

「記憶というものは、同じ材料に対する思い込みの深さの分だけのもので、それ以外のものは記憶ではない。ただの記憶というものは、記憶ではない。それは一年間しかもたな

い。記憶になるかならぬかは、そのあとのことである」

大庭みな子さんは、病む以前から、津田塾の寮生活のことを楽しげに何度も書いている。

「私は優等生ではなかった。しかし寮の私の部屋には、みんなあつまった。私たちはみんなそれぞれ王朝時代の人物であった」

たぶん彼女たちであったと思う。病んでからのものに度々、彼女たちが彼女の病床にあつまってくる。少しも時間がたっていない。彼女たちはそれから学校のうたをうたって帰って行く。彼女の新潟県の新発田高等女学校の同級生もあつまってきたかもしれない。彼女の短篇に出てくる女性たちが時間がたつと、それぞれ物語の人物となる。男の作家には、おそらく書くことができないのは何故であろう。どこにおいても彼女たちの中心であった彼女はおそらく当時から物語をつむぎ出す蚕の役をした。彼女があどけない顔をした何ものかに対してかしれないけどアコガレの眼をして、微笑を浮べ、それも、もっともっととせがむように待ちかまえているとき、まわりの女性たちは自分たちをこえてしまった。

「小島さん、私はずいぶん教えていただきました。ほんとにどれだけ教えていただいたかもしれません。人によっては、私が盗んだと、とる人もいるかもしれないけど、私は教えていただいたのです」

「何を教えたというのか」

たとえば「暮坂」のような作品のことについていうのであろうか。たとえば、夢の中でトシさんの妻であるナコさんが何人かの男といっしょに寝ていて、たとえば梅原猛に向って、

「私はこういうことを続けなくて、トシオのような夫ひとりのことを考えているだけの方をとるべきでしょうか」

「ぼくはその方がいいと思いますよ」

と、問われた人物は答える。

くりかえし夢の中ではないが、ほとんど夢の中でのように〈なぜかというとナコさんは病んでいないとはいえない状態であるのだから〉、あなたの夫は〈グズ〉でぼくにピストルを向けるということを決してしないよ。こういうようなことをめぐる男と女の情愛（？）といっていいようなものは、みな子さんは、あの書き方では、型にはまっていると思っているのだろうか。

私とトシとが知り合ったのは、私が十八、彼が十九のときです。最近、こういうような文章を見た。夫妻は、アイコさんが運転する車で大学の正門前までくると、

「もうすこし先きの小川町のカドまでやって下さらない」

心当りの店が見つからなかったのだろうか。夫妻のささやきは、どんなことであった

か、忘れてしまった。そのときもよくはきこえなかったかもしれない。

「もし、歩いてごらんになるのでしたら、そのあいだ私たちは、この周辺をまわってみますから、遠慮なく、おっしゃって下さい」

十九と十八、二十と十九、二十一と二十、二十二と二十一、二十三と二十二の頃の何かを探していたと思われる。

なまなかのことでは満足しない彼女は、なまなかのことでは動じることのない現在とそれほど変ることのなかった二十年ほど前、出かけてきたのであろうか。

病んでからも、一向に衰えることのない気力をもって口述したのだと思う。

「トシは料理人である。もともと料理人の素質をもっている彼は、このところ、いよいよ、天下晴れて料理人となり、ナコを肥らせ、殺そうとしている」

「トシとナコは仲よく風呂につかっている。彼は今やデクノボウになったナコが溺れないように支えている。とても仲よしに見える。復讐しようとしているのかもしれないが、用心ぶかさを増した彼は、ユトリをもちはじめたことだけは確かだ。ナコは、長年世話をかけてやったのだから、このくらいは仕方がないと思うことがある。しかし、ほんとうにありがたがっていると思ったら大まちがいだ。彼も経験上ナコが、そんな生易しい、スナオな女ではないくらい心得ている。しかし、支えられ浮んでいるのは、決して悪い気分ではない。二人で化しあっているだけだといわせないように心がけているが、じっさいは、はかないものだ。何故かといって、ナコは小説家であるから、口述筆記をさせながら、といっても昔のような、ただの口述筆記ではないのでナコが吹きこんでおいたものを、ナコの前ではなく、ひとりでいるときに文字にする。だからナコは、小説家として十分な想像力を見せてやることができる。

こんなことにおどろいたり、参ったりする彼ではない。もうずいぶん以前のことになるがトシはオレは今日から会社づとめは止めることにして、ナコのマネジャーになる。もう二重生活に疲れたから、これからは、お前をかせがせ、世間の評判をとるように、オレのかくれた能力を見せてやる。もうこれからはナコを怠けさせておかないぞ。こうしてオレは当分——といって、いつまでのことか分らないが——奉仕する。というより奉仕という仕事をはじめる。だからもう、これからは、お前の部屋をのぞいたりすることもあるかもしれないけれど、以前のように文句はいわせないぞ。遊ばせておくわけには行かない。その代り、いろいろと蔭の力になってみせる。必要とあれば、資料だって、いくらでも集めるぞ。オレは今、計画中のプランを教えてやる。たとえば、津田梅子伝というのは、どうだ。家にきた編集者が仄かしていたが、オレ自身もかねてから考えていたことだから、いってみればオレのプランと合致したわけで、実は、資料を集めつつある。

マネジャーが、車椅子に乗せての運搬人にもなった。介護人にもなったといってよいし、料理人にもなった。オレは多忙である。だから当分は、文字通りナコのために尽す。

これはお前にもいわない内緒だが、オレ自身小説家になるかもしれない」

14

大庭みな子さんからの夜の電話──千葉県の浦安から国立へ

（大庭）こんどの芥川賞の堀江という人の小説お読みになりましたか。

（小島）いいえ、まだ読んでいません。

（大庭）あれはなかなかいいですよ。

（小島）そうですか。近いうちに読みます。

（大庭）あれは小島さんに似ています。早くお読みなさい。だって、この人は、小島さんのお弟子さんでしょう。だって岐阜県の出身で、それに明治大学の、小島さんが教えていらっしゃった、理工学部の先生でしょう。

（小島）こういう人がフランス語の先生になってきたということはしばらく前から風の便りにきいています。それにたいへんみんなに好かれているということも知っています。男でも女でも好かれる人がいるらしいことは何となく心得ていますが、人物のことなのか、作品のことなのか、まったく見当がつきません。それに〈お弟子さん〉という歯の浮くようなものはぼくにはいません。第一面識もなくてどうして弟子なんでしょう。

このあと、みな子さんは不満そうで、それに義務が一つふえたので気が重くなった。ぼくは眼がたいへんに不自由であるからだ。しかし、ずっと前、二、三十年ぐらいほども前か分らないが、ぼくの国立の家と、横浜の六ツ川という山の上の斎藤義重さん――この人は世に出る前、浦安に住んでいた。まだ文字通り漁師の街をうろついて、土地の人に怪しまれていたそうである。二、三週間前に他界された。九十七歳である。みな子さんはそれこそ二十年ほど前に荏原学園の女性の校長さんに呼ばれて講演をした。そのあと小島信夫という人に会うとよいことを教わるにちがいないといわれたそうで、ぼくは校長さんと食事をしたことがあり、ぼくは何の話をしたのか全然おぼえていないが、たいへん失望をあたえた。そこの学園にTSAという二年制の美術学校ができたとき、義重さんは校長になった。この学校のことなど、いずれ語ることがあると思う――の家と同時に大修繕をし、そのあと桂ユキさんの家を建て直した山口喜弘さんといまいったユキさんとぼくら夫婦が西伊豆の別荘に泊った。この土地をモデルにした連作作品集がみな子さんにはある――この小説集は推理ふうのケッサクで、さいごに女主人公がホトケさまのような顔をして眠っているところがかかれている――その夜、東京の女流文学者会、会長の河野多恵子さんからみな子さんに電話がかかった。話は女流文学者会を英語でどういったら正しいか、きいてきたとき、ぼくは気安く、

「女流文学者会なんてものを作らなくても、男女いっしょになったらいいのに」とつい口をすべらせた。するとみな子さんのダンナさんに、

「それは必要があるから出来た会でしょう。女流文学者会はぜったい必要です」

といっておこられた。トシオさんはイタリヤ料理と思うがトマトと貝の入ったものをこさえている最中で、そのあと何か笑うことがあり、酒か水かが呼吸器に入りこみ、せきこんで死ぬかと思った。これくらい恥かしい思いをしたことはなかった。

15

〔四月三十日、明治大学駿河台本校の三十八階の高層ビルの二十三階にある、何とかいう催し物をする会場での、堀江敏幸氏の芥川賞受賞を祝う会における老いて疲れたコジマ・ノブオさんの講演〕

堀江さんが芥川賞になった夜おそく名古屋のある新聞社から電話がかかってきて、もう一人の人といっしょに堀江さんが芥川賞になりました。御存知ですかというので、いま初めて知った。知らせて下さってどうもありがとう、とこたえた。この人は岐阜県としては、先生が芥川賞になられて以来四十六年になります。それでお祝いのコメントを願います。そのくらいになるかもしれないが、めでたいといっても、ぼくが貰ったわけではないので、知ったことではない、ともいえるが、何はともあれ、ほんとうによかった。岐阜県にとってめでたいということはどうでもいいことだけれど、とこたえました。

するとしばらくして岐阜の新聞からまた電話が入ったので、堀江さんの話か、というと、そうです。もう御存知ですか、とその人は高橋という、以前からよく知っている記者なので、もうさっき名古屋の方から電話があったよ、というと名古屋よりは少しくわしい内容になっていました。

多治見出身で、今は明治大学理工学部の先生だそうで、ここは、以前先生が在職しておられたところだそうですね。この堀江敏幸という人は小説家として将来有望な人ですか、というので、それはきみ、ぼくが云々するよりも、有望と思う人もいたから受賞したと思うよ。しかし反対の委員もいたという話ですが、そのことについてはコメント下さい、といった。昔から、新しい小説というものは、半々に意見が分れるものだといわれていたような気がします。何しろぼくは何も読んでいないので、今夜のところは、これ以上はムリです。しかし、評判として、好感をもたれる人であるとはかねてからきいている。それはどういうイミですか。と高橋くんはきいた。そのイミはぼくも知らないが、皆から、男からも女からも好かれるというのは、珍らしいことだと思うけど。その男とか女とかいうのは一般の人のことですか、それとも編集者のことですか。それが高橋くんぼくもよく分らない。きみもベテラン新聞記者だから、そこのところを、よく確かめていつか岐阜へ行ったときぼくに教えてください。ところで先生、ぼくは先生の「国立」を読んでいます。先生は岐阜のことは省いてしまわれたので、ぼくらたいへん残念がっていますが、「国立」

の中にも岐阜のことも混ぜて書いてあるので、ホッとしたのです。あれは、これから何回ぐらい続くのですか。それは高橋くん、ぼく本人にも分らない。しかし、いつか、この連載の中でか、どうかは分らない。だからみんなにあんまり悲観したり楽観したりしないようにいっといて下さい。この堀江さんのこともやがて「岐阜」のなかの重要人物として入れるおつもりですか。今キミにいわれて我に返ったぐらいで、さすが高橋くんは新聞記者だね。そこで一つカンタンに堀江さんにコメント下さい。「とても喜んでいる」といっておいて下さい。

そのあと、もう一度巻き返しに出て、先生自身堀江さんにこれからお会いになる機会はありますか。それは全く分らない。それでは最後にもう一つ、堀江さんは、大物ですか、小物ですか。先生の想像でよろしいのですが。受賞作にもまだ目を通していないのだから、何ともいえない。

先生は、岐阜のにんげんをナメてはいけない、と前におっしゃったことがありますが、もし、そうとするならば、堀江さんもまた、用心しなくてはいけないということになりますか。もう、そのくらいにしてくれないか。いずれにせよまた岐阜へ行ったときまでに色々と分ってくると思うよ。

そのあと、もう一度、高橋くんは巻き返してきたのです。堀江さんというのは、顔色の白い人でしょうね。どうしてきみはそう思うのですか。多治見というのは、何といっても西濃とくらべれば北になり、山ぐにといってもいいところがあるのですから、そういうことになるのではないでしょうか。そりゃ、高橋くん、もう少しのしんぼうだよ、何もかも判明するときがくるよ。

以上のようなぐあいでその夜のことは終りました。

16

いよいよぼくは「熊の敷石」のページをあけ、一つタメイキをつくことを、自分自身に許すことにしました。この許すという行為は、近頃ぼくは楽しみになってきました。タメイキをつくとたいていのことは認めてもよいという気になり、今いったようにめったにない楽しみをおぼえ、たぶんしあわせにもなり、日頃の堪えがたいような思いも、思いすごしにすぎない、と思い、いつも、自分が度量において欠けているところがあると、おとしめそうになるのでありますが、自分もそれほどではないのだ、と思うようになりました。それから、岐阜の新聞記者の高橋くんの顔がうかんで、やがて、それも消えさって、活字につきあい始めました。

あなたがたもそうだったと思いますが、忽ち、ぼくは熊が一列になって林の中を駈けて行くところ、我を忘れ、おとぎばなし、とか夢の中だと、そのほかもろもろの思いが浮んでくるなんてことがなく、ぼくもまたその熊の列をカタズをのんで見つめ、ただそのまま次の行へと進んでいました。もうぼくは上手にそのときの気分を皆さんに語ることはやめにしたいと思います。

ぼくは朝食をここにいるぼくの奥さんといっしょに作り、その間彼女がどうしてかテーブルの椅子に向うむきに腰をかけ、うつむき加減になって、何ごとかをはねのけ、一つの好ましいところに進むというのではなくて戻れたら戻ろう、としているのを見て、これは失敗した。まちがえた。彼女のペースに乗ろうとするのは必ずしもよいことではないが、夫であるこのぼくが立ち入りすぎるだけならよいが、アセッたりめんどくさがったりしていて、決して予定どおりに楽しませてはいないということを後悔しました。それから何とか、彼女がキッチンの中へ近よってくることになり、よかったと思い返しました。（コジマ・ノブオは、講演で、こういうことは何もしゃべってはいなかった。そこを跳びこえていたのに、この文章においてはよけいなことを書いてしまったというのは、とんでもないことである）

食卓について食事が始まり、彼女は、

「静かだねえ」

といった。

「全く人は一人もいないねえ」

テスリの上をいつものように鳩が二羽追いかけたり、また離れたりしている。見てごらんなさいともいわないで眺めている。

「ここはほんとによいところだなあ。こんなところはたぶん、どこにもないか、めったにないかだろうなあ。どうしてこんなよいところを見つけたの。それは幸運なことで、私もこのうえなくしあわせだわ。

母親は生きているかしら。夢の中で会ったような気がする。あなたの両親は生きている？」

「生きてはいないが、生きていてもいいような気がする。それはあんまり昔のことだから、ずっと生きていても少しもおかしくはないよ」

次第次第に夫婦二人がここにいるということの大体が見えてきそうになる。食事が終ってから、クスリをのみ、一時間ぐらい話をする。いつも同じ話で、それをくりかえし、そのうち笑うことが多くなる。笑い話のポイントがきまっていて、とうとう、この夫婦はどこで知り合ったか、というところに戻ってくる。

「どうして私が下北沢のアパートにいたの？」

「それはアイコさんが青山通りの富士山不動産につとめていて湯河原の温泉つきの五十坪の土地を買わされて、そこに家を建てて寮母か何かになろうというつもりになっていた。一間《ま》の小屋で風呂は申しわけについていた」

「一間ということはないわよ。ぜったいにそんなことはしないわよ」

「アパートには三浦さんもいた。ぼくは妻を亡くして二ヵ月めに、仕事をしなければならないので、集中するために三浦さんにこの家へきてもらって、ぼくは三浦さんの部屋にやってきて、きみに出会ったのだよ」

「それまで私とあなたはいっしょに暮したことあるの？」

「それまでは、ぼくは亡くなった妻と、この家にいた。入退院をくりかえしていたので、この家が出来てじっさいに彼女が住んだのは二、三ヵ月ぐらいだった」

「奥さんは可哀想だったね。どんなにつらくて情けなかったことだろう。その前あなたはどこにいたの？　『浅森さんてこういう人だったんですか』といったのはあなただったの？」

「そこが問題なのだよ。ぼくはあなたと同じアパートに一週間ほどいたけれど、あなたのセナカしか見ていなかったのだから。ホラ、ぼくは同じ二階のトイレに浅森アイコさんの後ろを通ってすうっと歩いて行って、すうっと部屋に戻って行ったのだから」

　そこのところでアイコさんは笑う。

たぶん日常行事、のこのあと、「熊の敷石」のことを彼女に話したと思う。だから、これからあとが、祝う会の講演の部分になる。

　熊が林の中を一列になって走って行く、と思っていると、いつのまにか熊のセナカの上に乗っかっている。熊のセナカの毛は黒くて荒くて汗がにじんでいる。これから自分はどうなるのであろう。何とかしなくてはならない。つまりこういうことが一ページ半、最初のページはイラストが入っているから半ページですから、実質一ページ分書いてある。ぼくは読んだあとだったから、細かく話したと思う。そこまでぼくはやめて、あとはゆっくり読みつづけようとした。それで、そこまでを今いったように語った。それだけであったけれども、読んだ印象に近かったと思う。それにしても、彼女はぼくが昂奮しながらしゃべったので、それが乗りうつったのかもしれない。

彼女はこういった。

「それは面白いわ。とても面白いわ。そういう小説読んだことも見たこともないわ。とても……」

何といったらいいか、ぼくは思うに、正確でチミツに書いてあり、そうしなければならないから、そうした文章にかいている。ぼくは自分でも、誰もそういう文章は書いた人がないとゼッタイに思っている。何故か知らないが、ぼくはある一つのことにこだわっているからかもしれない。作者はそういおうとしていてほかのことは何もいう必要も考える必要もない、というふうである。ぼくはそういうことを口にして再現したいともそれほど思ったこともないし、出来るとも思ってはいない。ここにいるぼくの奥さんは、分ったと思う。

それから一日おいて、その続きを読んだ。すると熊の一列に走っているのも、熊のセナカに乗っていたのも、夢の中の出来事であって、「私」は丸木小屋であったかどうかおぼえていないが、そういうものの一部であるドアをあけて外へ出た。すると前方に三角形になった湾が見える。三角形の湾というのは、どこの地方にあっても差しつかえはないが、どうも、とくべつのところのように思える。すると、それはノルマンジーの海岸である、というふうに書かれてある。虫歯が痛んでいる、というふうになっている。

17

夢の中に出てきて、あれほどの濃密ないわくありげな物語は、そのあとが続いて書かれているとみんな思うかもしれない。しかし夢の中であるというのだから、どんなにいわくありげに書かれてあっても、それはそれだけのことに過ぎないのであろう。とはいっても小説の中に出てくるのだから、尻きれとんぼに終りそうになるとしても、何かどこかでひびき合うことになるのかもしれない。熊は「私」をのせて汗をかいているというのは、ずっと印象は残っていないというわけには行かない。くりかえすが、それっきりあとに出てくるというわけではないのは、ぼくら読者の見る夢の場合だって同様である。ときどき「私」だって思い起すかもしれない。この小説の「私」もたぶんそうであったと思うが、ぼくの記憶では、そういうことさえ書かれてはいなかったと思う。熊のことは、ぼくの記憶では、歩いていると芝草（?）が、まるで熊のセナカの毛のようであるというところ一箇所。そのあと両眼の見えない子供が抱いている熊のヌイグルミの眼の部分にバッテンがぬいつけてあるというところ一箇所。それからラ・フォンテーヌによる寓話の中に「熊の敷石」というのがあったことに気づき、その寓話のある辞典をしらべるところがある。この寓話は一度読んだら忘れられないような話である。何かと世話をしてやったオジイサン（ニコニコしているところだったのかしら）めがけて敷石を手にとって投げつけるという話である。熊が出てくるのは、これだけである。どういったらいいか分らないが、このような出現は、ぼくにとっては悦びであった。こういうことをやってみせるこの若い作者を、心にくいと思った。

読者は誰も、作者が企らんだものとは思わないであろう。あるいは、思いたくない、といってもよいであろう。あの一列になって眼下を走って行く熊たち。いつのまにか自分が熊のセナカに乗っている「私」の話。もちろんそのようにチミツに濃密に書かれたことがらは、あとあと不意に責任のようにして出現する熊にかかわることがらと、どんなかんけいにあるのか、そんなことは、「私」とどんなつながりがあるのか、分らない。

それなら読者であるぼくが悦んだり、心にくく思ったのは、どういうことであろう。作者の悦んでいることが察せられるからであろう。

ストーリイといってよいかどうか分らないが、その悦びにはさだかでないともいえるが、物語があるともいえる。作者はそれ以外に、今のぼくには物語というものはない。その物語は、さっきぼくがあげたトビ石伝いの熊のあいだを埋めるようにして一つ一つの物語めいたものがある。それらは、たいへんにチミツにえがかれていて、物語というより物語の中にバラまかれているだけのようにさえ見える。といっても、その中に宝石のようなものがひそんでいて、タワイのないものといってもよい。どうも作者は、それをゲームといいたがっているみたいである。

年寄りの読者のぼくを、たいへん悦ばせてくれる。ぼくはこれ以上いうのを止めにしたいと思います。もしこんなふうに渡り歩いていると、まあこの小説の三分の二ぐらいはしゃべらなければなるまいと思う。

ぼくの悦びの正体を語ることは止めにします。ぼくはここにおいでになる近藤正毅さんを通じて、今までに出たものをぼくに送ってくれるように頼んだところ、評論、『郊外へ』など送られてきました。ぼくは『郊外へ』を読んだことがあるような記憶があるような気がするがさだかでないのと、大庭みな子さんに小島さんによく似ている、だってお弟子さんでしょう、あなたが先生をしていた学部の方でしょうといわれおどろいたこともあって、いくらか読み方がちがってきていたのだろうか。とにかく、ぼくは「熊の敷石」の方は、出だしのところをここにいる妻に話してみせて、彼女もたいへん喜んでくれたのですが、そのあと、そのままになっていたので、『郊外へ』の中の「首のない木馬」という短かいものを朝飯のあとクスリをのむ前の時間に話してみせました。彼女は今はぼくがしゃべったこともおぼえていないが、またあらためてしゃべってはじめてしゃべるようにやってみたいと思いまして、今ここでみなさんにしゃべるようにしゃべってみました。

『郊外へ』は、こんど出た軽装版の〈あとがき〉によると、この本は旅行案内記の棚に入れられたりしている。電話がかかってきて、「堀江さんが案内しているパリ郊外のレストランのくわしい地図を教えて下さい」といわれるようなことがありますが、ここに書かれたのはフィクションです。これは私の小説です、といったりしてきました。これはもう堀江さんの名を知っているほどの人なら誰でも心得ていることで、心得ているもいないも、何も知らなかったのは、ぼくぐらいのものです。そして何度もいうようですが、このぼくが堀江さんのことを心得ていたのは、ぼくが以前つとめていた学校につとめているフランス語の先生であることと、誰にも好感をもたれているということ（どうしてこのごろは、こういういい方が流行するのでしょう）、ナメてかかると、ひどい目にあうというくらいのことで、それも岐阜県の出身であるという理由もあってのことで、当てにならぬことでした。

ぼくに送られてきた『郊外へ』の中に紙がはさんであったので、それから読むことにした。これを読んでぼくは何かしらたいへん悦ばしく思い、その思いは、きっと私の妻もまた気に入って笑ったり、

「それはスゴイ」

と小娘のように叫ぶかもしれないと思い、そのことはどこから推しても、よいことであるというので、ぼくはこのごろ、自分でもふしぎなほど、身ぶり手マネを織りまぜ、声色を変えてしゃべる、ということをするようになり、その発声の方法はたった一つであるのに、どうしてか、相手がこちらの顔を見ないようにと、横を向いてしまうというぐあいであることに楽しみをおぼえるようになっているので、その昔、そうですね、十年ほど前、ある芸術家の会の会員となったので、もっともらしい顔をして夫婦ぐるみで坐っているときに、河野多恵子さんが、ぼくらに向ってこういいました。

「奥さん、小島さんという人は、家庭では面白い人でしょう」

といわれると妻のアイコさんは、全く意味が分らず、ぼくもまた、

「河野さん、それはとんだ思いちがいですよ」

と、いおうとしたことがありましたが、今はぼくは面白いにんげんになってしまい、

「私のアタマも相当なものですね。全くダメでもないようね」

といったりして笑うことが多くなりました。

ぼくがこんなことをいっても、たぶんアイコさんは分っていると思います。彼女はぼくの説明してみせることがほんとうに面白くて、仕方がない、というのは事実だと信じています。

18

「首のない木馬」というのは、こんなふうにはじまるのですよ。

「ぼくはパリというところは、こんなに寒いところだと思わなかった。ぼくの鼓膜までが冷たくて冷たくて、コマクが冷たくてどうしようもないということは、それまで経験したことがなかった。ほんとうに寒いということは、コマクが寒くてふるえることをいうのだった。あのときアラビヤ人から首まきを買ったが、こんなもの、ハンカチほどの役にも立たなかった」

「それは大した発見ね。たしかにコマクというものは、寒さの度合いをためすためにあることなのだわ。私も前にそんな経験をした記憶がある。私もマフラー代りと思って買った品物がハンカチの役にも立たなかったことに気づいたことがあるわよ」

「そのあと、ぼくはこうだということになっている。その寒さにもかかわらず、ぼくが昂揚していたのは、このところ私がかかっていたホンヤクの仕事がようやく終って何がしかの金が入り、あと半年は滞在することができることになったからであった、といっている。『寒さにかかわらず』というあとのところは、実に分り易い理由ではありませんか、アイコさん」

とぼくはいった。

「考えると、アイコさん、この青年は、自分をいとおしんでいる、とは思わないか。そのこだわりが少しも不快でないね。この人はホンヤクだとか、どこやらの語学の講師などの仕事を賃仕事と呼んでいるのだそうだ。それも耳のコマクと同様、実に気持よくいとおしんでいるではありませんか。『郊外へ』というタイトルですから、この『私』はパリから郊外へ向って歩き出したのであろう。私の記憶では『私』はある古本屋に立ち寄った。そこで一冊の絵本を手に取りました。その本のタイトルが『首のない木馬』という。ぼくはその木馬のことがどんなふうに書かれていたかおぼえていないが、郊外の汽車の駅の保線区が出てきます。ぼくらが子供の頃にはそんなものが近所にあったことぐらいはおぼえているが、そのあたりで少年たちが探険をするなんてことはしなかったが絵本にはそんなことがあり、彼は郷里の駅の保線区で探険を試みたことを思い出す。そのときになるとたぶん寒さというものはこんなものだということも忘れてしまっていたと思いますね。というより、そのときには、いっそう気持が昂揚して、自然の現象なんてものはそもそも物の数ではないということであったかもしれませんね」

「どうして木馬に首がなくなったのかしら。そういうことは書いてないの」

「ひょっとしたら、首のない木馬のことは彼はふれてないのかもしれない」

「それは書いてないはずはないわ。首がなければもう木馬ではないものね。でも私はその木馬、たしかに見たことがある」

「少年時代の探険から我に返った彼は歩きはじめて行きつけのレストランにやってくる。もうそのときには、絵本のことも、子供の時分の保線区の探険のこともぼくらは忘れていたような気がする。彼はそのレストランが気に入っている。なぜ気に入っているかというと、主人は彼と話すときには、彼にも通じるようなフランス語を使ってくれる。彼は食事をとるためにやって来たと思えるが、どんなものを食べたか、ひょっとしたら食べにきたのではなかったのかもしれない。とりあえず話をしたり見廻したり、主人の客と応待ぶりを見るためが目的だったかもしれない。いや彼は何か食べたのであろうと思いますよ。主人が皿を洗いはじめた。それを見ていた彼は、その主人の気に入っているのは、その皿の洗い方だといっている。それは誰もマネができない。絶品だというのですね。しかし、彼は、こんなふうにいうようになっています。

『ねえ、ぼくに手伝わせて下さい。皿を洗うことにかけては、ぼくも相当なものです。こう見えてもぼくはずいぶんアルバイトをしてきて誰にもヒケをとらないと思ってきているのです。ぜひぼくにやらせて下さい』

『いや、いいよ。手伝ってもらわなくともいいよ。これはこっちの仕事だからな』

『それは分っていますが、どうかぼくにやらせて下さい』

『客にやらせるわけには行かない』

『ぼくは調理場に入って皿を洗いたいし、ぼくが洗うところを見てもらいたいのです。ぼくはあなたの腕をよく認めています。速度もそれでいて念入りでもあることを知っています。手順の見事さと仕上りの良さは一致するのです』

どうしてそんなことをすらすらと土地の言葉でしゃべったか知らないが、喰い下る、ところが書いてありますね。それにしても、皿洗いの達人というものが、どういうものであるか、ということはよく分らないですね、ぼくは、アイコさん」

とぼくは妻にいう前に彼女は笑いつづけた。

「くりかえし、くりかえし、ねだるところは、ほんとうに面白い人ね」

「そのあと彼はひとりごとをいうのですが、どういったと思いますか」そこで今では、老作家というのではなくて、お疲れのノブさなどと自分のことを呼ぶことにしているコジマさんは、小さい声でいわくありげにいった。あまり上手ではないが、そのときアイコさんは、いっそう大きな声をはり上げて笑った。それは脳の左側の〈第四十六野〉といわれている部分が、それまでに記憶されているものが新しい材料との格闘の中で次の〈第四十六野〉に注ぎこまれるという作用がまだゼロになってはいないという証拠のようでもあった。それはコジマさんが、〈悦び〉をおぼえた、きっと作者も悦び、それを読者もまた悦び、この世界の津々浦々になりひびいて行くもの、そのものかもしれなかった。

お疲れノブさは、よみがえったようにいった。

「ぼくは料理人になった方がよかったかもしれない」

老作家であるぼくは、自分のそうすることが悦びでもあるように、役者がするように食卓の上で大ゲサに〈ねだる〉ように迫ってみたり、アイコに迫っているも同然で、そのときの彼女の笑いに勢いづいて我が身をふり返るように、郊外へ歩きはじめたときの青年の寒さとは、鼓膜にこんなにひびくものとは知らなかった、とかこつように呟やいてみせるしぐさをしてみせた。

「やがて主人が店閉いをし、テーブルに椅子をのせ、調理の手ぎわのよさや、皿を洗うときと同じような一連の流れに乗って床をふきはじめたのであった。この店のあと始末を終えたら、すべて終りを告げるのであるから、もはや彼の参加できることは何もなかった、というふうに進んで行き、そこで青年は地下へ降りて行き、何とかいうゲームにとりかかりますね」

老作家はしばらく〈お疲れノブさ〉から離れて、アイコさんに挑むように、文学賞受賞のお祝いのパーティの席に、祝いの花束をさげて立っている若い作者に向ってでもあるようにしゃべりつづけた。

そのパリ郊外のレストランの地下室に置いてあるゲーム台の名を告げる青年はおそらく読者は想像がつくかと思われるが、

「そういっては何だが、私はそのゲームはたいへん得意であった」

という。

どのくらい得意であるか、具体的なディテールが踊り出すように語られていたか、どうかはおぼえていない。その日は〈寒さ〉さえも昂揚を助長しているようであり、そのあとは、たぶん中央線と太多線とが交叉するTという停車場の保線区の探険からレストランの皿洗いから次々とゴキゲンの連続であった。もし皿洗いをさせてくれていたら、申し分がなかったかもしれないが、そうであったら、

「私は料理人になった方がよかったかもしれない」

という呟きにはめぐまれなかったでありましょうね。

地下室のゲームも、たぶん得意になることができたかもしれない料理人の夢もゲームの一つであり、保線区での探険もそうでないとはいえないのですね。

ようやく終った飜訳に類する仕事もまた、青年自身にしかできない、得意の部分を見つけだし、ほとんどゲームといってもよい。そうでなかったら、あと半年滞在できる、というような云い方がこの青年にはできるであろうか。賃仕事かもしれないが、賃仕事といってみせるということは、何ごとにもぼくには賃仕事以上のものを見出すことができる。もし賃仕事というものに過ぎないとしたら、賃仕事に代ることをギセイにしているという思いをかちとることはできる。

アイコさんにそうしたように、今ぼくはここに集った皆さんにおしゃべりをしています。

青年はたいへん得意なそのゲームの遊びの成績にどのように満足したかは書かれてはなかったような気がする。青年は一階へ戻ってくると、外へ出て歩き出す。そこで彼はまた古本屋の店先きで料理の小冊子を見つける。いわゆる料理の本ではなく、家庭雑誌の附録の小冊子ですね。

青年はどういう料理に興味をもってページに目を注いでいたのでしょうか。彼はとつぜん腹を立てた。

「あっおれに命令をしているのか。おれはケンイというものが大きらいだ!」

ここでもぼくは、アイコさんを悦ばせようとして、青年のおどろきをいいあらわすために「あっ」と叫んでみたまま、しばらく間をおいて「おれに命令しているのか」といった。はじめは彼女に何の反応も見られなかった。すると三度めくらいで、彼女は微笑をうかべ、そのうち気持よく笑い出した。

「あなたの小説に似ているわ。青年はほんとうにそういったのだろうか。皿を洗わせてくれ、とほんとうにいったのかしら。この人は天才よ。ほんとうにそのゲームが得意だとつぶやいたのかしら。この人は天才よ。あなたしか出来ないことをもっとうまくシャレてやるとしたら、大したものよ」

これは冗談だと思ってきき流して下さい。

19

十五、六年ほど前にぼくら夫婦は、中央高速でぼくの郷里の岐阜へ行くために七時頃国立の家を出発しました。何しに郷里へ行ったかという理由はあるにはあったのですが、ほんとうの理由は何も分りません。私は自分にいいきかせました。

平野徹さんの便りに、「今私は立つ訓練をしている」、と書いてあり、大分ぐあいが悪いということは知ってはいたが、病名もハッキリきいてはいず、その数年前から、人生の考え方について、きいたことのないようなことが書き記した印刷物が送りつづけられてきていたので、ときどき感想文を書いて送ったが、よく理解できたということばかりでないのは、当り前であるというふうに考えていました。平野徹さんは、何年か前まで中日新聞の編集者をしていて、平野謙さんの弟さんで、いずれも、ぼくと旧制岐阜中学の同窓で、徹さんは三つ四つ年下でありました。立つ訓練をしているというのは、筋肉のもんだいというより精神というか気持のそれで、訴えるというより、ぼくを叱咤しているように見えました。彼は五年ほど前に亡くなった兄の謙さんをいたく敬愛していて、謙さん同様、郷里の岐阜市や各務原市をなつかしんでいるというよりは恵那とか土岐などをあこがれていたと思います。ぼくは堀江さんのことを理工学部の先生がたからきく度に、堀江さんの郷里である多治見のことを思い浮べていました。そうして、平野謙さんが生きていたら面白いだろう、というふうに思いました。謙さんは、明治大学の文学部の国文科の先生で、しかもさっきもいった如く自分の郷里ではなく、恵那とか土岐をあこがれていました。私は恵那で生をうけ、恵那で育ったというのが口ぐせであったときいています。

ぼくの兵隊仲間は、岐阜県ぜんたいにまたがっており、とくに恵那郡の出身の人が多く、実をいうと、ぼく自身が恵那郡とか土岐郡とかそれからいいおとしたが、飛騨の高山というと、心がおどるのですね。ぼくはどこかに書いたかも知れませんが、高山出身の白川さんという化学者とか、その親戚だという高橋尚子だとかの話をきいていると、ああ岐阜県だな、と思います。

「そうすると、白川先生の最初の発見の場合は助手の人が、先生の指示を一ケタまちがえたことがなければ実現できず、二度めのアメリカでの発見は、同じ実験仲間の先生の助手が、これまた何か指示をまちがえて装置を爆破（？）してしまったときに偶然出現したということですが、そうすると失敗がうみ出したということですね」

「そういえば、なるほど、そういうことになりますね」

そのとき白川さんはいうことがあるのだけれど、とっさにうまくいえず、あとは、これからの研究者というものの心がけについては、

「ひたすらしんぼう強くつづけることしかありません」

といったあと、だったか前だったかでしたが、

「しかし、ぼくはプラスチックの研究だけをやっていたわけではなく、こんなことになるまでは植物、もともとは蝶々の研究をしていました」

高橋尚子は、

「二十七キロからとつぜん抜け出したのは、予定の行動でしたか」

に対し、

「それまでトコトコとやってきていたのですが、身体の方でさあ行けというものですから、走り出したので、自然のことです」

トコトコというのは、別に取り立てていうほどのことはないのですが、何かしら郷里のコトバの様子がうかがえるのであります。

ぼくは堀江さんがパリ郊外のことや、東京でもそれに似たような路面電車が走りめぐっていたり、運河がめぐっている岸べのところなどとかいう場所にひかれているという話をつたえきいているのですが、岐阜県のある地域のものを身につけておいでになるのではないか、と思って、どんなふうにそれが現われているか、人づき合いの中に、きっと何か地域的特徴が見られるにちがいないと思ってきました。そうしたら、次々と送って下さり、わざわざ郷里を偲ばせる描写がある作品をあげたり、付箋をつけたりして下さり、あまりハッキリとは出ていない（というか出さない）というか、あるネライに合うところにそうようにしてある、といったにおいのする文章も書いて下さり、ぼくが「首のない木馬」だけに付箋がつけてある、と思いちがえて、自分が注文したことさえ忘れて、この作品が気に入っているのだ、というつもりかと思っていて、そのつもりで読みました。ぼくは「首のない木馬」というタイトルがなかなかよいと思い、同じことは「熊の敷石」にもいえるかと思いました。ぼくは堀江さんが一部だけ抜き出し、そのまわりのスペースを残した結果になるのが、とても宜しいと感心します。

堀江さんがケンイ的になったりいわゆる流行的になっていたことのない文学者から引き出すところに感心するのですが、信用のできるのは、ただこれだけである、というところにあなたが焦点をあつめるのは見事であると思います。ぼくは急いでいくつかを拾い読みしました。現段階で読んだのは、二作のみであります。

20

ぼくら夫婦は、その頃まだ元気で、岐阜へ平野徹さんを見舞に国立を出発しました。岡谷、伊那附近の天龍川沿いに走り、右側に木曾駒があらわれミゾレが降ってくる中を走り、次第々々に意味あることのために走っていると考えはじめました。私は戦争直後、岐阜師範の教師をしていたとき一人の詩人にめぐりあい、その生徒は中津川出身で、ぼくは、彼のことを甲田なにがし、と呼んで批評をし、岐阜柳ケ瀬の自由書房で出ていたタブロイド判の青年ジャーナルにのせました。

こうしてぼくらは、多治見に十一時半頃に入り、ある目的を果すべく街中を走りまわりました。だだっ広い大通りのこれまた当時としては大きなクスリ屋で、信濃屋といううどん屋をきいてみたところ、ほぼ分りました。ぼくらは、特別、うどんとかソバに執心しているわけではないが、多治見の停車場の裏（？）に当るところの、堀江さんの保線区ともいうべきものにも近いあたりにあるうどん屋をさがし当てることができました。

老夫妻がやっている、その店のうどんは絶品で是非試食するようにといわれたのです。教えてくれたその男自身が父親からソバ打ちの免許皆伝の墨付をもらっているという大男で、暮にはきまって、八王子から陣馬高原へ行く途中の下恩方に住む染色家で、とくにねらい打ちをするつもりでいたのではないが、探し当てるのにちょっと骨が折れたので、四時間半というものは、そのうどん屋にこそ、というつもりに自然になっていたのです。

信濃屋は古ぼけた小屋というかんじの建物であったのですが、今や、大事な目的地であると思ってきました。私ども夫婦は、その頃、まだ元気で、そんなことをいう資格はないのですが、まだまだ人生を甘く見ているというと、ぼくは満足です。

「今日は」

とぼくはノレンをくぐりガラス障子をあけ、あとから妻は入りました。その頃は妻であって、アイコさんなどと呼ぶ必要はない有様でした。店の中の右手にはテーブルに老人といってもすべてが男性であるといってよいと思います。

左の方には、小さいノレンがあったかどうか忘れましたがうどんを出し入れする窓から老いた男が顔をのぞかせ、その背後に、私ども夫婦と同様くっついているようでした。

「はじめてのものですが、評判をきいて、遠くからやってきて、只今到着したところです。うどんを御馳走して下さいませんか」

「お気の毒ですが、もうおしまいです」

「おしまいといっても、まだ十二時きっかりではありませんか」柱時計を見上げてぼくはいった。

先客はみんな笑いはじめました。何故笑ったのかよく分ります。

「それがちょうど今おしまいになったところですがな。わっしらは、老夫婦ですので、こねるのに骨ですぐおしまいになるのですわ。足もとに気をつけて下さい」

いわれるままに足もとを見ると、白っぽい埃をかぶった床があちらこちら割れていて、もしのぞく気になれば土どころかネズミまで見えるというふうでした。

「お客さんどこからお出でになりましたか」

ぼくはそういう場合には、今ほどではないが、涙もろくなってくるのでこういうときに、どうして泣けてくるのか、よく分らないのです。

「それが東京からきたのです。七時に出発したのです」

それはたぶん、ほとんど意味のないことは承知していたがいいました。

「ラーメンならありますで」

「せっかくだが、ラーメンがいくらおいしくても、ぼくら夫婦はうどんを食べさせてもらいに来ているのです」

ぼくらは仕方がないので、主人夫婦と先客に頭を下げて外へ出た。ほんとうにふかくにも涙が溢れてきた。妻を見るとぼくほどではないのはふしぎなことであった。彼女こそうどん、うどんと何度も口にしていたし、ドライバーは彼女であった。

ぼくらは民芸ふうの、むしろありふれた店に入り、半ばヤケクソになっていたので、どんなスバラシイ内容のある店に出会っても、もう無意味でありました。

ぼくは、岐阜市の詩人の平光善久に電話をかけた。彼はぼくらが岐阜へくることは承知していた。

彼はぼくの『美濃』の小説の主人公である。

「先生、トオルさんは今朝ほど亡くなりました。今夜が通夜です」

「そうですか、もう亡くなりましたか」

そこでぼくはここでも涙が出てきた。そのほんとうの理由は分らなかったといった方がよい。

21

二、三日前ぼくら夫婦、つまり、お疲れのノブさとアイコさんは自動車で山荘にやってきました。アイコさんがドライバーではなくて、娘とムコの二人に運ばれているのです。娘は助手席にムコはドライバーです。編集者の方は電話口で、「ずいぶんにぎやかですね」といってくれました。

22

国立駅の北口をやってくると、「光マーケット」と呼ばれている商店街があります。私ども老夫婦がひんぱんに買物をするようになった店があります。その中で、私たちが坂を降りてきて北口大通りを右にまがったところにある一劃には、豆腐屋、乾物屋、肉屋などがあり、これらは入りこんで並んでおり、路地を作っています。その路地に裏口を見せている店は表通りに店を張っているわけで、当然路地に裏口を見せています。ソバ屋と魚を扱っている食堂が、それです。

「光マーケット」はもちろん商店は何軒もあり、あと、八百屋さんやラーメン屋さんなどもあります。ラーメン屋さんも一軒というわけではなく、ソバ屋さんも何軒もあります。しかし、私は食べるために必要な店屋さんを屢々訪れることになっておるのに、七月に入ってから一度も顔を見せずじまいのまま二十日には山荘にきてしまい、そのことが気がかりになっているのです。私どもが山荘にきていることは、色々の事情で想像がつくはずだから、「ああ、山荘へ行っているのだな」と思ってくれているにちがいない、と考えています。しかし、それにしても、出発前にあいさつに来なかったのかと思ったり、どちらかが入院しているのだろうか、と噂をしているのではないかと気に病んでいるのです。現に七月に入ってから二十日までは、国分寺市光町一ノ六ノ十一の坂の上の家に住んでいたのでそのあいだは、ムスメが一緒にくらしており、食べて生きてきたのです。

肉屋さんへこの三月に何度めかに買い出しに老夫婦が二人で行ったとき、アイコさんは店頭で、

「ここは軽井沢？」

といった。すると主人は、

「奥さまは、よほど軽井沢が好きなんですね」

と笑いながらいった。たぶん、涼しさからの連想なのだろう。そうでもいってくれる人と話をすることができるから、〈お店〉へやってきたのであったのだろう。〈スーパー〉では、他人のいる前で口にしたとしても、何の反応もないのだから。一応目標をきめて歩いてきたということがよいことである。そんなぐあいによいことが、沢山彼女のまわりにあつまってくる。そのことは望ましい。そういう彼女とそこに一緒にいることは、とてもよいことである。それは辛い、悲しいことでないとはいえないけれども、たいへんに健康なことである。ウヤムヤにしておくことは何故か分らぬがよいことではない。

しかし、同じ肉屋さんで、老いたノブオさんは、ガラスのケースの手前から話しかけた。考えてみたら、あのケースというのはよく出来た涙の出るほど工夫の勝った代物である。

「ずいぶん沢山切るのですね」

「オヤ、先生は、心配して下さる」

といった。それはスバラシイ反応の言葉である。あけてもくれても客と応対している主人は、さすがである。〈先生〉は、どうしてそんなことをきいたのであろうか。ずっと後になって気がついた。カッターは、ほとんど機械的に動くようにして、たぶんトンカツの材料である肉がきれいに切られている。そのとき、どうして、それでは多すぎると思ったのであろうか。もし主人がとっさに返答をしたように心配していたとしたら、実に失礼なことである。そのまま眺めていると、切身は体裁よく重ね合わせられたまま、ニュームの皿の上に並べられ、〈先生〉の眼の前のケースの中におさめられた。季節のことは忘れてはいるが、ケースの中味全体が冷してあったのであろう。ケースに置かれた皿を見ると、決してその切身の分量を多すぎるどころか、まだまだ切られてもよかったと思えた。そうしてみると、カッターの切味のよさだけを見て、「そんなに切るんですか」といったのであろうか。

肉屋さんの主人は野球帽のようなものをかぶっている。おかみさんは白いターバンのような帽子をかぶり、二人ともそう決して広いとはいえないが、そうかといって手狭なともいえない空間を、一刻も休むことなく動きまわっている。分担の仕事が異なるようにその作業場所も定まっていて侵害することがないということが分る。主人は大きな冷蔵庫はおかみさんに触れさせることは許さない、聖なる場所と思っているように見える。さっきふれたカッターをはじめ二、三の器具がおいてあってそのあいだを、順序よく動いて、その度にその器具をなだめて文句をいわせないかのように心がけている、と思われる。一刻も休む暇もないほど次から次へと仕事があるのは、どうしてか分らない。休むことが一刻もないというようにするコツは、どこにあるかといえば、適当に仕事を残して置くということかもしれない。白い帽子のほかに白い手術着のようなものを着ている彼らは医者と看護婦のようにも見えるが、さっきもいったように居場所もきまっていて、彼女は、コロッケやカツレツや春巻きのようなものを揚げるための油の鍋の周辺にいる。十一時と四時の二回、鍋に点火するので、その時間に客がきても注文に応じるわけには行かない。冬には寒い路地に佇んで、ある時間は待たねばならない。それでもその定められた時刻に来てしまうことがあると、となりの乾物屋に寄ったり豆腐屋に寄ったり、あるいは、本通りへ出て、コンビニの前を通って駅の方へ向い、八百屋まで行くことにすることになるであろう。

肉屋の野菜サラダはいつのあいだに作るのであろうか。いつかケースの上に置いてある

ヒモでしめつけた小型のハムを買ったとき、

「お店の作品であるこのハムを下さい」

　というと、それは問屋から買ってきたものだ、ということであった。サラダはその仕事場での作品であるのか、それとも自宅でこさえて運んでくるのであろうか。肉屋さんの一階は冷蔵庫と作業場とガラスのケースと鍋とで占められているようにも見えるが、二階は夫婦の住居につかわれていないのであろうか。

　というのは、老夫婦の家の前の六十五段ある階段を、おかみさんが朝降りて行くのを見たことがあるからである。階段の下には下水管が走り、老夫婦の家の下水もそこを下ってやがて南口の大学通りの大下水管に流れこんで、想像するに多摩川べりの下水処理場へ行くはずである。彼女はその階段がいつの頃出来たか知っており、そうして老夫婦が二十年前に、家の北側の池を埋めてしまいフェンスの向う側に無念そうにありきたりの庭とまでも行かない、申しわけていどの植込を作り、誰にすすめられたか知れないが、かつて奥多摩の川原にころがっていたと思われるが今では自分の庭に余っている青味がかった石が立った姿勢で一箇だけ据えてあるところなどを横眼で見ながら降りて行ったに相違ない。ヴェランダを屋根で覆いつくすのに、池を埋めたのと同じだけ時間がかかった。そういうことに関心がなくとも、石段と家とのあいだに生えている小判草が生いしげっているのも見て行った。その前に、これまたアプローチをへだてた元池で今は土でうまった部分に咲いている、どうもまがいといわれている、忘れた頃にピンク色の花をつけるシャクナゲのことも家の住人よりもよく知っている。シャクナゲの木は、植えられた当初は、よくおぼえていたのに、花がひらいてからでも、冷淡な扱いを受けている。そのこともひょっとしたら知っているかもしれない。今ではレンガ作りの塀のその一部が、不満そうに土の中にうまっているのは、当然である。そういうことも肉屋のおかみさんは知っているのであろう。さきほどの小判草の下は隣家の領分になっている。そこから下は、もともと石の階段を含めて私道であった。石段の出来たときから公道扱いになったと考えられるが、何かのカタチで私道扱いは残されていないとはいえない。なぜかというと、そのあたりの石段はもともと大谷石のりっぱな階段があり、そこまで来て、はじめて山径と思っていたのはまちがいで、階段になることもできたのだと、通行人は遠慮がちに通っていった。そのようなところが、今では、無味乾燥な石段となり、どういうわけか一段と巾の広いものとなっていて、六十五段の石段のバランスをこわしている。しかし、それも隣家のたっての希望であったとも受けとれるが、老いた人々は、そこで残りの石段を仰いで、早くも一服したくなるところでもある。肉屋のおかみさんは、出勤者みたいに店への道を辿りながらあるときは、草アジサイとか、やがては、キンモクセイの香りに立ち止りかけたりする。見るとビニールの袋をかぶせた中にきれいな文字で書いた厚手の白い紙がのぞいていて、ボールペンを走らせたとはいいながら、ただの手つきではない。「この枝を折るようなことはしないで下さい。可哀想ですから」それから一ヵ月もして一番下の階段から地面へ降りようとすると、ある草木に紙きれが結びつけてある。こんどはビニールの袋はかぶせてない。そこにこう書いてあるのが見える。「ここに勝手に植えないでください」これはどういうことであろう。〈公道〉になったといえ、この地所はあきらかにこの家の女主人が草木の管理をしていることは分っているのに、誰が何だって草木を植えようとするのであろう。国分寺市光町一丁目の、国立駅北口に近いこの地域に住んでいる人のなかには、男か女かは知らないが、そうしたワケのわからぬことをするものがいるというのであろう。そこで肉屋のおかみさんは、はやく店へ辿りつかないと、相棒の夫が待っている、と思い、それ以上考えないことにする。

たとえば、国立の南口には、青汁屋とか、合カギを作っている店などがあるとして、そこのおかみさんというか、レディというか、彼女たちは、それぞれ身についた止まらぬゼスチャーを見せる。青汁屋さんは、苦い顔をする男女に、じっと満足げに微笑をうかべている。

「このキャベツのようなものは、国分寺の市役所近くの畑に生えている、いかにも堅くて実質のありそうなキャベツとは全くちがうものでしょうか。そういうものとは全く異るものでしょうか」

「全くかどうかは分りませんが、出来る場所もこのへんではありませんから、それだけはまちがいありません。お客さんには分らなくとも、胃の方がちゃんと知っていますから、ご安心下さい」

「いや、もちろん信用していますけれど」

文句いわずにはやく苦い顔をしなさい！　といっているように微笑をくずさない。

金歯が相当沢山のぞいている合カギ屋のおかみさんあるいはレディは、カーテンのかげから現れると、客が信用できるかどうか見定めたうえ、ほんの一寸おなさけにニコリとしてみせたあと、さだめし高価ないかにも堅固な器具の前に立って、それからカギを受け取り少ししかめつらをする。慎重を要する仕事にとりかかるという合図である。カギの大きさに合わせて、店の中にある鉄片と見くらべなければならない。先ずその段階で少しも誤差がないことが望ましい。一人の女性が、自分の必死になっている顔やその表情や、姿勢、指先きを見せてしまわざるを得ないということはめったにあるものではない。すべての行動、しぐさ、表情にムダなどあるわけがなく、ギリギリのところのものである。たとえば工作器具をけんめいに取扱っている女性が前方から眺められるというようなことが、一般にあるのだろうか。あるとすれば曝すのは、舞台やスクリーンの女優などの場合にかぎる。しかし工作器具を前にしているということは、先ず皆無といってもいいだろう。

「ついでに、そこの、右から二列めのホールダーをちょうだいします」

「これですね」

日曜日だけかどうかは分らないが、カーテンから出てきて、夫と思われる人が立っている。合いカギを作ってもらうだけのことで、愛妻を見せつづけるわけには行かない！　といっているように見える。それなら、どうしてこうした仕事を妻がするようになったのであろうか。それを、たずねてみたいものだ。

国立か国分寺かどちらでもよいが、このような職業がほかにあるかどうか、考えてみたい。彼女と彼は、どうして、この土地へやってきたのであろう。そもそも、いずこの出身なのだろうか。ここに来るまで、お二人はどこに住んでいたのであろうか。

23

ここで忘れないうちにいっておくことにするが、界隈の殆んどの店にノブオさんが出現する（というほど恰好のいいものではない。いつも彼はタテ長のカバンを斜めにかけて、要心しながら辿りついたというていどのことであるが）ときは、決して彼ひとりなのではない。いつの頃からか忘れてしまったが、アイコさんといっしょなのであって店の中を見まわしたりしたり、何かをしゃべっているときは、そばには彼女がいるのである。

乾物屋さんは肉屋さんの隣りにある。独立した肉屋さんの店があるのは、国分寺市の市役所に近いバス通りに面した店と、この光マーケットのこの路地のこの店の二軒しかないように思われる。二、三年前までには、富士見通りを入ってスーパーマーケットからすぐのところに一軒あった。狂牛病がイギリスではやっているという噂があり、輸入肉にも影響したのかどうか今ではさだかでないが、主人はアイコさんに怒りをぶちまけた。二人で肉屋さんを訪れたことも、将来訪れるということも全く考えたこともなかった。

「もう肉屋なんか、やって行けない。こちらの方でごめんこうむる」

といった。それからいくらもたたぬうちに店はなくなった。通りをへだてた大きなマンションの一階の三代にわたる女系文房具店の一代めの女性は、彼ら二人にいった。肉屋さんのことをいったわけではなくて一般的な話として、いった。

「店をしめた人は、すぐに老いこんでしまいます」

市役所通りの肉屋さんは、その隣りに食料品の店はなく、ガラス戸には店の名が不自然なほど大きく見えている。不屈の闘志がみなぎっているように思われる。ずっと前から、この店は畑の中に在り、車で通るときにいやでも眼についていたおぼえがあるが、この店で買物をしたいというより、中へ入ってのぞいて冷蔵庫やケースやカッターなどできれば油を煮る大鍋など見たい気がする。さっき名前といったが、その下に〈肉店〉と書かれているのではなくて、ただ、名前だけであると思う。食肉を売りたい、買ってくれ、といっているよりも、オレはこういう名前だ、と叫んでいるようでもある。

ノブオさんは、少年の頃、〈神戸牛〉という肉屋さんが電車通りのある角にあるのを、中学の行き帰りに横眼で見ながら通りすぎた。鶏肉の店は〈かしわ屋〉といってあちこちにあったが、〈神戸牛〉店は純粋に牛肉だけを売っていたと思う。月に一度ぐらいは半みちほど離れた〈神戸牛〉へ、〈カツ〉を買いに行った。ビーフ・カツにかぎられていたのではあるまいか。どういう都合で食卓にのぼるようになったか、それも何枚買うのであったか、全くおぼえていないが、たぶん一枚であったと思う。その一枚のカツをノブオ少年だけが口にしたのかもしれない。ノブオ少年の家は家族が少くはなかったのであるから、もし一枚としたら、どうして一枚だけを求めてその距離を歩いたか分らない。当時はカツを買うと、刻んだキャベツがついていた。老いたノブオは、娘やアイコさんの前で、「そのときぼくは、『たんとキャベツを入れておくんさい。キャベツとカツの取り合わせはほんとにええもんやて。お前はんたの発明かね』などといったものだ」

といった。それから〈かしわ屋〉へぼくの役目であった、皮キモを買うとき、「皮キモだけでええよ。それからな、毛のついた皮はぼくは好きやで、まけてくんさい。皮を買う人はあんまりおらんやろ。ぼくは毛が溶けるのが好きやがね」

といった、などと口にした。するとアイコさんは、「いやあね、その話はおとうさんのフィクションだわ、かの子さん、恥しがり屋のおとうさんがそんなことというはずがないわ」

と、さっき実に機嫌よく笑った。いろいろと笑いつづけ、娘はアイコさんの笑うのを見てうれしそうに笑った。そうして手洗いに立つとき、

「お母さんは寝たわ」

と、ささやいた。それでノブオさんは今、机に向っている。当時の〈神戸牛〉の店では、買手の顔を見てたった一枚の注文に対しても鍋にあらためて火をつけたように思う。たった一枚をどんなふうにして食べたのか、限られた一人のみが食べたのであろうか。包みの暖かい感触はとくべつのものだ。

乾物屋さんも、餅菓子屋さんも、そのとなりの豆腐屋さんも冬でも店をあけ放しにしている。というより、それを昔から当り前のことにしている。それに乾物屋が乾物にかぎって店の中に工夫して並べている。乾物屋は、肉屋がほぼそうであるように乾物だけにしぼっているということ、それに店の中には主人もおかみさんもその姿は見えないで、しばらくたってノレンをあける。作業をしているわけでもなく、作業を休んでいるわけでもなく、肉屋のように自分たちの動きを見せながら、全く客がのぞきこむまでは、ふりかえりもしないのと較べると当り前のことであるが、ふしぎな気がする。客と主人やおかみさんとは、品物をのぞきこみながら話をする。店番の不在である部屋を見渡していったい何種類の品物で埋められているのか、と思う。子供の頃はともかく、こうしてゆっくりと眺めることはない。

「いつも仲良くおそろいで」

と、たとえば、おかみさんの方が出てくるときには、いわれる。

「おそろいでお出かけになることないの？　いっしょにお出かけになれば宜しいのに」

と、アイコさんはいう。

「そこの写真にうつっているのは、おかみさんじゃないの。ダンナさまの作品でしょ。ちゃんとごいっしょじゃないの」

「これは立川の平和公園でとってくれたのですよ。あそこは、歩いてみるといろんなところがあって、橋があったり、これは菜の花ですけど。ご主人は小説を書いていらっしゃるそうで宜しいですわねえ。私も昔は文学少女だったんですよ。小説よむのは、今でも好きですが、ヒマがないもので」

「他人が思うほどいいことはありませんわ」

主人はこんなことをいう。

「私どもがこの並びの店の一つに買って入った頃は、たしか、そちらさんがこちらへ来られたときから十年ぐらいあとじゃないですか。裏はまだ原っぱで山羊がないたりしていましたよ」

「どちらのお生れですか」

「私どもは夫婦とも茨城の産です」

「主人も私も、代議士の梶山さんの一族です。あの方も先だって亡くなられて」

乾物屋の主人がしばらく姿を見せないのは、国立南口のメディカル・センターで白内障の手術をしに出かけていたからだと分った。名医でよく見えるようになり、近いから何かと好都合であるといった。

「今まで不自由だったとは思えなかった」

というと、このところ不自由で不キゲンでもあった。もし市場に興味があったら、奥さまもいっしょにお伴をして昭島へ出かけて行きたい、といっていました。眼がこんなにぐあいがよくなったら、そういう気持になった、といっているそうである。ぼくらは二、三年ほど前までは、暮れには府中市場に出かけて行ったこともあり、一度は数の子を二千円ぶん買うことになって、ワゴン車の底のところにのせてもらって、これなら運び易くていいや、と思っていたら、あとになって通路に二千円分の袋をおとしてきていたことに気づいた、という話をした。そのあと、帰り途を間違えて、競馬場のまわりをぐるぐる廻るうちにようやく甲州街道へ出る道を見つけることができたまではよかったが、そのあと東芝府中工場の中へ迷いこんでしまい、府中街道を走っているときに、外から想像していたのと全く違うことにびっくりしました。

ムツミ屋乾物屋の店主にノブオさんがたずねた。カジヤマという屋号かと思ったら、いま財布の中の割引券を取り出してみるとムツミ屋と書いてある。一枚は十円分に当る。

「戦争が終った当時では、まだカツオ節削器というのはたいへん貴重なものであったのでしょうね」

「それはどういうイミですか。削器というのを、乾物屋は持っていたということでしょうか」

「ぼくの遠い親戚に愛知県の瀬戸といってセトモノの町に、ご主人のいわれた乾物屋があって、戦争中、供出を迫られても手放さなかったというので、まわりから迫られてたいへんつらいめをしたそうです。主人が海軍にとられていたあいだのことだったのですが」

「原理としては削器は今のものと同じようなものにきまっていると思いますから、戦後はその器具というより機械はとても活躍したのではないでしょうか。戦前、どの店も持っていたわけではないでしょうから、私にはよく分りませんが、必死に抵抗したのではないでしょうか。投書が届いていたことも考えられるから」

ノブオさんが考えているのは、アイコさんと二人で人前に出むいてそこで何かの話をきいたり出来れば一言アイコさんがしゃべってくれることであります。あまり世間のじゃまにならず、世間の一員としてまがりなりにも扱ってもらえることになれば、それに越したことはなくて、そのために店に出向いて買物をするというほどのことはなくとも、やたらにその場に居合せるなんてことはできるわけではなく、たとえ、そういうことがあり得ても一回きりでなく、常時そこへ行き、相手にとって面倒くさいかもしれず、煩わしいことがあるとしても、どうかつき合わさせて下さい。お願いいたします、というほどのことです。肉屋さんの店でも、その時々にでもけっこう応対のやりとりができ、ぼくもそうですけど、ケースをのぞいているうちに前かがみになって額を打ちつけたりしたあげくその拍子に小ゼニが傾斜になったガラスをつたわってころがりこんで手の届かないところにかくれてしまうということなどが起った場合、（二人にそれぞれ何回かあるのはどうしてか分らないのですが、あるので）何か事態に対する判断と、それに対する客と店の側のやりとりが始まり、ヤユさえも当然ついてくることになり、夫婦二人ともが同じことをくりかえすについて、衰えによるもので、いってみれば、これはたいへんにありがたいことです。何故かというと夫の考えるには、アルツハイマーという病状がいつのまにか老衰の状態に辿りつき、追いこしたかに見えるとき、それはどんなによろこばしいことかもしれない、と考え、願っているのですから。それにノブオさんと同じような失敗が起きるということなど絶好の状態なのだ、といえるのです。

ムツミ屋のようないわゆる乾物屋さんは、消えかかった、あるいは消えてしまった記憶の中から引き出してみようとするに、スーパーマーケットと入り乱れてしまって、要するにそれらしい独立の店はどこにも思い出せないところを見ると、きわめてユニークな存在ということになります。ムツミ屋の場合にも、店の中央に平らな大ぶりのケースがあってガラスのフタをひっぱって動かすと、相当に広いスペースの中に先ず乾物と見なしてよい魚類が二十種類ぐらい常時並べてあって、金目鯛の粕漬とか、アジの生と干したものとの中間とか、シシャモとか、ハタハタとか、イワシとか、トビウオとかウナギなどの類のほかは、たとえば、イカの一夜干しとかそのほか、今とっさには思い出せない魚類とかから始まって、ありとあらゆるもの、つまり以前には乾物屋では売っていなかったものが、すべて真空パックにしてあって、こうなれば、何でもござれ、応用範囲はどこまでも拡って行き、むしろその意外性が興味をひくというものに変って行く。それらの中には漬物類をパックしたものと、そうでないものと半々になって並べてある。浅漬と高菜漬、ときにはきうりの糠漬と守口漬や福神漬などがある。

パックされた鉄砲漬みたいなものが並んでいる色々なイミでの多種多様さのオンパレードの間に重要な位置を占めることになっているものに、おかみさんの「これ、今朝こさえたもので、食べてみたんですが、おいしいですよ」というスイセンを交じえて披露される、ヒジキを油揚げと煮たものとか。――もし大豆の姿が見えればよいのに、と注文をつけることも、親しみのうえで勝手につけることができる。二、三日前にこさえて、まだ残っているキンピラごぼうもあるし、それはそれでよいがスーパーで売っているパックされた材料をもとにして家庭で作ったものとは違うといったことが歴然とした趣きがあれば宜しい。おでんの材料もパックされて、そこにころがっているが、次第に眼がこえてきて、さてそれはそれとして、鮒のカンロ煮などもあればとてもよい。同じ鮒にしても泥臭いかんじの松笠鮒の煮たものは、ふいにあらわれることがないものであろうか。

「うちの人は、気に入ったものを仕入れてくるものですから、どうしても値が張って」

などというのなら、一品ぐらいは、

「これは今日のうちの人のおすすめ品ですが」

と、いって訴えるように見上げてくれればアイコさんも、応答のし易いのにいうことはできないであろうか。松笠鮒というのは、ノブオさんの郷里の画家、坪内節太郎さんの好みの画材であった。彼は父の郷里である岐阜県各務原出身で、新聞や雑誌のさしえも巧みであったが、それというのは、彼が子供の頃から、芝居好きの父親の自転車の荷台をまたいで居眠りしながら、

「あらわれ出でたる明智光秀」

といったセリフを父親がくりかえすのをきいて育ったからだといっている。舞台の立廻りのスケッチをしていて、それが時代小説のさしえで生きてきている。立廻りは舞台ではゆっくりしたそれ相応の型によったものですが、次第に発明されて行ったもので、見ようによってロボットの動きにも似たものであるが、さしえではどういうものか、その立場に置かれた人物が生き生きとしたふうにその日の新聞雑誌の上では見られるようにも思われた。


坪内節太郎は、鯛よりも泥くさい松笠鮒が好きだといって、水墨画のみならず、油絵の作品においても、「松笠鮒」というものを発表し、代表作と見なされています。ぼくの家である年の五月、坪内さんに柿の葉ずしを食べていただいたことがあります。そのさいに

録音したテープを大切に保存しておいたつもりでいたので、各務原での講演にも、ぼくの話も市に約束したうえは、実演しないわけには行かないが、坪内さんが柿の葉ずしを食べながらのしゃべりを、集った市《まち》の人々にきいてもらおうとしたのだが、かんじんのテープが雲がくれしてしまった。坪内さん自身があの世から、「そんなものきかせるもんじゃないよ。ぼくがしゃべった『三婆の話』なんてものは酒をくみかわしながら、気の合ったもの相手に、間のぬけた調子でやってはじめて意味のあるもので――意味があるとしてのことだが――」などとゆったりとした調子で語りかけてきています。ノブオさんが、サービス券に記してあることで今さらのようにその屋号をハッキリ分ったところの「ムツミ屋食品」の中で気づいたことは、松笠鮓のことであるが、柿の葉ずしをたべて帰られたときに、こんど松笠鮓をごちそうしてあげるからねとおっしゃったところ、夫人が、

「そうしましょう、ぜひ、そうしましょう」

と合槌を打つようにいわれた。そのうち、といっても三、四年ほどたってから坪内さん、つまり、〈坪さ〉は他界され五、六年、あるいは七年もたったころ夫人も後を追われたというぐあいで、いつしかこの口約束も立ち消えになったのですが、「柿の葉ずし」の日から、アイコさんはずっとおぼえていて、何かの拍子に、松笠鮓の件を思い出してなつかしそうにくりかえしてきましたので、ノブオさんは、ムツミ屋食品の主人の前で、あるいは文学少女というおかみさんもいる前で、ノブオさんが、坪さの松笠鮓を思い出した、

というと、アイコさんも、呪文を唱えるように、

「ああ、松笠鮒、松笠鮒、思い出したわ。ずっと忘れていたのに、思い出すこともこのアイコさんにあるのね」

と小さく叫びました。それはノドの奥の方から、記憶の神が外へ出たがっているかのように見えた。

24

ところで、このようにボールペンを動かしているとき、アイコさんはそっと現れて、

「では、昼ごはんは十二時半ごろ？」

と、おっしゃいました。彼女は毎晩寝む前にくりかえしくりかえし、

「朝は何時？」

朝になると、

「今日のご予定は？」

といい、昼食の時間を気にし、午後はずっと、

「食事はたべた？」

昼は終りましたからね、とこたえると、

「夜ごはんは何時？」

とたずねにくるのです。お医者によると、

「ああ、それは鳥の場合も同じで暗くなる前に夕食とかねぐらに帰るとかに気を病むのが当り前のことで、非常に健全なことで、生活意欲にあふれていることのしょうこですよ」

であります。私が時に気が狂いそうになるのは、何のためであるのか。度量のもんだいであると思い、今はムスメが肩代りをしているところもあって、救われています。いま記憶の神がいて、ぼくがどのくらいの程度の人物であるか、のぞきながら、たぶん口の奥からか、ためしているように思えるが、こうした場合にもとても協力を要することで、もんだいは、一人でふんばってもダメだ、とゴウマンにも考えたりして、なっとくするのです。ムスメもここ山荘でタメされています。ノブオさんはムスメのかの子さんに感謝すると思う前に、いつのまに成長したのであろうか、と疑いたくなるほどです。

「これ私のブラウスではないわ」

さっき国立の南口で買ったのです。彼女はそういうときの答え方を発明したようであります。おどろくべきことです。

あのとき、ブラウスを買ったとき、アイコさんは私を叩き、押し出し、路の坂の上で行き場がなくてたいへん、ノブオさんは、忽ち「お疲れノブさ」に変じそうになり、このとき、どんな表情をしたらよいか、誰かにきいてみたいと思いました。しかし、それはまちがいで、それに答えてくれるのは、ほかならぬこのノブオさんしかないということを、どうして一刻にしろ忘れていたのでしょう。

「お前さんは、この女といっしょになればよい。私なんか追い出せばよい。死んでやるからいい！」

智恵というものは、第三者でしかはたらかないもののようです。愛などというものは、実にハカナイもので、何でもないことではないでしょうか。

「どんなときにもハッキリいえることは、夫も妻も一人では堪えられないのよ。お父うさんを大切にすることは、お母さんを大切にすることになり、お母さんが死んでやるといったり、死んだりしたら、お父うさんはどうなるのよ！」

「お疲れのノブさ」は少しずつお疲れから解放されているように見え、いま、こうして口惜しいというか、気恥しいというか、洟を流し、すすりあげることも忘れています。鼻の中がむずむずしているところです。ティシュ・ペーパーを取り寄せようとすることも忘れて、こうしてペンを走らせているのは、一つには、締切の時間がきていて今にも編集者から電話がかかり、宅配便を利用するか、新幹線に乗って山荘へやってくるというのか、そうすれば、トンボ帰りということになり、このノブさは、いったい何をしているのでしょう。どうか許してくれ、皆さん許してくれ、アイコさんも許してくれ。

「どうして私の母は遊びに来ないの？」

と、さきほどもいったのは、その娘であり、昨日で既に七十四の誕生日を迎えた一人の女のぐちである。

25

「奥さん、どうされたのですか！」

と北口の大通りで夫婦のところに走り寄ったのは、この三月のある土曜日、散歩に連れ出したアイコさんが途中パーキンソン氏病の人のように、前へ前へと倒れ、夫のノブさの一人の力で手許へ押しもどすことがどうしてもできず倒れこむようなことになったので、しばらく二人で倒れこんだあげく、突然起ったこの有様から気をとりなおし、とにかく誰を支えているのか、主も客も失せてようやく一キロぐらいやってきて、天達商店の角まで辿りついて、うずくまっているとき、更科ソバ屋の主人が、出前を終えて見つけたというわけで、ノブオさんにしろ、誰も何も見ていたわけでなく、ただそこで身をさらすのがやっとという有様で、ただ道をへだてて、大きな大きな今はやりのクスリ屋さんがある、ということであったと思う。

「どうしたんですか」

といわれても答えようがなく、声をかけた方も坂の上の夫婦の家に運ぶより方法がなく、

「源内さんを呼んできて運びます。あの人は近くの駐車場に車を置いていますから」

ノブオさんは、こんなことを考えていた。

五、六年前まで月に一回、それも第一金曜日、朝出がけにアイコ、小島夫人は、店に寄って、「五時半頃ルスバンをしている主人に定食を届けてやって下さい」と注文をしにきた。届くと、小島さんは、いそいそと出てきてドアをあけて、「どうも、どうも、この坂の上までご苦労さま。いま、お支払いします。これで宜しかったですね」

「そうです。いつもと同じです。まだ据置きでございますから」

と、互いに笑った。

翌日いつもの時間に赴くと、実にきれいに洗い整えてあった。……

この最後のところを、「お疲れノブさ」は急に生き生きと眼を輝かせ、自分の空想に眼をつまらせ、きわめて不当と思えるほど、スガスガしい気持になり、天国にいる気持になり、源内さんの車がきたとき、アイコさんを抱えながら見ると彼女は微笑を浮べ、「私としたことが、他人さまに厄介になるなんて」と呟きつつあるみたいに思われた。

26

先日、老作家夫妻は、浅間山のふもとから戻ってきました。往きには、ムコが兵庫県からわざわざ国立までやってきて一日泊ると、翌朝、ムスメを助手席にすわらせ、国立を出発しました。このようなことだけにしても、アイコさんがどのくらい気持よく理解してくれているかが問題であるのですが、スムーズにはこびつつあるので、何かの力の加護であるようにさえ思いました。

　もしもアイコさんが意地悪くなれば、途中で急に彼女自身が運転席に坐るといい出してもムリからぬことなので、これといってハッキリとした約束をしたわけではないともいえるからです。ムスメムコが国立までやってきたということについては、事のついでに洩すようにしており、反対をする理由がないようにもって行くところがあったので、それは卑劣な行為だということもできます。お医者からの強いすすめがあるから、ということも、もちろん云いふくめてはいるとはいえ、それは今までも度々いってきたことであるし、第一、夫のノブオさん自体が彼女の運転を信用していないわけでもなく、心の底では運転可能であると信じているともいえるので、それを彼自身がお医者の説得に対して、いくぶん不満でなかったとはいえないからです。現に昨年の夏は、彼女が往復とも立派に運転してきたのです。立派になんていえない、というのに対して、それが不思議なほどリッパに運転しつづけて、たとえば、往きは八ケ岳高原を走らせるときにしても、カミナリが鳴り黒雲が湧きおこる中を、それらの現象を追い抜いてしまったし、帰りには、須玉《すだま》をすぎると豪雨の中を走らせることになり、五メートル先きは見えなくなってしまい、さすがにノブオさん自身が不安にかられたことは事実ではあるが、度々アイコさんの方を見やると、こういう経験はあろうがなかろうが、今は集中するより仕方がない、という顔をしているのみで、もちろん、オソレオノノク気配は見られない。二、三十分はそんな状況がつづいたと思われますが、やがてトンネルが近づき、長いトンネルですが、いつしか通り抜けてみると、そこはすっかり上天気に変っていた。〈中央高速〉は、夫婦二人がえらんだコースで、関越高速のコースを通るのをあえてすてたので、それは、さまざまのことを考えたうえで、いま走っている。

「このコースは、オレたち夫妻が老人であり、しかもいくらか、あなた方が異議中立をするから。つまり、アイコさんが事故を起したときに、どう責任をとるのだ。自分たちだけが死んでもらっても困るが、たとえちょっと軽い事故の気配があったとき、夫のノブさが、あわてふためいて心臓マヒをおこしたらどうするのだ。それに……自動車というものは何トンかの鉄のカタマリみたいなもので相手が自動車にではなくとも、何かにぶつかるということはそれがぶつかるのだということを忘れてはいけない。もちろん、自信を持ちすぎることはよくない」

そういう異議中立に対してセセラ笑っていないとはいえない。何故そのようにそろってゴウマンであるのか分らない。アイコさん本人が自信をもちすぎているのは分るとしても——ほんとうは自信をもっているのとは違うのかもしれない——彼らは無事というていどをこえて実にりっぱといった方がよく、家へ戻ってきた。曲り角をまがるとき、

「私の家はああここだったのかしら。そういえば見おぼえがあるわ」

といいながら、車は家の前でとまった。自宅がそれであり、そこにあったということ、現在こうしてじっさいに眼にしていてさえも半ば疑いが湧いてくる。いよいよゴウマンに思えるかもしれない。もちろん、それはゴウマンどころではない。そのあとガレージにおさめるときの、たぶん新鮮と思いちがえるような気分は何であろう。

一時間ぐらい休んだとき、

「私って、どうしてここにいるのかしら」

といったからといって、それまでまことに安全に車を運転してきたことを無視することができるであろうか。

昨年の夏、往きも帰りも、みじんもミスの気配は、どれほど意地悪く見ていてもなかった。ずっと何十年のあいだ、夫のノブさは助手席に坐ってきた。そのときと何一つ異ってはいない。いくらか異なるところがあるとすれば、道筋が完全に分っているとはいえないことだ。しかし、そのことなら、道の方に問題がある。道の様子がすっかり変ってしまっているところが到るところにあるからだ。そのために助手席にノブさがいる。そのノブさの眼は、このところはよく見えるとはいえない。彼が指示をするときには、もうその場所を通りすぎようとしている。一昨年の夏は、そういうことがあったので、浦所街道から関越へ入る入口を通りすぎた。そのために何百メートルか走ってから、Uターンをして、ほどほどのところでもう一度Uターンをして角にあるガソリン・スタンドに入った。そこでアイコさんの指示どおりノブさは車を降りて関越の入口は何メートル先きか、念のためにきいた。念のためにこの道を進むことにしていいのですね、ときいた。もちろん、よかった。三百メートル先きであるから、そのつもりでいて下さい、といってくれた。そのときうれしさで涙が出ないまでも胸があつくなった。車は無事関越に入り、イヤでもオウでも高崎へ向った。しばらくして、彼女は、

「東京へ向っている?」

ときいた。そういう質問におどろいてはいけない。彼女はそういうとき、

「冗談いってみた」

といってみたり、

「きいてみただけのことよ」

とか、いずれかいったのだけれども、そのていどのことにおどろくわけには行かない。今はとにかく目的地へ向って走っているということにふれているだけで十分ではないか。くりかえしますけれど、何一つ危険の徴候はなかった。おそらくその日、同じ道路を走っていた車のドライバーの中で七割か八割の上位に位置するといっていいほどの出来栄えで、少し甘い点をつければ百点満点をつけてもよいくらいであった。

くりかえしになるかもしれないが、昨年の夏は、中央高速をえらんだのであった。関越

の高速が危険だからではなく、入口に手間取ることは、精神衛生上よくないと考えたからだった。一昨年はたしかにたいへん苦労した。府中街道が全面的に改修工事中であったからだ。所沢というところは急に思いついたように最短距離に道路を通し、そこに自然さが少しもないからだ。川のほとりを走るとか、山かげに沿って走るということが、この埼玉県の所沢ふきんではないからだ。おそらく平坦であることに甘えているからだと思う。

27

昨年の夏は浅間山麓の山荘へ出発する前に、老夫婦は念入りに関越へ入るまでの道をしらべておくことにした。そのことを発案したとき、老作家は、どのくらい自分自身を讃えたく思ったことか。そしてこの案を受け入れて二回にわたって下見に理解を示しスナオにしたがった彼女の脳に対し讃える気持になったかしれない。

もちろん東京近辺にも、老夫妻に手をさしのべようとする友人はいる。

「いつでも運転手の役をしてもいいですから、もし宜しかったら」

と、声をかけてくれる人もいるし、

「関越の入口のところの部分だけ、無事にお届けする方法を考えますから」

とか、

「青梅から入るか、あるいは、入間《いるま》川から入る方法を考える手もあります。入間川から入るのが案外いいかもしれません。ただ十六号線が混雑しますが、混雑するというだけで、高速に何といっても道は広くて真直ぐですから、眠くなるということだけで、それなら、したって時刻によっては、眠くならぬともかぎりませんからね」

老夫妻が、はじめからこの申出をお断りしなければならない、と思うところがあったのは、彼らが乗って行く車は、山荘で使わねばならないからであった。

山荘を建てるとき、アイコさんが車に乗らなくなるということを老夫妻は考えたことがあったであろうか。車に乗ることができなくなったようなときに、どこで彼らは食料品を買ったらよいであろうか。はじめの三、四年は三ツ石という下の村にヤマコという乾物や野菜を売っている店があって、その奥さんが食料品を車で配達していた。今でもリュックサックをかついで追分宿まで買い出しに行くことはできないことはないが、これから先きはどうするのであろう。今年は可能として、この先き心細くて仕方がない。そのときこそ車が必要であろう。それがアイコさんの腹の中にある考えである。それさえも出来なくなったとき、どうして生甲斐をかんじるだろう。私は、ほかの人はどうか知らないがそのくらいの生甲斐がなければ、死んだ方がマシだとはいわないが、そういいたがるところがある。

漱石の書いた小説の中には、

「そんなときには、私は川に身を投げて死んでみせます」

という女がでてくる。そういうのが、たぶん年頃になったりおかみさんになったりした江戸っ子の女性だったのであろう。大きな声でハッキリ物を云い、場合によったら夫を助けたりする代りに、裏切られたり、助けることが出来なくなることに堪えることがむずかしいのであろう。

もし車を運転して山荘へ老夫婦を送りとどけてくれたとしたら、その友人はタクシーで最寄りの駅まで戻って行って東京に向うということになる。しかし、山に着いている車に乗って買出しに行くことが禁じられるとしたら、何の役に立つであろう。もしも山荘で買出しに出かけるために車を使うとしたら、それが許されて、高速道路を車に乗ることが、どうしていけないというのだろう。

このようなぐあいにして、老作家は、若い小説家に電話で相談してみた。その人の考え方は、私どもとは、違うところがあって、しかもどこか納得させることがあり、そこに光明を感じさせたり幸福感にひたらせることもあるので、彼の意見をきこうとするのである。そのときのことは、既に前に老作家によって書かれたことがある。何度くりかえしても、すくなくとも老作家にとってそれだけのことがあるような気がする。

そのとき彼はこういった。

「車の運転ということは、身体がおぼえている技術ですから、大丈夫じゃないですか。みじんも不安感がないとか、少々荒っぽいところがあるくらいのことは、また別のことではないでしょうか」

そして彼がこうつけ加えてくれたこともおぼえている。

「先生、ぼくは医者よりは冷淡ではありませんから」

その言葉は老作家を不安にしたけれども、〈冷淡〉という意味は色々にとれるのと、老作家は、前々から自分もそう感じるところがあったので、闇夜に光がさすが如く思えた。若い小説家は、きかなくとも分っているが、たとえば〈泳ぎ〉とか〈自転車〉の操縦とかのことを例にあげるであろう。また庖丁で野菜を刻むというような技術のことも例にあげるであろう。

28

こんなぐあいにして昨年の夏は、国立にインターのある中央高速を利用することに決めた。このことはもう前にも書いたし、今回もなぞっているくらいだ。

老作家はつい最近、『小説修業』という本を出した。〈若い小説家〉というのは、老作家と往復書簡をつづけ、その結果、一冊になった本のことであるから、保坂和志さんのことである。この中にあっと思うような考え方を彼がしている。たとえば〈記憶〉に関する箇所である。彼はあるとき、老作家はもしアイコさんのことがなければ、関心を抱くことがないであろう。電話でこういった。

「脳のことは、まだよく分っていないのですよ。たいていの学者よりは、まだぼくの方がいいところをついていますよ。もっとも何だって、普通の専門家というものは、バカですけれどね」

「それは、たしかに〈専門バカ〉というからね」

老作家はこういう会話のやりとりがしたいのではなくて、何かタメになることをきき出したいというのが主要な目的である。その目的というのは、アイコさんの記憶のことである。この若い人には『季節の記憶』という小説があり、さっき名をあげた『小説修業』のなかでは記憶というものは、その人の頭の中にあるというよりも、ぼくはそのまわりの世界にある。あるいは響き合って残っている。その人が死んでも、その人の頭の中にある記憶に当るものは残り、ぼくはそうした記憶の中を渡り歩いている。その人の頭の中にあった記憶は、たとえばその人の住んでいた家の窓とかタタミとか家具に残っているというか、それらにひびきあっている。たとえば『嵐が丘』の作者の育った牧師館を見た人は、いかにも作者やその姉妹、兄貴などがそこにいたということが、「なるほど、なるほど」といったぐあいに分る。

だから無名作家のまま死んでしまうことを残念に思い、「おれの人生は何であったか」なんてくやしがることはない。生前有名であったりそうでなかったりしたって、それはあとに残る。つまり、その人が生れてくる前から世界はあり、死んでからも世界はありつづける。こんなことは当り前のことだと、いう人はあるかもしれないが、このぼくがつい最近になって、そうだと思ったのだ。

たとえば、自分の一生とかで、何かを仕上げてしまうというようなことを思うことはない。第一、自分の仕事を眼の前に並べてこれだけやったのだというふうに死んで行くというのは、不健康ではないだろうか。そう思いませんか、読者の皆さん！　不健康だって？何、それ！　とあなた方はおっしゃるかもしれないが、その〈不健康〉ということは、いろんな宜しき意味合いを示しているとぼくは考えますね。どうして一代にこだわるのでしょうか。伝統工芸のことを考えるといたしましょう。あの人たちは先代あるいは、先輩——同じようなものですが——のしてきたことを受けついで行くことが自然のこととして少しも疑わないじゃありませんか。

ついでに云っておきますが、人間というものは、主体とか意志とか、意識とか自我とか、統一された何か立派なものがそなわっていると思って、頭をなやましている方もいるかもしれませんが、もっと楽になった方がいいのではないか、とぼくは考えています。五官というものがあるでしょう。それらが意識として集積され、何かたいへんな奥ぶかいものに達していて、したがって人間だけがえらいのだ、崇高なのだ。だからそこへ辿りつこうとムリにはげもうとすることはないのではないか、とぼくは思います。

「きみ、ぼくは近頃思うんだけど、けっきょくのところ、〈ゴクロウサンデシタ〉ということではないかね」

とおっしゃっている人のことを伝えている文章を読みましたが、〈ゴクロウサンデシタ〉といったっていいけれども、もっと楽に生きたらよいのだ。記憶も、動作も世界に反映して行くのだ。眠っているのも、行為で、動作で、世界はそんなものを引受けて行く力みたいなものをもっているのではないでしょうか。

老作家は昨年、

「運転のような技術は、身体の方がおぼえていますから、大丈夫ですよ、心配いりませんよ。ぼくは医者よりは冷淡ではありませんからね」

という若い小説家の声にはげまされて国立の家をあとにして山荘へ向い、五時間後、向うに着いたのでした。そして進むにつれて、若い小説家の言葉さえも忘れ、彼女はすべての記憶においても十分だというふうに思いつつ幸福にひたっていて、それがくずれそうになったとき、いくらか不安の中に進むということは、そうしないよりは一個の人間の脳の部分について、あい助け合って、マイナスの部分は、まだ普通に近い部分のエイキョウを受け、活性化を促して行くにちがいない。という思いそのものがくずれかかるとき、そのようなプロセスを通ることは、そうしないで安穏に過ごしておくよりも、よいことに違いないし、健康なことにちがいない、と思っているところもあったと思う。

ところで今年の夏の行為は、そういう得手勝手な思いにかかわる、というようなものではなく、まったく新しい行為にふみ切るもので、大ゲサにいうと、地球を持ち上げるヘラクレスみたいなものであった、といってもいいのではないでしょうか。（ついでに断わっておきますが、さきほど来、若い小説家、保坂和志さんの意見として紹介してきた内容は、『小説修業』に書かれたことと無関係ではないが、たぶん老作家コジマ・ノブオの夢物語めいたところがあるというより、記憶ちがい、あるいは取り違いがふんだんにあるということを諒解しておいてもらいたいのです。）

今年の夏、運転席と助手席とを明け渡して後ろの席に坐りつづけるという冒険行為がどんなふうに彼女に反応して行くか。もしそれが何ということもない、ということがあるとしても、その車は、彼女自身が運転してきたものであるということを忘れているのかもしれない。彼女（ムスメ）あるいは彼（ムコ）の車に乗ってあげているにすぎない。そうして山荘に着いてからのことは、またその延長であるか、そんなことは何も考えず、あるいは、しばらく好きなようにさせておこう、ぐらいなのだろうか。何故かというと、そのときの高速は途中からはじめてのコースであったということもある。

もっと前にいっておくべきだったが、この〈若い小説家〉と、最初に国立の北口の白十字という喫茶店で待ち合わせた。白十字は南口の大学通りにもあるが、北口にある方は、駅の真正面にあるし、広々としているところが、何か田舎じみているというか、気取っていないと思う。この店のことにふれると、編集者は、すぐ中上健次とここで会ったという。私も彼の姿を見たおぼえが一度ある。北の方の奥まったところには円い大きめのテーブルがいくつかあって、私も同じテーブルについたことがあるが、窓の外がゴルフの練習場になっていて、開けているといえばいえるので、彼のような大きい男がそこにいると、こっちも安心できてぐあいがよかった。彼はそのテーブルで原稿を書いていたが、編集者がくるのを待っていたのかもしれない。そのときに見たわけではないが、彼は計算紙に細かい字で埋めていたことを知っている。あのような小さい字で一行に何字も書いていると、したら、編集者はいわゆる原稿紙に書き写さねばならないのではないかと思った。北口に小ぶりの喫茶店もあって、昭和四十年頃までは、私もそこで編集者に会ったような気がするが、まだ白十字はなかったのかもしれない。この店のあるあたりに銀行が移ってきた。こちらの方の喫茶店で井上光晴に偶然出会ったと前から思い出していたが、錯覚かもしれない。井上はどういう用紙であったか知らないが、赤インキのペンで横書きをしていた。彼は夫人に書き写させているといっていた。〈若い人〉つまり保坂和志に何度か、白十字で会った。その次第は、私との往復書簡から成立っている『小説修業』の中にかなりくわしく出てくる。彼が若い猫の死についての悲しみを私に語ったのは、この白十字で、このエピソードは、この本の中でかなり重要な位置を占めている。彼は死のことを考え出したのは、このときからだ、とはっきりいっていたかどうか忘れたけれども、そのためには生の方を考えないわけには行かなかった、といっている。彼の「生きる歓び」は、人間にかぎったことはないが、どのようにして生きようとするものか、ということを、小説として書いている。私は老いてきていながら、彼もいうように物知らずで、天体のことを勉強するように、文学と音楽のかんけいを勉強するようにすすめて、一時放送大学のプログラムを送ってくれたことさえあるのに、あまり乗気でなく彼をがっかりさせた。そしてどういうイミにせよ、みんなの前で、

「ぼくは小島先生から何も教わったことがない」

と語った。私は胸に手をあてなくとも、即座にその通りだと思った。彼とつきあってから、ほぼ十年はたつが、全く彼に教えることなんか何一つなく、教わるのは私の方であった。教えてくれるのは、何も彼ひとりではないがとくに彼の場合は、こちらの頭のわるいせいもあるが、ゆっくりゆっくり何年にもわたって頭の中にしまいこんで出したりひっこめたりしつづけるだろう、と思う。私は自分の頭が悪いということを、こんなふうにいいたくはないが、一応はそういっておいた方が入口としてはよいのではないかと考えている。

彼が時々じっとしていられないようなかんじで、

「ぼくは秀才です。幼児の頃に既にそうであり祖父母が、和志はほかの子供たちとはちがう、といっていた」

ということがあったが、あれはつくづくまわりの人間にいっても話が通じないと思うか

らだ。しかし、たしかに彼のいうことは、私をいつまでもいつまでも考えさせる。理解するのに手間がかかる内容だ、というだけではない。彼にしても、くりかえし、掌の上で球をころがすようにして考えたり感じなおしたりするにちがいない。

彼は『小説修業』の中で、終りに近づいたあたりで愛とか性のことにふれていて、感心した。性という言葉は全然つかわなかったかもしれない。どうか、その部分を探し出して読んでもらいたい。どのようにして男と女が求め合うかということをとてもうまくいっている。

こうして書いていると、ムスメが二階の書斎にあがってきて、ささやくようにいった。

「今晩はタキコミゴハンをこさえているのだけれど、お母さんが何度も電気釜のフタをあけて見たので、ゴチン気味になってしまった。それで水をさして炊きなおしをするから、そのつもりで、うまく行かないかもしれない」

「そういうことは前にも屢〻あったからね。満足行くようには行かないが、いいでしょう」

二十分ほど前にアイコさんは気に入った前かけをして上ってきて、

「いいときに呼んで。アイコさん階下へ行って、おいしいタキコミゴハンを食べましょう、といって」

「どうもありがとう、ちょうどよいタイミングだな」

家の中はこの夏の山荘の生活をへて、次第に明るくて楽しい気分がベースになりつつある。たとえ、いつくずれることがあっても、くずれたことをすぐ忘れてしまうということは恵みであることもまちがいないが、記憶というものはいったい何であろう。たしかに自分の名前を書くこともむつかしくなっているが、病状は進んだというふうではないと私は思う。

「私が運転する」

と、いうこともあるけれどもそれがどのくらい意味合いをアタマの中、身体の五官のかんけいの中でいっているのか、それにこだわらず、次のみんなの動きへと前進して行くのは、これを病状の変化ととることはあるまい。

アイコさんの遺産相続のもんだいで、ある方策をとらなければならない。本人が知っている以上のことを、たとえば夫とかムスメとかがとり行うということは、新しいステージで、美しいとはいえないが、必要なことにちがいない。

私のように、人と人とのあいだを埋めるように、他人になり代ってその人そのものになってしまおう。もしすぐに出来なければ時間をかけることにしよう、といってみると立派に見えるが、たぶんそれは思い上りだというべきかも知れない。誰も悪くはないが、そんなこと、いま家の中で二人だけでは至難であるために、ムスメが常時いっしょにおり、それを不思議だ、何か企まれているのではないか、と不意に気づいたりするということは、消えつつある。

今年の夏は、前にもいったように、須玉から長坂や小淵沢、茅野《ちの》、諏訪《すわ》南などから松本をへて、そうそう、白馬を通り長野方面へ向うだけでなく、ぐるっと佐久まで行くという高速を選ぶことにした。このコースは、ムスメやそのムコ、それにアイコさんもノブオさんもはじめてである。このコースをえらんだのは、アイコさんがドライバーになり、夫のノブオさんが地図をみながら、標示を見ながら、というわけには行かない。なぜなら、ノブオさんの眼ははじめてのところは、役に立たないからである。そのコースは、今でも必ずしも尊敬していないが、松本といえば美ヶ原あたりを通ったり、白馬といってもどこが白馬であるか分らないところを、長野といっても更埴市を通るというぐあいで、いつしか後方から軽井沢追分の向うへやってくる。それは何かしらルール違反のようである。帰りには、ムスメムコは兵庫県から電車で大阪、北陸、直江津をへて御代田駅に到着した。そうして一日おいて、ドライバーとなり、平素は、アイコさんに代ってドライバーとなってムスメが買出しの役を果していたのが、今度は助手席に坐る。こうしてノブオとアイコさんはおとなしく後の席に坐っている。この帰路のコースは、中山道を通って和田峠をこえ諏訪へ降りるということにした。これは、二十年以上前から、子供夫婦が孫をつれて利用したコースである。このコースをえらんだのは、ノブオさんである。それについては色々の理由がないことはないが、老夫婦がつかったことがあるような、ないような気がする、というふうにドライバーは、ムスメムコが当然である、というふうに思えそうである、というアイマイなことをもっともらしく話題にした、ということであったが、コースの難易に無関係に、皆さんがそんなに運転したければ――あるいは――それほど年寄り扱いするのなら、とりあえずそれに従ってもよい。和田峠というところはそんなによいところであり、中山道の中山道たる所以は、この峠があるからである、というのなら、今回は私ども、もっぱら眺める方にまわっても、私どもをはずかしめることにもならないでしょう。和田峠はおそるべき峠である。峠をこえ終ったところに片道通行のトンネルがある。どこで道はわかれてしまったのであろうか。そのあとは、昔はどうであったか知らないが、ほとんど真直ぐに諏訪湖へ向って落ちて行く。これ以上くどくどと書くのは止めにしたいと思うが、老人夫婦が運ばれる方にまわるのが自然であり、好ましくよい気分である、というふうに思えてきた。私たち二人が何も運んでやることはない。私たちがいってみれば雇っているようなものだ、……アイコさんの運転するのは、誰が何といっても危険である、という理由は、このようにして消えてしまったように思われた。とはいうものの、彼女の中には、三人の者たちの思わくをこえた信頼というエイチがはたらいていたようにも思われる。

私は大分前に国立駅北口の白十字にまつわることを語ったが、その店が、ゴルフ練習場といっしょに取り払われて、どのくらい以前からか、半年から一年くらいのあいだ、と思われるが空地になっているので囲いに貼りつけた〈建築目的〉というところを見るために近づいたところ、集合住宅を建てるつもりであり、その中に店舗や診療所などを入れるとも記してある。たぶん、白十字も一階に新しく模様がえをした店として戻ってくるのであろう。もしそこにいまいったような建物がそびえたったとしたら、何となくやわらかな感じのする山脈は、いかつい建物のエジキになってしまうことであろう。

29

帰京してからも、当然のようにも見えるといってもいい、三人の生活がつづけられてきたある日、老作家は都内の市ヶ谷にある私学会館へ出かけた。タイフウが去って昼間の会が終って人があつまってくるあいだひとりで、宴会場のあるフロアから窓から西の空があかるいので眺めているつもりであったが、気づいてみると、空はもう暗くなり、ネオンが代りに明るさを増しはじめていた。その日宴会の終り頃に指名されてあり、長く教師でもあった老作家は椅子から立ち上ってマイクの前に近づいた。

「ぼくは二十世紀文学研究会に寄せていただき、機関誌といっても研究ではなく詩とかエッセイとか小説とかをのせている『文学空間』も読ませていただいてきました。今日は合評会ですから、出席できたらよかったのですが、さきほども浜本武雄先生がいわれたように、それぞれの執筆者が特徴をいかして書いてあって、こういう内容のある雑誌は珍らしいと思います。研究会の発表もほとんど毎月行われており、ここにも新しい先生方が加って発表されているのを知っています。

ところで先だってある本にぼくの略年譜が出ていますが、皆さんとの交遊のあいだにぼくの学んだこと、ぼくが世話になったことなど殆んど出てないのが、悔まれてなりません。ぼく自身もノートしておきますから、ぼくの忘れていることなど、どうか、あの時あであったというぐあいにノートしていただくと好都合であります。どうかお願いします。

ぼくの親父の出生地である、岐阜県各務原市に、近いうち公園が出来、そこに記念館も計画されているそうで、ぼくの年譜を早くからマトメてくれた亡くなった詩人の平光善久さんにぼくがおくっておいた資料などが、現在の各務原市の図書館におさめてあり、目録も出来ています。ぼくは、さきほども木島始さんと立話していましたが、木島さんのお父さまはやはり各務原市の下中屋の出身で、ぼくの父も下中屋です。木島さんは本名は小島姓です。島という字には二色あり、山偏に鳥のつくりの嶋は格が上だと土地の人にきかされ、ぼくの父は、二色つかっていました。家紋は丸の二の字で、今川義元のと同じですが、あるときから家に父のこさえた家紋のハコが壁に取りつけてあるのを見たおぼえがあります。

ぼくが申し上げたいことは、ぼくの知人である、木島さんをはじめとして、各務原には因縁のない皆さまの著書とか、それから『文学空間』を揃えておさめてもらうことにしたいと考えています。

さきほど、ぼくは皆さんから学んだ、と申しましたが、これはほんとうのことです。それにくらべてぼくは皆さまに役立つことは、何もしていないような気がします。たぶんぼくが教室においても、日常においても何か役に立つようなことを語ることが出来ないところがあるからだ、と思います。北大で国文学の教師をしている、もと明治大学の学生だった人があるパーティでぼくに近寄ってきて、

『先生には教わったことといえばたった一つだけです。先生は、具体的なことだけが生きるのだ、ということはぼくの記憶に残っています』

たとえばどんなことが、その〈具体的〉なことか、ということを、ぼくが具体的にしゃべればよかったかもしれませんが、それをいったかどうかおぼえていません。その例を話すということは、人に向ってしゃべるということは、何かはずかしいことのようにぼくには思われます。すくなくとも教室ではいうのは、気恥かしいことです。

ぼくは、いま書いてきている『国立《くにたち》』の中で、教師としてぼくに似た男が歩いて歩いて学校へ着いて教室を横眼に見てそれから階段をのぼり廊下をまた歩いて研究室に入って長椅子に仰向きになってボンヤリしているということは、どうして書いたのか、と思ってきましたが、ただいま申し上げたこととどこかでつながっているかとも思いますが、これも

ずっと考えてきたといいながら、ここで申し上げるのは、思いつきみたいなもので、これまた恥かしいことです。

正月の合評会のあとのパーティには、家内も同伴いたしましたが、今日は、ムスメが兵庫県からやってきていっしょにくらしていますので、こうして一人でやってきました。

最後に年譜のノートお願いします」

（二十世紀文学研究会パーティでのスピーチ）

30

その夜は久しぶり三、四人の会の仲間と市ヶ谷の喫茶店でコーヒーをのみながら話をした。堀江敏幸さんのことをよく知っている人たちなので、彼の話も出た。私は堀江さんの最近作の長篇の中の、動作のポイントは足首だということにこだわるところとか、古自転車を求めると、それに乗って前かがみになって走りつづけて自転車屋に戻ると、オヤジさんが、

「よかった、よかった。無事でよかった。売っておいてこんなことをいうのはおかしいが、そんなに走りまわるのはムリですよ」

というところとか、瀧井孝作の「父」という初期の短篇の話をしたような気がする。もしそうだとするならば、この瀧井さんの小説は、作者の父親から後添いである作者の母の

死を知らされ、いつも自分のことを大丈夫かしらと遠慮がちに思っていたらしい母親のことを思いながら、帰宅を急ぐ話である。汽車が不通になってしまったのは、大雪のせいだろうか。作者は自転車を借りて山路をのぼる。そのとき砂利がはじけてとぶところが堀江さんの気に入っている。堀江さんは誕生日にこだわっている。そして、リルケもまたそうであったと書く。

私はさっきから、保坂和志さんとその喫茶店で待ち合わせたことがあるのを思い出していた。彼の第三作めかの長篇だったと思う。彼は書く前には会いもしなければ原稿を見せたりもしない。会うのは何もかも終って、どうしようもないときになってからだ。

保坂さんは、どこから来て、どこへ行くか、そのあいだだけ、この地球にいるのだ、といおうとする。もっと若い堀江さんは、「私は回送電車です。居候です」という。二人のいっていることは、同じとはいえない。しかしまったく違うともいえない。

私は市ヶ谷の喫茶店でこんなことをいったらしく、そこを出ると電車で、新宿で二人と別れ、吉祥寺で一人と別れ、三鷹で最後のひとりと別れ、その前にプラットフォームを変えて電車の出るまで見送ってもらって国立へ着き、前にそんなことがあったように心臓に異変は起ってはいないが、これからは自分一人だといいきかせながら六十五段の石の階段をのぼり終え、問題の鉄のフェンスを音を立ててあけてドアをあけた。そう。その前にインターフォンを押していた。インターフォンの音で二階からアイコさんが降りてくるところで、ハイハイといいながらムスメがドアをあけた。

ちょうどテレビでは、ニューヨークの世界貿易センターに、ハイジャックされた満タンの第一の旅客機が激突し、おどろいて物をいえずにおるとき、第二の旅客機が音を立てぶつかるところで、「ハイ、ハイ」とてっとり早くいっておいてテレビに戻った。そのテレビは、ムスメが電気屋さんにいって、おくようになったワイドの実に大きなものであって、何週間めかに思い出したように、アイコさんが、

「このテレビ前からあったかしら」

と、問いかけ、

「前からのものではありませんよ。これの方がよく見えるから、少くともぼくにはね」

というと、

「いいわねえ、これ。こんなものがあるのね」

「ここにあった小型のは、まだ性能がいいからいまの二階のあなたの部屋のものと置きかえようと思っているが、どうしてか、この頃あの電気屋こないな」

何ということが、テレビで起っているのだ。

それからあと二週間、たぶん世界中が何とかよい方法はないものかとこんなに真剣になっていることは珍らしい、と思いながら、小さい小さいことだけれど、わが家も似ているといいえばいいえないことはない、と思っているような気がする。

〈あとがき〉

雑誌連載の最終回には、（連作その三、了）というふうになっている。「その三」というのは、「国立」のことである。

私はさきのことまで見通していたわけではないので、さまざまな成行から考えて、一応「その三、了」ということにしてもらった。

親しい読者からは、どうして止めたのだ、いよいよ眼が見えなくなったのかという声もきこえてきた。中には、「これからだという時に止められては困る」という人もいる。

もう少ししたら、私は編集部と相談したいと考えてはいる。さっき、「さまざまな成行」といったが、それをうまく編集部に語るのがむつかしいので、そのままになっている。しかし、いずれにしても、ここまでで一冊にマトメることにしたいと思う。

連載中は、担当の編集者の寺西直裕さんに厄介になった。このような内容のものであるので、締切ギリギリまで待たせた。こんど本にするに当って、『こよなく愛した』のときと同じく、山口和人さんに、これから世話になる。

二〇〇二年一月　　著者

「あれ」について

解説
高橋源一郎

1

小島信夫の小説、「各務原《かかみがはら》」、「名古屋」、「国立」についての解説をこれから書いていくつもりである。最初に断っておくが、「各務原・名古屋・国立」ではなく、それぞれの地名は独立しているし、また作品も、それぞれ独立している（たぶん）。でも同時に「各務原・名古屋・国立」という一つの作品として成立しているようでもある。どっちなんだろう。読み終わっても、判然としない。この三つの作品を、わたしはずいぶん前、最初に刊行されたときに読み、今回解説を書くために読み返した。いつもそうなのだが、小島信夫の小説について書くために、小島信夫の小説を読むと、その文章は、小島信夫っぽくなる。表面上ではなく、中身が、である。わたしの場合は、必ず。理由はいろいろあるが、その最大のものは、小島信夫の小説の中に流れている「あれ」が、わたしの脳内にも流れはじめるせいなのだろう。「あれ」が何なのかは、後で指摘する予定だ。

2

この『各務原・名古屋・国立』の評価は、Amazonではどうなっているのかを調べてみた。最初の単行本である。評価は2件。満点の5ポイントがひとり、最低点の1ポイントがひとり。さすが小島信夫の小説、そう思わせる。二つとも引用してみよう。

「5つ星のうち5・0　優れた作品
3篇それぞれ独立した作品としても読めるが、連作の長編として読んだ方が良いと思うし、また、面白くて途中で止められるものでもない。

読後、老夫婦の人生がほのぼのと浮かぶ。また『アルツハイマー』の病人を大変リアルに描き切ってもいる。

とても優れた作家であると思います。

〔4人のお客様がこれが役に立ったと考えています〕」

「小谷野敦
5つ星のうち1・0　小説でもない、何でもない。

この奇妙な題名は、三篇の、小説として発表されたものだが、小島が講演をした土地の名であり、作品とされるものは、その講演原稿の間に、あれこれととりとめのない雑感を入れ込んだもので、講演記録はしばしば中断され、（講演のつづき）として再度あらわれる。『別れる理由』以降の小島は、たいていこんな風にして『小説』を書いてきたのであって、そういう益体もないものが『小説』として文藝雑誌や新聞に『連載』されてきたのである。そのとりとめのなさ（要するに何ら小説ではないもの）を小島信夫という虚名の下に通用させてきたということを、今反省すべき時ではあるまいか。

〔4人のお客様がこれが役に立ったと考えています〕」

片方の読者は「面白くて途中で止められるものでもない」といい、もう片方の「小谷野敦」という人は「そのとりとめのなさ（要するに何ら小説ではないもの）」といっている。ふたりを合わせると、「とりとめがない」けど「面白くて途中で止められない」ということになるみたいだ。どちらにも支持が4票ずつ。大接戦だ。しかし、どうしてこうなっちゃうのだろう。それから、この2人が『各務原・名古屋・国立』についても簡単に説明をしてくださっていて、まことにその通りなので、わたしからは詳しく説明する必要ありませんね。

この作品に関するわたしの感想は、５・０の読者とだいたい同じで「面白くて途中で止められるものでもない」なのだが、１・０をつけてしまう読者がたくさんいることも理解できるのである。その点について、少し書いてみたい。

3

わたしは大学でセンセイをやっていた。そのとき、「現代文学」についても教えていた。自分で教えながら、「現代文学について教えることなんかあるのだろうか」とも思った。とりあえず、学生諸君に「現代文学」というものを読んでもらうことにしたのである。そこで、ひとつ問題があった。わたしが勤めていた学部が文学部ではなかったせいか、そもそも「文学」や「小説」を読む習慣がない学生ばかりだったのだ。仕方なく、なんでもいいから片っ端から読んでもらった。他にやり方がなかったのである。夏目漱石やドストエフスキーから（「現代文学」というジャンルには入らないかもしれないが、そんなことはいっていられなかった）、ＳＦ、ミステリー、舞城王太郎や中原昌也に至るまで、である。もちろん、その中には、折り目正しい近現代文学の名作もあった。意外な発見がいくつもあった。その一つは、学生諸君は、文学など読む習慣がないというのに、いざ読ませてみると、たいへん優れた読み手であることがわかったのである。小林秀雄を読んでもらって、「この人、なぜこんなに威張ってるんですか」と訊かれたとき、それから、志賀直哉を読ませたら「死んだおじいちゃんもこんなひどいやつでした。絶対無理！」といわれたとき、どちらも思わず唸ったほどである。そして、そんな、文学への知識はほぼないけれど、きわめて優れた感受性と読解力を持った彼らにいちばん人気があった作家、それが小島信夫だったのである。

最初はほんと信じられなかった。だが、彼らの話を聞くうちに、わたしもまた、彼らと同じ理由で、小島信夫を好きなのかもしれない、と思ったのだ。

彼らは、それぞれに異なったいい方をしていた。けれども、根本的にみんな同じことをいっていた。以下のように、である。

「他の作家の作品を読んでいると、なんだか『さあ、これから〔わたしの〕文学を読みなさい』っていってる気がするんですよね。その小説かなんかの頁を開くと、まず『文学』って書いてあって、その先に、その小説がある、っていうような感じ？　でも、この小島信夫って人の書いた作品は、いきなり、作品があるんですよ。開けたら、まず『文学』ではなく、いきなり、本人が出て来るみたいな」

そういわれると、わたしも穴があったら入りたい気分になる。ほとんどすべての作家の小説は、とりあえず「文学」の形をしている。そうでなければ、雑誌に載せてもらえないか、本屋で売ってもらえないか、「えっなに？」っていわれるか、そういう心配をしているからである。ほんとうは必要ないんじゃないかな、と心の底では思いながら、「とりあえず文学」の形をさせる。「その先が勝負！」と思うことにしている。だから、小谷野敦というような人から「そのとりとめのなさ（要するに何ら小説ではないもの）」などといわれるのである。そういうことをいわれたくないので、誰が読んでも「文学」（まあ、「小説」でもいいが）らしいものを書く。この世の中に出回っている小説の99・9％以上は、それだ。しかし、例外がある。それが小島信夫の書いたものなのである。

4

そういうわけで『各務原・名古屋・国立』の話に移りたいのだが、もうちょっと関係ない話をしていいだろうか。いやといわれてもするつもりだし、関係だってあります。

ついこの間、ある新人賞の選考会に出た。候補作は五つあったけれど、一つ抜きん出た作品があった。最初に候補作に、○（受賞に値する）、△（受賞に値するか議論したい）、×（受賞には値しない）という印をつけるのである。他の四つの作品にはどれも×があった（しかも複数）が、その一つの作品には×はなかった。それから、他の四つの作品の中に○が一つあるものもあった。けれどもその一つの作品だけは○が複数あった。さらにいうなら、△をつけた選考委員のひとりは「面白いんだけれど、受賞作になったとき、説明できないから△にした」といった。別の選考委員は「読みはじめて、あまりにわからなくて列車の中で眠ってしまったけど、面白かった」といった。わたしの場合も、読みはじめて、小説の中で何が起こっているのかさっぱりわからず、途中であきらめて、何も考えずに読むことにしたらたいへん面白かった。なので○である。もうひとりの○をつけた選考委員は、この『各務原・名古屋・国立』の中で（というか、他の小島信夫の作品の中でも）繰り返し、小島信夫と親しい「若い作家」として紹介されてきた人である。ちなみに、もう「若い」作家ではありませんが。彼は、その一つの作品を評してこういった。

「みなさんの中に、この作品の欠陥をいろいろおっしゃる人がいるかもしれませんが、それがすべて、この作品のいいところなんですよ」

なるほど。小島信夫の小説っぽいんだよね、要するに。

正直にいって、もう十分『各務原・名古屋・国立』について書いたような気がするのだが、そうではないと考える読者もいるかもしれない。なので、少しだけ、この作品について、直接書いてみることにしよう。

5

「各務原」は、こんなふうに始まっている。

「私が只今紹介いただきました小島信夫でございます。」

これは講演の冒頭だ。以下、ずっと講演が続いている。これが、「ふつう」の小説なら、講演の様子を表現した小説ということになる。ところが、始まってすぐ、こんな文章が出てくるのだ。


「『私はひと頃よりずっと気分がいいようです、私はどこもおかしくはないし』『自信過剰にならないように、ほどほどに……』

とお医者は笑うのです。

こういう部分は、私がこの文章をかきながら、つまり講演そのものでないことをお分りになって下さいますように、私は今演壇を降りて机の前にいる立場でいっているのです。教育長さんは、さきほど、

『先生の奥さまは、きっすいの東京の方で、お生れは浅草の……いや新宿の……いや銀座のお生れでございまして』

と、ご紹介して下さいました。」


講演の間の4行目から5行目は「私」が「演壇を降りて机の前にいる立場で」書いてい

る。というか「いっている」。それだけ「いう」と、「私」は、まるでなにごともなかったかのように6行目からは講演に戻ってしまうのである。なんだよ、それ！

ふつうに読んでいくと、「あれ、変？」と思ってしまう。もう少しちゃんと説明してもらいたいです。ふつうの読者は。字体を変えるとか。しかも困ったことに、演壇を降りた「私」は、演壇にいるときと同じ調子でしゃべっているのである。わかりにくく！

ここからずっとこんな調子である。作者は、作品を進めながら、途中で勝手に退席してしまうのである。たぶんトイレにでも行ってるんじゃないだろうか。「ふつう」の作者は、「すいません、トイレに行ってきます」と申し訳なさそうにいうのである。それが「文学」というものだ。でも、小島信夫は、いきなり姿をくらます。じゃあ、なにをやってるのか。講演じゃない場所に行って、同じようなことをしゃべっているのである。そりゃあ、小谷野敦のような「ふつう」の読者は怒るだろう。読者の権利を侵害されたような気がするからだ。しかし、わたしの学生たちはちがう。「いいな」と思うのである。講演の最中に勝手にトイレに行ってもいいのか、と思う。それは要するに、講義の途中で先生が行方不明になって、しかも教室から出てゆくとき、「あの別に適当に本でも読んでおいて、いつ帰ってくるかわからないから、じゃあね」といわれたようなものだ。講義というものは、先生がマジメに黒板になにか学問的成果を書くとか、試験に出るようなことを書くとかではない、ということを、先生が自ら、講義を放棄するという形で教えてくれるようなものなのだ。そういうことを一言でいうなら「自由」ということになるのである。もう大切なことはいってしまった。

とりあえず「各務原」は、というか、この三作全部は、というか、小島信夫のある時期以来の小説は、みんな、こういう調子になっている。「私」が、講演の途中で行方不明になるのである。いや、しばらくたつと戻っては来る。でも、また、どこかへ行ってしまう。じゃあ、そこで講演なんかしなきゃいいじゃないか。違うのである。ある場所で講演をしない限り、講演から行方不明になるということの意味を伝えることはできないのである。文学は講演ではない。講演から行方不明になることなのだよ。

6

まだもうちょっと書けそうだな。「名古屋」という作品もちらっと読んでみよう。

まず、冒頭。

「今日ここにおいでになっている皆さんは、たいていが名古屋の方だと思います。」

「各務原」は岐阜での講演で、こちらは名古屋での講演らしい。そして、読んでいくと「各務原」と同じようなことが起こるのではないかと想像されるのだが、ほんとうにそうなのだ。よかった。それは、つまり、「私」はというか、「小島信夫」が「講演」中に行方不明になる、ということで、じゃあ、行方不明中になにをしているのか。

「あるとき彼女は、
『私ひとりで行ってみるから、そっと、姿を見せないであとからついてきてみて、私が道をまちがえて歩き出したら、すぐに走ってきて、〈ちがう、ちがう、こっち〉といわないで、少ししんぼうして待ってて』
といったことがある。しかし、じっさいにそうしたことは一度もない。さっきも私がふれたように、近所のコンビニへ行くといって出たのに、小一時間かかったことがあり、いっぱい荷物をもって戻ってきた。急に魚屋を思い出し、左の方へまがったために、とうとう、ガードをくぐって南口へ出てロータリのまわりをまわって、いくつかのスーパーマーケットの中で、一つをえらんで、戻ってくる。なぜそこへ行くのだろう。」

「私」は「認知症」になった「彼女（妻）」のことばを聞きに出かけていたのである。今回、読み直して、わたしはそのことに気づいた。小島信夫が「行方不明」になるのは、小島信夫の他には誰も聞いてやろうとはしない存在の声を聞くためだった。弱き存在のか細い声を聞くためだった。それをいまわたしたちは「聞き書き」と呼んでいる。石牟礼道子が『苦海浄土』で水俣病の患者たちの声を聞いたように、森崎和江が『からゆきさん』で、遥か遠くの海外の国に身体を売るために旅立った女たちの声を聞いたようにである。そうだったのだ。いや、石牟礼道子や森崎和江でさえやらなかったことがある。講演中にしょっちゅう行方不明になるなんて、それ自体が「認知症」的なのではあるまいか。そういう人物の声にも意味があるのだ。大切なのだ。

　わたしたちはみんなその「声」を聞くことができる。その「声」を聞いてもいいのだ。無視されてきた、不要だと思われてきた「声」を聞くのだ。学生たちが喜んだのも無理はない。「エリート」たちの「声」を聞くだけの「文学」なんか自分には関係ない。自分たちもまた、か弱い存在で、そういう存在の「声」も素晴らしいよ、そういう「声」こそが素晴らしいよ。か弱い小島信夫はいってくれるのである。それが、最初に予告した「あれ」なんだろう。もちろん、「あれ」の別名は「自由」である。というか「あれ」が存在しているもののことを「小説」と呼ぶのであるが。

年譜

小島信夫

一九一五年（大正四年）

二月二八日、父捨次郎、母はつ乃の次男として岐阜県稲葉郡加納町大字東加納（現、岐阜市加納安良）に生まれる。父は仏壇師。兄一人、姉四人、弟一人の七人兄弟。

一九二一年（大正一〇年）　六歳

四月、岐阜市立白山小学校入学。

一九二七年（昭和二年）　一二歳

三月、白山小学校を卒業。四月、県立岐阜中学校（現、県立岐阜高校）に入学。七月、小品「太陽が輝く」を校友会誌「華陽」八二号に。

一九三〇年（昭和五年）　一五歳

九月一五日、四姉峯子死去、享年二〇。

一九三一年（昭和六年）　一六歳

七月、小品「春の日曜の一日」を校友会誌「華陽」九〇号に。

一九三二年（昭和七年）　一七歳

二月、小品「彼の思い出を盗んで」を校友会誌「華陽」九一号に。三月、県立岐阜中学校卒業。大阪の吃音矯正の学校へ入寮し一ヵ月通う。名古屋の兄のもとで浪人生活をする。この頃から、改造社版の文学全集などで本格的に純文学を読み始める。受験雑誌「考え方」を愛読し、同誌に掲載された講演記録で森敦の名を知る。

一九三四年（昭和九年）　一九歳
「考え方」の懸賞に、短編小説を送り佳作となる。また論文「作文実力涵養法」が入賞し掲載される。八月一四日、父捨次郎死去、享年七二。この頃、森敦「酩酊船」の連載を読む。

一九三五年（昭和一〇年）　二〇歳
四月、第一高等学校文科甲類入学。学生寮に入る。同級に宇佐見英治、矢内原伊作などがいた。

一九三六年（昭和一一年）　二一歳
一一月八日、兄勇死去、享年二四。

一九三七年（昭和一二年）　二二歳
二月、「裸木」を「向陵時報」に。文芸部委員になる。一年上に福永武彦、同級に中村真一郎、浅川淳、一年下に加藤周一などがいた。同月、「懐疑（主義）・独断（主義）」を、六月、「夙」を、一〇月、「鉄道事務所」を、それぞれ「第一高等学校校友会雑誌」に。また「巻頭言」（委員連名、六月）、「編集後記」（六月、一二月）を同誌に付す。秋、世田谷の古賀宅に友人沢木譲次と下宿し、古賀の親戚である緒方キヨを知る。

一九三八年（昭和一三年）　二三歳
四月、東京帝国大学文学部英文科入学。大学時代、ゴーゴリや梶井基次郎などを読み耽る。緒方キヨと結婚。杉浦明平と深交。

一九三九年（昭和一四年）　二四歳
宇佐見英治、矢内原伊作、浅川淳、加藤周一らと「崖」を創刊（五号で廃刊）。一〇月、「死ぬと云うことは偉大なことなので」を同誌二号に。一一月一一日、二姉とめ子死去、享年三八。この頃、岡本謙次郎を介して福田恆存を知る。

一九四〇年（昭和一五年）　二五歳
二月、「往還」を「崖」三号に。三月、「崖」に発表した「山椒魚」が第五回新人コンクール小説として「作品」に掲載される。七月、

「公園」を「崖」四号に。

一九四一年（昭和一六年）二六歳
三月、東京帝国大学文学部英文科卒業。卒業論文「ユーモリストとしてのサッカレイ」を提出。論文ではスウィフトなど諸作家も扱う。四月、私立日本中学に英語教師として就職。五月、徴兵検査を受け第一乙種合格。

一九四二年（昭和一七年）二七歳
一月、妻を佐賀の実家に帰し、岐阜の中部第四部隊へ入隊。北支の大同へ行き渾源で訓練ののち暗号兵の教育を受ける。五月二七日、長男一男誕生。この年、幹部候補生の試験を受けるが不合格。福田恆存が来中し兵舎を訪ねてくるが外出のため会えず。

一九四三年（昭和一八年）二八歳
三月、暗号兵教育の成績優秀で上等兵に進級。夏、今堀部隊として山東省塩山に移る。

一九四四年（昭和一九年）二九歳
朔県で暗号兵として勤務。春、北京の燕京大学内の情報部隊に転属。二世兵士と敗戦まで過ごす。原隊はレイテで全滅。

一九四五年（昭和二〇年）三〇歳
八月、北京で敗戦を迎え、ポツダム伍長となる。領事館や司令部で渉外事務に携わる。一一月二一日、三姉照子死去、享年四〇。

一九四六年（昭和二一年）三一歳
三月四日、佐世保にて復員。岐阜へ戻り、本巣郡上川内に疎開していた妻と四歳の息子に会う。県庁渉外課に嘱託として勤務。四月一日、異母姉藤江死去、享年四九。五月、岐阜市竹屋町の清水屋旅館に転居。九月、岐阜師範学校に勤務。一二月、山田継男と「崖」を再刊。同誌に「男と女と神様の話」を。

一九四七年（昭和二二年）三二歳
一月、応募したコント「よみがえる」が「岐阜タイムス」に掲載される。四月二八日、長女かの子生まれる。この頃、同郷で旧制松江高校生の篠田一士と出会う。

一九四八年（昭和二三年）　三三歳
二月、岐阜師範学校の教え子にふれた「詩人 甲谷良吉のこと」を「青年ジャーナル」に。東京行きを決意。四月、千葉県立佐原女子高等学校に勤務。五月、白崎秀雄の尽力で、金沢の東西文庫から宇佐見英治、矢内原伊作らと「同時代」を創刊。創刊号に「汽車の中」を。同作を福田恆存に送り感想をもらう。「神について（一）」を「青年ジャーナル」に。この年、吉行淳之介に千葉県の山野病院を紹介する。友人の薦めで初めてサローヤンの処女短編集を借りて読み影響を受ける。

一九四九年（昭和二四年）　三四歳
一月、「佐野先生感傷日記」を「玄想」に。四月二〇日、母はつ乃死去、享年七一。九月、都立小石川高校へ転勤、単身で早稲田諏訪町に下宿。愛読するサローヤンをテキストに用いる。一一月、「卒業式」を「潮流」に。

一九五〇年（昭和二五年）　三五歳
三月末、小石川高校の鍛練道場であった国立市の見心寮へ家族とともに転居。

一九五一年（昭和二六年）　三六歳
三月、中野区仲町の新居に移住。四月、明治大学文学部講師を務める。この頃、森敦と知り合い、以後、度々訪ねて親交を深める。

一九五二年（昭和二七年）　三七歳
二月、「ふぐりと原子ピストル」を「草原」創刊号に。四月、「同時代」を復刊し発行人となる（編集は宇佐見英治）。「燕京大学部隊」を同誌に（続きは一一月、四号）。同月、「William Saroyan」を「英語研究」に。一二月、「小銃」が「新潮」同人雑誌推薦特集で掲載される。三島由紀夫がいち早く取りあげ言及。同作をきっかけに、文芸雑誌から執筆依頼が来るようになる。

一九五三年（昭和二八年）　三八歳
一月、「小銃」が第二八回芥川賞候補とな

る。四月、「大地」を「文学界」に。七月、「雨の山」を「同時代」五号に。八月、「吃音学院」を「文学界」に。一一月、「丹心寮教員宿舎」を「同時代」六号に。一二月、「『勇ましさ』について―横光利一 人と作品」を「文学界」に。『小銃』刊。刊行には友人で編集部員だった進藤純孝が尽力した。この年の春先、「文学界」編集部の発案で、新人一五名が集まる「一二会」が結成され参加。島尾敏雄、近藤啓太郎、安岡章太郎、庄野潤三、吉行淳之介、三浦朱門、結城信一、武田繁太郎、五味康祐、進藤純孝、奥野健男、村松剛、日野啓三らを知る。その後、会は「構想の会」となり、阿川弘之や遠藤周作らとも知り合う。雑誌を出す話もあったが立ち消えになる。阿部知二らの「『あ』の会」に参加。

一九五四年（昭和二九年） 三九歳

一月、「吃音学院」が第三〇回芥川賞候補となる（受賞作なし）。「夢」を「朝日新聞」に。宇佐見英治、岡本謙次郎らが発起人となり庄野潤三『愛撫』と『小銃』の合同出版記念会が東中野のモナミで開かれる。三月、安岡章太郎、島尾敏雄らとの座談会「『近代文学』の功罪―戦後派文学と第三の新人」を「三田文学」に。四月、小石川高校を辞職。明治大学工学部助教授となる。以後、週三回大学で英語などを教えながら作家生活を送る。「星」を「文学界」に。六月、「殉教」を「新潮」に、「城砦の人」を「群像」増刊号に。七月、「星」「殉教」が第三一回芥川賞候補となる。「微笑」を「世潮」に、「最後の慰問演芸」（のちに「護送者」と改題）を「小説公園」に。八月、「家」を「近代文学」に、「馬」を「文芸」に（のち二作が一つにまとめられ「馬又は政治」と改題）。九月、「アメリカン・スクール」を「文学界」に、「自問」を「新日本文学」に。『アメリカン・スクール』刊。一〇月、「阿部知二の生活と意見」を「文学界」に、野間宏、安部公房らとの座談会「戦後作家は何を書きたいか」を「文芸」に。一二月、「神」を「文学界」に、「『第三の新人』とよばれて」を「朝日新聞」に。『文学の創造と鑑賞』（岩波書店）に「時代の傷痕―ブロンテ『嵐ヶ丘』」を執筆。同じ出版元のため庄野潤三『プールサイド小景』と『アメリカン・スクール』の合同出版記念会が開かれる。この年、福田恆存らの「アルプスの会」に参加。斯波四郎と知り合う。

一九五五年（昭和三〇年）　四〇歳

一月、「アメリカン・スクール」で第三二回芥川賞を受賞。選考委員の中では井上靖や川端康成らの賛意が強かった。「犬」を「文芸」に、「狸」を「新日本文学」に、「鬼―忍耐について」（のち「鬼」と改題）を「三田文学」に、「『近代文学』への要望」を「近代文学」に、「タゴール『視力』から」を「文学界」に。二月、「残酷日記」（のち「人」と改題）を「新潮」に、「花と魚」を「小説公園」に、「R宣伝社」を「別冊文芸春秋」に。三月、『微笑』刊。四月、「憂い顔の騎士たち」を「知性」に、「温泉博士」を「文学界」に、「我が愛する文章」を「文芸」に。『アメリカン・スクール 殉教』刊。五月、「音」を「新潮」に、「チャペルのある学校」を「世界」に、「『困る』小説」を「文芸」（横光利一読本）に。六月、「待伏せするもの」を「新潮」に。『残酷日記』刊。八月、「島」を「群像」に連載（一二月まで）、「カメラ遭難せず」を「小説新潮」に、「ツムジ風」を「新女苑」に、「由起さんとのこと」を「新潮」に。九月、限定版『凧』刊。一〇月、『チャペルのある学校』刊。一二月、「声」を「文学界」に、「吉行淳之介」を「文芸」に、「私の志賀直哉観」を「文芸」（志賀直哉読本）に。後藤明生と知り合う。この年の前後、郷土の詩人・平光善久と初対面。以降、氏が小島の年譜作成と資料収集を手がけ、晩年まで親交が続く。

一九五六年（昭和三一年）四一歳

一月、「離れられぬ一隊」を「文芸」に、「ある掃除夫の観察」を「新日本文学」に、「いいたいこと」を「近代文学」に。二月、「雪の降る夜」を「小説新潮」に、「伝染する文章」を「群像」に、「『死の家の記録』について」を「三田文学」に。『島』刊。同月から約一ヵ月間、山形県酒田市に住む森敦のもとに滞在する。その後、渡米までの間も度々酒田を訪問。三月、「浮浪女ビクトリア」を「朝日新聞」名古屋版に、「教師の寝言」を「文芸」に。四月、「遅れる男」を「文学界」に、「受験シーズン」を「小説公園」に。五月、「勝手な人」を「群像」に、「滝壺先生とメーデー」を「小説新潮」に、「お知らせ号」を「小説春秋」に。七月、「摩擦音の如きグロテスク」を「新日本文学」に。山本健吉、山室静と「創作合評」を「群像」で行う（九月まで）。八月、「わが精神の姿勢」を「文学界」に。九月、「無限後退」を「新潮」に、「草ぼうきの唄」を「小説公園」に、「宿り木」を「小説新潮」に。高見順、加藤周一と参加した第二回「文芸」学生討論会（於東京大学教養学部）の講演録「知識人とは」を「文芸」に。一〇月、奥野健男との対談「内部と外部の現実」を「新日本文学」に、「人間像より人間」を「文芸」に、「裁判」を同誌に連載（一二月まで）。一一月、「巡視」を「世界」に、「武田泰淳論」を「文芸」に。一二月、「愛の完結」を「文学界」に、「赤い布のついたビン」を「小説新潮」に。『裁判』刊。

一九五七年（昭和三二年）四二歳

一月、「やつれた上等兵」「処女作のころ」を「群像」に、「清瀧寺異変」を「小説公園」

に。「感銘を受けた作品」を「文芸」に。二月、「消滅の文学―カフカにおける抽象性について」を「文芸」に。三月、「黒い炎」を「群像」に。この頃、サローヤンの下訳を田中小実昌に依頼。四月、ロックフェラー財団の招きで単身渡米。五月、「ケ・セラ・セラ」を「小説公園」に。『現代教養講座6』（角川書店）に「小説における表現」を執筆。六月、「覗かれる部屋」を「サンデー毎日」に。七月、「神のあやまち」を「キング」に、「古くて新しい心理」を「日本読書新聞」に。『愛の完結』刊。八月、サローヤン『人間喜劇』に解説「善人部落の寓話―サローヤン」を付す。一〇月、「教壇日誌」を「別冊文芸春秋」に。

一九五八年（昭和三三年）　四三歳

一月一二日、長姉ふさゑ死去、享年五九。四月、アメリカからパリ経由で帰国。「異国で暮すということ」を「朝日新聞」に。その他、新聞各紙にアメリカ滞在に関するエッセイを寄稿。六月、「小さな狼藉者」（のち「狼藉者のいる家」に改題）を「別冊文芸春秋」に、「広い夏」を「中央公論」に。七月、「贋の群像」を「新潮」に、「異郷の道化師」を「文学界」に、「視点について」を「近代文学」に、「冬の恋」を「學鐙」に。八月、「デイトの仕方」を「オール讀物」に。九月、「城壁」を「美術手帖」に、「〝女性飼育法〟の提唱」を「婦人公論」に、「アメリカ人気質」を「新日本文学」に、「アメリカ映画の淋しさ―こんな画家はアメリカに多い」を「芸術新潮」に。一〇月、奥野健男、江藤淳との時評鼎談「状況設定とリアリティ」を「新日本文学」に。

一九五九年（昭和三四年）　四四歳

一月、「汚れた土地にて」を「声」に、「宇宙への招待」を「近代文学」に、「オカシミ雑談」を「三田文学」に。二月、「家と家のあいだ」を「文学界」に、渋谷実、奥野信太郎らとの座談会「チャップリン映画のすべて―『ニューヨークの王様』を観て」を「芸術新潮」に。三月、「私のグループ」を「新潮」に。四月、「市ケ谷附近」を「新潮」に、「横山操―明日を創る人々」を「芸術新潮」に、「墻善兵衛のこと」を「小説新潮」に、「東京の忍術使い」を「週刊大衆」に。五月、「夜と昼の鎖」を「群像」に連載（八月まで）、「墓碑銘」を「世界」に連載（翌年二月まで）、椎名麟三との対談「純文学のゆくえ」を「風景」に、「観念の造形」を「早稲田文学」に。『梶井基次郎全集2』（筑摩書房）に月報「詩と骨格」を付す。七月、「花」を「人間専科」創刊号に、「感情旅行《センチメンタル・ジャーニー》」を「婦人画報」に。八月、「ある作家の手記」を「新潮」に、対談形式の「文芸時評」を「人間専科」で行う（一二月まで）。九月、「斯波四郎との出会い―新しい芥川賞作家」を「文学界」に、「『自殺の危機』―『われらの時代』・大江健三郎」を「新潮」に、「甘やかされてはいないか」を「芸術新潮」に、「斯波四郎の世界」を「図書新聞」に。一〇月、中村真一郎、江藤淳と「創作合評」を「群像」で行う（一二月まで）。「私の初めて読んだ文学作品と影響を受けた作家」を「文学界」に。『実感・女性論』刊。一一月、「棲処」を「新潮」に、「困惑と疑惑」を「芸術新潮」に。一二月、『夜と昼の鎖』刊。

一九六〇年（昭和三五年）　四五歳

一月、「この車の乗手たち」を「群像」に、「来宮にて」を「新潮」に、「新人中本達也」を「芸術新潮」に、「文芸時評―批評家というもの（上）（下）」を「図書新聞」に、インタビュー記事「この人はこんな人生を」を「家庭画報」に連載（一二月まで）。二月、「冷たい風」を「新潮」に。『新選現代日本文学全集9　阿部知二集』（筑摩書房）に解説

純孝を励ます会に出席。出版記念を兼ねた進藤「無念の爪」を付す。出版記念を兼ねた進藤純孝を励ます会に出席。三月、「季節の恋」を「別冊文芸春秋」に、「なぜテレビのそばを離れないか」を「群像」に、「江藤淳『作家論』」を「三田文学」に。『墓碑銘』刊。六月、「家の誘惑」を「新潮」に。七月、「船の上」を「群像」に、「小さな歴史」を「文学界」に、「洪水」を「小説中央公論」に。八月、「怒りと笑いと怒り」を「文学界」に。九月、「第三の新人はどうなる」を「新潮」に、「文学と教育」を「文学」に。吉行淳之介、大江健三郎らとの座談会「戦後小説について（上）」を『新選現代日本文学全集32』（筑摩書房）月報に（下は一一月）。一〇月、「カフス・ボタン」を「中部日本新聞」に。一二月、「女流」を「群像」に、「暗い『国宝展』の会場」を「新潮」に、「日本のフレスコ壁画」を「芸術新潮」に。

一九六一年（昭和三六年）　四六歳

一月、「ある一日」（のち「或る一日」に改題）を「文学界」に、「ガリレオの胸像」を「自由」に、人生相談「夫と妻の断層」を「家庭画報」に連載（一二月まで）。同月末から約一〇日間ホテルに缶詰めとなり、書き下ろしの長編「いつかまた笑顔を」の執筆に取り組む。ゲラにまでなるが未完。三月、「受験シーズン」を「読売新聞」夕刊に。『女流』刊。四月、明治大学工学部教授に就任。「雨を降らせる」を「小説中央公論」に、「ひまわり学級の少年たち」を「世界」に。五月、「靴の話」を「新潮」に。七月、「現代作家論―大岡昇平のシニシズム」を「群像」に、「ヘミングウェイ死す」を「図書新聞」に。一〇月、「昭和二十一、二年ごろに何をしていたか」を「群像」に、「わが家を建てるということ」を「家庭画報」に連載（翌年七月まで）。妻キヨが乳癌の手術を受ける。一一月、「四十代」を「文学界」に。一二月、「神楽坂の易者」を「風景」に。

一九六二年（昭和三七年）　四七歳

一月、インタビュー記事「ここにこんな夫婦が…」を「家庭画報」に連載（一二月まで）。二月、「弱い結婚」を「群像」に、「眼」を「新潮」に。三月、「大学生諸君！」を「神戸新聞」に連載（九月まで、一九四回）。四月、国分寺町榎戸（現、国分寺市光町）の新居に移住。「鷹」を「文芸」に、「アメリカ文学私見」を「新潮」に、『墓碑銘』に関するインタビュー「混血児のレイテ戦記」を「朝日新聞」に。五月、妻の乳癌が再発。六月、「現代の寓意小説―水が出てくる場面にひかれる」を「週刊読書人」に。七月、「日本文学の気質―アメリカ文学との比較において」を「文学」に、「一つ小説をかいて見ませんか」を「群像」に。一〇月、「はっきり要求持て―住まいで性格の幅を広げる」を「朝日新聞」夕刊に。一二月、「郷里の言葉」を「新潮」に、「幽霊」を「現代の眼」に。一二月、「私の家の犬」を「風景」に。この年、「秀作美術」に加わり美術家と交流。

一九六三年（昭和三八年）　四八歳

一月、「女の帽子」を「群像」に。二月、荒正人、大橋健三郎らとの座談会「最近のアメリカ文学を語る」を「近代文学」に。四月、「〝状態〟への固執―サリンジャー覚書」を「文学」に、「須田さんと日本―国太郎遺作展を見て」を「芸術新潮」に。妻の乳癌が肺に転移。五月、「私小説と家庭小説」を「文学界」に、「イギリス文学の伝統つぐ」を「読売新聞」夕刊に。『大学生諸君！』刊。六月、「自慢話」を「文学界」に。七月、「大賞作家オノサト・トシノブ」を「芸術新潮」に。「大学生諸君！」原作のテレビドラマがTBS系で放送開始。八月、「あのころのこと―暗号傍受で敗戦知る」を「朝日新聞」

に。九月、「実験住宅の悲しみ―私の家」を「芸術新潮」に。一一月、「十字街頭」を「群像」に、「釣堀池」を「新潮」に。『愛の白書―夫と妻の断層』刊。同月一七日、妻キヨ死去、享年五三。「妻の病気」を「日本経済新聞」に。

一九六四年（昭和三九年）　四九歳

一月、「映画雑感―唐突な鮮かさ」を「群像」に。二月、「家内の死」を「東京新聞」に。『日本文学全集62 梅崎春生集』（新潮社）の編者を担当。三月、山本健吉、梅崎春生との鼎談「第三の新人」を「群像」に。四月、「街」を「世界」に、「サリンジャー私論」を「文学」に。『世界短篇文学全集14』に月報「私ふうのアメリカ文学の読み方」を執筆。五月、「返照」を「群像」に。六月、浅森愛子と結婚。八月、「最も印象に残った批評」を「群像」に。一〇月、「安岡章太郎」を「群像」に。一二月、勤務していた小石川高校の新聞に触れた「ある高校新聞の縮刷版」を「朝日新聞」夕刊に。

一九六五年（昭和四〇年）　五〇歳

二月、「『このごろ』」を「朝日新聞」夕刊に。三月、『愉しき夫婦』刊。四月、『The Laughing Man and Other Short Stories ― サリンジャーについて』刊。七月、「抱擁家族」を「群像」に。同作は、未完の長編「いつかまた笑顔を」をもとにしたもの。執筆前から単行本化までの間、上京していた森敦を訪問し書いたものへディスカッションを重ねる。吉行淳之介、遠藤周作らとの座談会「文学と資質」「第三の新人とアメリカ文学」をそれぞれ「文芸」に。八月、「複雑ということ」を「文学界」に。九月、北原武夫、吉行淳之介との鼎談「文学者と家庭」を「文芸」に、佐伯彰一との対談「『私』について」を「風景」に。『抱擁家族』刊。一〇月、『現代の文学36 安岡章太郎集』（河出書房新社）に

「解説」を付す。一一月、「『抱擁家族』ノート」を「批評」に、昭和四一年度文芸賞の「選考経過・選後評」を「文芸」に。同賞選考委員を平成六年まで担当。一二月、庄野潤三との対談「文学を索めて」を「新潮」に、『戦争の文学8』に「作者のことば」を付す。

一九六六年（昭和四一年）五一歳

一月、「疎林への道」を「群像」に、「この結婚は救えるか」を「家庭画報」に連載（一二月まで）。「文芸時評」を「文芸」で行う（四月まで、三月休載）。三月、「私の考える『新しさ』ということ」を「群像」に。『小島信夫文学論集』刊。四月、「手紙相談」を「文学界」に。『現代の文学25 大岡昇平集』（河出書房新社）に「解説」を付す。『弱い結婚』刊。五月、「獣医回診」を「新潮」に。六月、『20世紀英米文学案内15 ヘミングウェイ』（研究社出版）に解説・梗概「『河を渡って木立の中へ』」を、『漱石全集7』（岩波書店）に月報「私と漱石」を執筆。八月、「郵便函」（のち「メイル・ボックス」に改題）を「文芸」に、「花・蝶・鳥・犬」を「俳句研究」に。九月、『抱擁家族』で第一回谷崎潤一郎賞受賞。一〇月、「階段のあがりはな」を「群像」に、「奇妙な素直さ」を「朝日新聞」に。一一月、武田泰淳との対談「作家は何を見るか」を「文芸」に、安岡章太郎、大江健三郎らとの座談会「現代をどう書くか」を「群像」に、「『たんぽの女』など」を「新潮」に、「愚問の背景」を「朝日新聞」に。一二月、「蒸発する妻」「核心見失う放送の司会」を「朝日新聞」に。『梅崎春生全集2』（新潮社）に月報「記憶」を、『世界文学全集8 カフカ集』（集英社）に解説「カフカ氏との対話」を付す。この年より、定年退職まで毎年、英米文学の共同研究報告を「明治大学人文科学研究所年報」に執筆。

一九六七年（昭和四二年）五二歳

一月、「結婚十二の真実」を「家庭画報」に連載（一二月まで）。二月、「下手な題？」を「群像」に。四月、山崎正和、高階秀爾らとのシンポジウム「現代と芸術」を「季刊芸術」に、中村光夫、佐伯彰一との鼎談「日本文学と外国文学」を「群像」に、「『ユトリロ』の人物―母との関係に興味」を「朝日新聞」夕刊に。五月、「わが運動部生活」を「群像」に。七月、中村真一郎、大江健三郎らとの座談会「作家にとって批評とは何か」を「文学界」に、「永遠の弟子―草平と漱石についてのノート」を「季刊芸術」に。『シェイクスピア全集7』（筑摩書房）に月報「マクベス夫妻」を付す。八月、「現代と諷刺文学」を「文学」に。九月、安岡章太郎、大江健三郎との鼎談「作家と想像力」を「文学」に。一〇月、大岡昇平、野間宏らとの座談会「現代文学をどうするか」を「群像」に、埴谷雄高、小田切秀雄と「創作合評」を「群像」で行う（一二月まで）。これより約一年間「文芸時評（上）（下）」を「朝日新聞」夕刊で担当（月一回、連続二日形式）。同時期に、同じく旧岐阜中学出身の平野謙、篠田一士がそろって他新聞で文芸時評を担当したことで関心を呼ぶ。

一九六八年（昭和四三年）　五三歳

一月、「町」を「群像」に連載（九月まで、一〇月から「別れる理由」に改題、八一年三月まで、一五〇回）、「続・結婚十二の真実」を「家庭画報」に連載（一二月まで）。二月、『世界文学全集Ⅱ-15 モーム』（河出書房新社）に「解説」を付す。三月、「云わでものこと（福田恆存氏の「日本文壇を批判する」に答える）」を「三田文学」に、佐々木基一との対談「恋愛小説の可能性―福永武彦『海市』をめぐって」を「波」に。六月、慶応大学で三田文学会文芸講演会。七月、「自由な新しさということ」を「群像」に、「友情」を「ポリタイア」に。八月、『愛の発掘』刊。一〇月、「長良川の鵜飼い」を「別冊潮」に。一一月、「教師と学生」を「新潮」に、平野謙、安岡章太郎との鼎談「文学における『私』とはなにか」を「文芸」に。一二月、「『ほんとうの教育者はと問われて』―藤森良蔵」を「朝日新聞」に。

一九六九年（昭和四四年）　五四歳

一月、「花・蝶・犬・人」を「新潮」に、武田泰淳、丸谷才一らとの座談会「文学表現の自律性」を「文芸」に、平野謙、中村真一郎らとの座談会「問題作をどう評価するか―文芸時評一九六八年」を「文学界」に。三月、「坂」を「文学界」に。四月、「隣人」を「文芸」に、「小説と演劇」を「現代演劇」に、平野謙との対談「『文芸時評』の限界」を「風景」に。「私の作家評伝」を「別冊潮」に連載開始（同誌は後に「日本の将来」に改題し発刊、七三年五月からは「潮」で連載続行、八三回）。『日本現代文学全集106』（講談社）に月報「『小銃』のころ」を執筆。六月、「無意味と意味―『握手・握手・握手！』」を「文芸」に、「言葉のよごれについて」を「海」に。七月、「山門不幸」を「季刊芸術」に。八月、「別れるということ」を「朝日新聞」夕刊に。九月、河野多恵子、大庭みな子との鼎談「文学の新しさとリアリティ」を「群像」に、「日記」を「風景」に、「自己宣伝」を「海」に。一二月、『フォークナー全集5』（冨山房）に解説「白痴の眼」を付す。

一九七〇年（昭和四五年）　五五歳

一月、「腕章」を「文学界」に、「おのぼりさん」を「新潮」に、「小説は通じ得るか」を「文芸」に、「一頁文芸時評」を同誌で一年間行う（一一月は休載）。三月、大橋健三郎との対談「混迷の季節」を「風景」に。四月、「変幻自在の人間（わが体験）」を「潮」に。

五月、「夫婦交換の悪夢」を「読売新聞」に。『階段のあがりはな』、『現代文学の進退』刊。七月、山崎正和、江藤淳、高階秀爾らとのシンポジウム「近代日本の美意識と倫理〈1〉」を「季刊芸術」に（〈2〉は一〇月、〈3〉は翌年一月）。八月、谷川徹三、曽野綾子との鼎談「愛は何によって満たされるか」を「潮」に。『講座アメリカの文化6』（南雲堂）に「ユダヤ系作家の進出」を執筆。一〇月、吉行淳之介、大江健三郎との鼎談「現代文学と性」を「群像」に、「初めて戯曲を書いて―やはり小説とは異質のもの」を「読売新聞」に。一一月、初の戯曲「どちらでも」を「文芸」に。同作が俳優座で上演（一四日から三〇日まで、演出・増見利清）。「解放されない」を「読売新聞」に。『どちらでも』、『異郷の道化師』刊。同月八日、弟日出夫死去、享年四九。

一九七一年（昭和四六年）　五六歳

一月、「人探し」を「新潮」に、「観客」を「文学界」に、「『どちらでも』稽古立会日誌」を「季刊芸術」に。岐阜市民会館で母校の旧制岐阜中学創立百年記念講演「森田草平について」を行う。長女・かの子の結婚式に出席。『小島信夫全集』（全六巻）刊行開始。二月、日本近代文学館編『現代世界文学と日本』（読売新聞社）に「日常と性」を執筆。三月、「『文芸』らしさについて」を「文芸」に。四月、平野謙、瀬戸内晴美と「創作合評」を「群像」で行う（六月まで）。『小説家の日々』刊。五月、「『ソ連所蔵名品百選展』をみて―神髄は人生的なところに」を「朝日新聞」夕刊に。六月、「抱擁家族」が青年座で上演（七日より二四日まで、脚色・演出八木柊一郎）。八月、古林尚との対談「私から抽象へ飛躍する文学」を「図書新聞」に。九月一五日から一〇月一日までソビエト作家同盟の招きで中村光夫、巌谷大四らと訪ソ。

一一月、「仮病」を「新潮」に。『変幻自在の人間』刊。

一九七二年（昭和四七年）五七歳

一月、「わんこソバ」を「文芸」に。二月、安岡章太郎との対談「『私』から自由になり得るか―作者と人物の位置をめぐって」を「群像」に、「若い作家のための演説」を「文学界」に。三月、石川達三、井深大らとの座談会「親の責任と幼児教育」を「潮」に。五月、『新潮日本文学54 小島信夫集』に月報「諷刺ということ」を執筆。『文学断章』刊。七月、ソウル・ベロー、佐伯彰一との鼎談「小説はどこへ行くか」を「群像」に。八月、『私の作家評伝I』刊（IIは一〇月）。九月、阿部昭、後藤明生との鼎談「小説の現在と未来」を「文芸」に。一一月、同年七月の早稲田大学文学部文芸科主催シンポジウム抄録「我々と文学」を「早稲田文学」に、中原佑介、ジョセフ・ラブらとの座談会「今日のリアリズム」を「芸術新潮」に。二度目の戯曲執筆に触れた「戯曲から芝居へ」を「朝日新聞」夕刊に。「一寸さきは闇」が劇団雲で上演、演出も担当（一七日から二四日まで）。吉田嘉七『定本ガダルカナル戦詩集』（創樹社）に序文「戦争と歴史」を付す。

一九七三年（昭和四八年）五八歳

一月、「一寸さきは闇」（戯曲）を「文芸」に、「金曜日の夜十時」を「新潮」に、江藤淳との対談「『衰弱の文学』を排す」を「文学界」に。二月、清水邦夫、別役実との鼎談「小説と演劇のあいだ」を「群像」に。三月、山崎正和、柄谷行人との鼎談「漱石と鷗外の志と現代」を「潮」に。『私の作家評伝I・II』で芸術選奨文部大臣賞受賞。四月、『永田力個展』（南天子画廊）に「仮面の後ろにあるもの」を執筆。『一寸さきは闇』刊。五月、『夫婦の学校 私の眼』刊。六月、群像新人賞の選考委員を担当（七七年まで）。七月、「阿部さんの死」（追悼・阿部知二）を「文芸」に。八月、渡辺守章、ヤン・コットらとの座談会「悲劇・歴史・神話」を「文芸」に。九月、「ハッピネス」を「すばる」に、「思いつくことなど」を「日本近代文学館」に、浜本武雄との対談「小説家と戯曲」を「風景」に。『横山操の回顧』（山種美術館）に「訪問記を書いたとき」を執筆。一〇月、「スキット」を「文芸」に、「『月山』について」を「季刊芸術」に。『伊藤整全集20』（新潮社）に月報「伊藤さんの厳しさ」を執筆。一二月、大庭みな子との対談「男と女の芝居」を「劇」に。『靴の話・眼』刊。後藤明生『挟み撃ち』の出版記念会に出席。

一九七四年（昭和四九年）　五九歳

一月、『公園・卒業式』、『ハッピネス』刊。二月、『城壁・星』刊。初めて「燕京大学部隊」の完全版が収録される。「舞台と芝居」を「文芸」に。三月、『樋口一葉全集1』（筑摩書房）に月報「激烈なるもの」を、『鏡花全集5』（岩波書店）に月報「『瀧の白糸』の上映」を執筆。四月、森敦との対談「『月山』をめぐって」を「文芸」に。五月、寺田透、久保田正文との鼎談「子規―写生理論の可能性」を「群像」に。日本英文学会シンポジウム「アメリカ文学と自伝」に参加。六月、「『月山』への道」を「文芸」に。長谷川修との対談「小説と遊びの精神」を「海」に。異母兄源一死去。親、兄弟姉妹の全てを失う。七月、シェークスピア協会の講演「シェークスピアと私」を行う。佐伯彰一との対談「作られた『私』の世界―牧野信一と梶井基次郎」を「國文學」に、佐伯彰一との対談「小説の〝回復〟を求めて」を「文学界」に、「東京ビエンナーレにおける『今日のリアリズム』」を「芸術新潮」に。九月、「歩きながらの話」を「文芸」に。『阿部知二全集7』（河出書房新社）に「解説」を付す。一

○月、佐伯彰一、越智治雄との鼎談「漱石―その宿命と相対化精神」を「群像」に。一一月、「リアリティの所在―佐伯彰一『日本の「私」を求めて』」を「文芸」に、「左右吉の正確さ」を「海」に。

一九七五年（昭和五〇年）　六〇歳

一月、「泣く話」を「新潮」に、後藤明生、秋山駿らとの座談会「文学における『私』」を「早稲田文学」に。二月、高橋英夫、坂上弘との鼎談「梶井基次郎―私小説を超えるもの」を「群像」に。四月、中野好夫との対談「伝記文学の魅力」を「波」に。『私の作家評伝Ⅲ』刊。五月、「アジアの一七歳」を「海」に。六月、「切磋琢磨」を「別冊文芸春秋」に。七月、日野啓三との対談「表現のたのしみ」を「文芸」に。一〇月、限定版『小銃』刊。一一月、翻訳『レンブラントの帽子』の巻末に「心の中で花が開く」を付す。『名著復刻漱石文学館解説』（日本近代文学館）に作品解題「門」を執筆。一二月、佐々木基一、野呂邦暢との鼎談「梅崎春生―知的屈折を経た私小説」を「群像」に。

一九七六年（昭和五一年）　六一歳

一月、「若い人に」を「早稲田文学」に。三月、インタビュー「現代文学とことば」を「言語生活」に、「Y君の訪問」を「文学界」に。四月、朝日カルチャーセンターで講演「罪と罰」を行う。五月、「膝を叩いて合槌を」を「現代詩手帖」に。六月、「三年六ヶ月」を「文芸」に。九月、『日本の名画11 坂本繁二郎』（中央公論社）に「喜怒なきマスクの如く」を執筆。一二月、「じっと思い出を楽しんでいたい」（追悼・武田泰淳）を「新潮」に、「いつも寄り添って」（追悼・武田泰淳）を「海」に。この頃、軽井沢追分に山荘を持ち、毎夏を軽井沢で過ごす。

一九七七年（昭和五二年）　六二歳

一月、『子規全集18』（講談社）に解説「子規

書簡の肌ざわり」を執筆。翻訳『人間喜劇』の巻末に「ウィリアム・サロイヤンについて」を付す。同月一日から一〇日間インド、ネパールを旅行。二月、「えがかれなかった女」を「文芸」に。三月、「答えられぬ質問」を「潮」に。五月、「外国語で小説を」を「新潮」に、「郷里の少年来訪す」を「文学界」に。六月、「球はオープンに出せ」を「群像」に、「妻への手紙」を「潮」に。七月、『名著復刻芥川龍之介文学館解説』（日本近代文学館）に作品解題「湖南の扇」を執筆。八月、ジョン・ガードナー、宮本陽吉とのシンポジウム「いま、どの舟を航海に出すか」を「すばる」に、「そんなに沢山のトランクを」を同誌に。九月、「ルーツ・前書」を「季刊文体」に連載（七九年一月から「美濃」と改題、八〇年六月まで、一二回）。一一月、大岡信との対談「愛の作家夏目漱石」を「ユリイカ」に。

一九七八年（昭和五三年）　六三歳

一月、「モンマルトルの丘」を「文芸」に（続は五月）、古屋健三、平岡篤頼との鼎談「アイドル、作家、その他」を「早稲田文学」に。四月、森敦、古山高麗雄との鼎談「むかしの小説・いまの小説」を「季刊芸術」に、磯田光一、河野多恵子と「創作合評」を「群像」で行う（六月まで）。五月、「白昼夢」（追悼・平野謙）を「日本近代文学館」に。六月、「深い深い思い出」（追悼・平野謙）を「文芸」に、「私の生きている限り」（追悼・平野謙）を「すばる」に、「昨年の暮から」（追悼・平野謙）を「海」に、篠田一士との対談「普遍性ということ」を「文体」に。八月、田中小実昌との対談「夫婦のバランスシート」を「潮」に。一〇月、「阿部知二の五周忌」を「新潮」に。この頃、岡本謙次郎らの美術研究会「ＳＤ会」に参加。

一九七九年（昭和五四年）　六四歳

六月、三木卓、柄谷行人との鼎談「読書鼎談」を「文芸」に。七月、『ゲーテ全集4』(潮出版社)に月報「読みなおしてみたい」を執筆。九月、「拍手喝采をおくる」を「海」に、「作品の中に生きる」を「文芸」に。一二月、新谷敬三郎、桶谷秀昭との鼎談「日本文学の中のロシア文学―ゴーゴリ、ドストエフスキーからフォルマリズムまで」を「文体」に。

一九八〇年(昭和五五年)　六五歳

一月、「女たち」を「文芸」に。二月、「分かり易くはいうまい」を「新潮」に。『釣堀池』刊。六月、『夫のいない部屋』刊。九月、「ひとつの典型―横光利一『名月』」を「すばる」に。一〇月、「レオナルド・ダ・ヴインチの夜」を「新潮」に。『黄金の女達―私の作家遍歴I』刊。一一月、「年譜」(のちに「寓話」と改題)を「作品」に連載(同誌休刊のため八二年から「海燕」で継続、八五年一〇月まで)。一二月、大橋健三郎、浜本武雄らとのシンポジウム「小説はどう生きるか」を「文学空間」に。「ウェイクフィールドの妻」を『大橋健三郎教授還暦記念論文集・文学とアメリカ』(南雲堂)に執筆。『最後の講義―私の作家遍歴II』刊。この頃、森敦を通じて吉増剛造と知り合う。

一九八一年(昭和五六年)　六六歳

一月、『奴隷の寓話―私の作家遍歴III』刊。二月、「『生きた小説』」を「新潮」に。『この結婚は救えるか』刊。三月、連載「別れる理由」が完結。四月、大庭みな子との対談「『別れる理由』の現在」を「群像」に、三木卓、宮内豊との鼎談「読書鼎談」を「文芸」に。五月、『私の作家遍歴I〜III』で第一三回日本文学大賞受賞。『美濃』刊。六月、「菅野満子の手紙」を「すばる」に連載(八五年一〇月まで、五三回)。森敦との対談「文学と人生」を「文芸」に連載(翌年五月まで、